背負某項缺陷的劣等生哥哥。
一切完美無瑕的優等生妹妹。
從這對兄妹就讀魔法科高中之後，
風波不斷的每一天就此揭開序幕——

魔

at m
高中的
劣等生 3
九校戰篇〈上〉

佐島 勤
Tsutomu Sato
illustration
石田可奈
Kana Ishida

Kadokawa Fantastic Novels

Character
登場角色介紹

司波達也

就讀於一年E班，被揶揄為
「雜草」的二科生（劣等生）。

司波深雪

就讀於一年A班。
達也的妹妹。以首席成績入學。
擅長冷卻魔法。

西城雷歐赫特

就讀於一年E班，達也的同班同學。
擅長硬化魔法。

千葉艾莉卡

就讀於一年E班，達也的同班同學。
擅長劍術。

柴田美月

就讀於一年E班，
達也的同班同學。
罹患靈子放射光過敏症。

吉田幹比古

就讀於一年E班，達也的同班同學。
出自古式魔法的名門。

光井穗香

就讀於一年A班，深雪的同班同學。
擅長光波振動系魔法。

北山 雫

就讀於一年A班，深雪的同班同學。
擅長振動與加速系魔法。

里美 昴

就讀於一年D班，
宛如美少年的少女。

森崎 駿

就讀於一年A班，深雪的同班同學。
擅長高速操作CAD。

明智英美

就讀於一年B班，隔代混血兒，全名是
艾米莉雅．英美．明智．格爾迪。

七草真由美

三年級，學生會會長。

中条 梓

二年級，學生會書記。

市原鈴音

三年級，學生會會計。

服部刑部少丞範藏

二年級，學生會副會長。

辰巳鋼太郎

三年級，風紀委員。

渡邊摩利

三年級，
風紀委員會委員長。

澤木 碧

二年級，風紀委員。

十文字克人

三年級，管理所有社團活動的
組織「社團聯盟」總長。

五十里 啟

二年級，魔法理論的成績為全學年第一。
千代田花音的未婚夫。

千代田花音

二年級，給人活潑印象的少女。
五十里啟的未婚妻。

風間玄信

陸軍101旅獨立魔裝大隊隊長。
階級為少校。

真田繁留

陸軍101旅獨立魔裝大隊幹部。
階級為上尉。

柳 連

陸軍101旅獨立魔裝大隊幹部。
階級為上尉。

山中幸典

陸軍101旅獨立魔裝大隊幹部。
少校軍醫，一級治癒魔法師。

藤林響子

擔任風間副官的女性軍官。
階級為少尉。

桐原武明

二年級，劍術社成員。
關東劍術大賽國中組冠軍。

壬生紗耶香

二年級，劍道社成員。
劍道大賽國中女子組全國亞軍。

九重八雲

擅長古式魔法「忍術」。
達也的體術師父。

小野 遙

一年E班的輔導老師。

一条將輝

第三高中的一年級學生，參加九校戰。
「十師族」一条家的繼承人。

吉祥寺真紅郎

第三高中的一年級學生，參加九校戰。
以「始源喬治」的別名眾所皆知。

九島 烈

被譽為世界最強魔法師之一的人物。
眾人尊稱為「宗師」。

Glossary
用語解說

魔法科高中

國立魔法大學附設高中的通稱，全國總共設立九所學校。
其中的第一至第三高中，每學年招收兩百名學生，並且分為一科生與二科生。

花冠、雜草

第一高中用來形容一科生與二科生階級差異的隱語。
一科生制服的左胸口繡著以八枚花瓣組成的徽章，
不過二科生制服沒有。

一科生的徽章

CAD

簡化魔法發動程序的裝置，內部儲存使用魔法所需的程式。
分成特化型與泛用型等，外型也是各有不同。

司波深雪的CAD

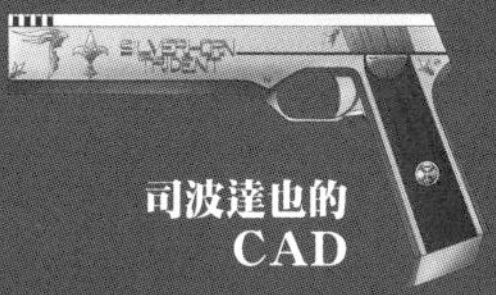

司波達也的CAD

Four Leaves Technology〔FLT〕

國內一家CAD製造公司。原本該公司製造的魔法工學零件比成品有名，
但在開發「銀式」之後，搖身一變成為知名的CAD製造公司。

托拉斯・西爾弗

短短一年就讓特化型CAD的軟體技術進步十年，而為人所稱頌的天才技師。

Eidos〔個別情報體〕

原為希臘哲學用語。在現代魔法學，個別情報體指的是「伴隨事物現象而來的情報」，
是「事象」曾經存在於「世界」的記錄，也可以說是「事象」留在「世界」的足跡。
依照現代魔法學的定義，「魔法」就是修改個別情報體，
藉以改變個別情報體所代表的「事象」的技術。

Idea〔情報體次元〕

原為希臘哲學用語。在現代魔法學，情報體次元指的是「用來記錄個別情報體的平台」。
魔法的原始形態，就是將魔法式輸出至這個名為「情報體次元」的平台，
改寫平台裡「個別情報體」的技術。

啟動式

為魔法的設計圖，用來構築魔法的程式。
啟動式的資料檔案，是以壓縮形式儲存在CAD，魔法師輸入想子波展開程式之後，
啟動式會依照資料內容轉換為訊號，並且回傳給魔法師。

想子

位於靈異現象次元的非物質粒子，記錄認知與思考結果的情報元素。
成為現代魔法理論基礎的「個別情報體」，以及成為現代魔法骨幹的「啟動式」和
「魔法式」技術，都是由想子建構而成。

靈子

位於靈異現象次元的非物質粒子。雖然已經確認其存在，但是形態與功能尚未解析成功。
一般的魔法師，頂多只能「感覺到」活化狀態的靈子。

九校戰

正式名稱為「全國魔法科高中親善魔法競技大會」。
正如其名，第一高中至第九高中的魔法科高中生們會從全國集結，
以團體戰的方式，進行熾烈的魔法競賽。

比賽項目為「精速射擊」、「群球搶分」、「衝浪競速」、「冰柱攻防」、「幻境摘星」、「祕碑解碼」六種。
※「祕碑解碼」只有男子組賽程，「幻境摘星」只有女子組賽程。

各校可報名參加各項競賽的人數為三名，一名選手規定最多參加兩項競賽。

大會舉辦時間為十天，同時設置只限一年級參加的「新人賽」（正規賽沒有學年限制）。
「新人賽」在第四天至第八天舉行。

九校戰的勝負與排名，以各項競賽的得分加總決定。配分如下：第一名得五十分、第二名得三十分、第三名得二十分。精速射擊、衝浪競速、幻境摘星的第四名得十分。群球搶分、冰柱攻防只排名前三名，因此在第三輪淘汰的三隊則各得五分。至於九校戰最精彩的祕碑解碼，第一名可得到一百分、第二名得六十分、第三名得四十分，成為計分比重最大的競賽項目（「新人賽」的分數會折半加入總分計算）。

日期	分類	項目
第一天 8月3日（三）	正規賽 （全學年參加）	「精速射擊」男女預賽～決賽（淘汰賽） 「衝浪競速」男女預賽
第二天 8月4日（四）	正規賽 （全學年參加）	「群球搶分」男女預賽～決賽 「冰柱攻防」男女預賽
第三天 8月5日（五）	正規賽 （全學年參加）	「衝浪競速」男女準決賽～決賽 「冰柱攻防」男女預賽～決賽（單循環賽）
第四天 8月6日（六）	新人賽 （只限一年級）	「精速射擊」男女預賽～決賽 「衝浪競速」男女預賽
第五天 8月7日（日）	新人賽 （只限一年級）	「群球搶分」男女預賽～決賽 「冰柱攻防」男女預賽
第六天 8月8日（一）	新人賽 （只限一年級）	「衝浪競速」男女準決賽～決賽 「冰柱攻防」男女預賽～決賽（單循環賽）
第七天 8月9日（二）	新人賽 （只限一年級）	「幻境摘星」女子組預賽～決賽 「祕碑解碼」男子組預賽（單循環賽）
第八天 8月10日（三）	新人賽 （只限一年級）	「祕碑解碼」男子組決賽（淘汰賽）
第九天 8月11日（四）	正規賽 （全學年參加）	「幻境摘星」女子組預賽～決賽 「祕碑解碼」男子組預賽（單循環賽）
第十天 8月12日（五）	正規賽 （全學年參加）	「祕碑解碼」男子組決賽（淘汰賽）

Event
競賽項目

精速射擊

選手們簡稱「速射」的競賽。

類似打靶，選手必須以魔法破壞比賽場地出現的標靶。紅白標靶各有一百個，自己所屬顏色標靶的破壞數量即為勝負依據。預賽是計算限時五分鐘之內破壞的標靶數，以個人得分的方式排名。八強戰後是對戰型式。

群球搶分

選手們簡稱「群球」的競賽。

發射器會以壓縮空氣射出直徑六公分的低彈性球，選手在限制時間之內，使用球拍或魔法將球打到對方球場，以進球次數分勝負。每回合的比賽時間為三分鐘，在透明箱型覆蓋的球場裡，每隔二十秒會增加一顆球，最後會有九顆球，使得選手毫無喘息的餘地。女子組每場比賽三回合，男子組則是五回合。

Event
競賽項目

衝浪競速

選手們簡稱「衝浪」的競賽。

原本是海軍設計為訓練魔法師的課程，選手站在類似衝浪板的踏板，使用加速之類的魔法，在全長三公里的人工水道繞三圈競速。本競賽項目禁止以魔法影響其他選手。預賽由四名選手參加，共六場；準決賽由三名選手參加，共兩場。淘汰的四名選手爭奪第三名，決賽則是一對一舉行。

冰柱攻防

選手們簡稱「敲柱」的競賽。

選手站在己方陣營後方高四公尺的平臺，十二公尺見方的己方陣地共有十二根冰柱。選手必須一邊保護自己的冰柱，並且先推倒或破壞對方的十二根冰柱。選手純粹以遠距離魔法較量，不需要用到身體，因此本項目的選手可以自由選擇參賽的服裝，唯一的規定是「不得違反公序良俗」。這使得女子組的「冰柱攻防」近來被稱為九校戰的時尚服裝秀。

幻境摘星

選手們簡稱「幻境」，女子組限定的競賽。

空中會出現投影立體全像球，選手要使用魔法飛到空中以球棒打擊。這是九校戰比賽次數最少的項目，卻是比賽時間最長的項目。選手必須持續發動魔法在空中飛翔，造成的身體負擔據說不下於全程馬拉松。

九校戰的「幻境摘星」只有女子組賽程，女性選手身穿精美服裝飛翔的身影，被譽為宛如妖精般美妙。

祕碑解碼

選手們簡稱「祕碑」，男子組限定的競賽。

在名為「戰臺」的比賽場地中，雙方各以三人為一組，使用魔法爭奪祕碑。獲勝方式是讓對方陷入無法戰鬥的狀態，或是劈開敵陣的祕碑，取得密碼輸入。比賽時禁止所有非魔法攻擊的直接戰鬥行為。為了開啟祕碑讀取密碼，一定要使用無系統的專用魔法式攻擊祕碑。這樣的競賽內容，使得「祕碑解碼」成為九校戰最受歡迎而且最熱烈的項目。

全國現在共有九所國立魔法大學附設魔法科高中。

第一高中在關東（東京）、第二高中在近畿（兵庫）、第三高中在北陸（石川）、第四高中在東海（靜岡）、第五高中在東北（宮城）、第六高中在山陰（島根）、第七高中在四國（高知）、第八高中在北海道、第九高中在九州（熊本）。

全國的魔法科高中只有這九所。並不是國立魔法大學的附設高中只有九所，是只有這九所高中實施正規魔法教育課程。

坦白說，政府很希望增設魔法科高中。之所以無法實行，在於能執教的魔法師不足。

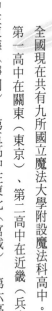

第一高中、第二高中、第三高中每學年招收兩百名學生，其他六所高中每學年招收一百名學生，每年合計招收一千兩百名學生，就是這個國家每年能提供的魔法師新血上限。從某個角度來看，依照現有人口比例，這幾乎是魔法天分達到實用等級的青少年人數；但從另一個角度來看，只要能提供合適的教育機會，可以發掘到有魔法潛力卻大器晚成的孩子的可能性也不低。

然而現實上，這個國家現有的人力資源，光是經營九所魔法科高中就沒有餘力，因此只能盡量訓練每學年的一千兩百名學生提升實力，逐漸充實「魔法師」這種重要又珍貴的人力資源。期待能夠藉此解除將來教師不足的問題形成正向循環，每年都能培育更多的魔法師。

為此所採取的措施之一，就是讓九所魔法科高中進行校際對抗賽，激發學生們的競爭心。至於校際對抗賽的最大舞台，就是夏季的九校戰。

全國魔法科高中親善魔法競技大會。

那裡每年都有來自全國各地精挑細選的魔法科高中生齊聚一堂，賭上年輕的自尊，上演著榮耀與挫折的戲碼。

不只是政府與魔法領域相關人士，一般企業與海外各國也有許多人前來欣賞、進行研究或是挖角人才，是魔法科高中生們的華麗舞台。

今年的戰事，也即將揭開序幕。

【1】

西元二〇九五年，七月中旬。

國立魔法大學附設第一高中第一學期的期末考已於上週結束，學生們的活力一鼓作氣集中在夏季九校戰的準備工作，但是他——司波達也跟不上這股充斥於校內的熱絡氣氛。部分原因在於他的理性大於感性。不過，只有今天是基於另一個主要原因，那就是教師針對段考成績而找他到學校談話。

「達也。」

「雷歐……大家怎麼都來了？」

達也好不容易從訓導室解脫之後，發現班上同學西城雷歐赫特、千葉艾莉卡與柴田美月正在外面等他。

達也的妹妹深雪是學生會成員，無論如何都得先前往學生會室進行九校戰的準備工作，所以不在這裡。

就像是要代替深雪，和深雪同班的光井穗香與北山雫，也在一旁露出擔心的神情。

訓導室位於教職員樓層，學生使用的教室並不在同棟的同一層。

但是不表示完全沒有學生經過。

路過的不論是同年級的還是高年級學生，他們都各自偷看、直瞪或是不經意斜眼看著達也，以及達也面前的五人。

這也是在所難免。

他們很顯眼。

這並非現在或是今天才有的狀況，平常總是如此。

達也身為二科生卻獲選為風紀委員，在社團招生週立下各種功績，證明自己受到提拔絕非浪得虛名，因而成為全校的名人。後來摧毀恐怖組織的事蹟沒有公諸於世，不過光是社團招生週的活躍，就足以讓他受到同年級學生甚至學長姊的注目。

艾莉卡是十人之中有十人會認同的積極美少女。

美月或許是平常都待在深雪與艾莉卡身邊，顯得比較不起眼，但她的五官屬於嫻靜療癒系美少女，主要受到高年級學生私底下的喜愛。

雷歐總是被艾莉卡數落得很慘（不過幾乎百分百都是「挖苦拌嘴」），但他日耳曼風格的深邃五官與卓越的運動細胞，在女學生之間確立了「有些在意的男生」這種地位（雷歐所說的「純日式風格」似乎是黑髮黑眼）。

至於穗香與雫，即使是在一年級的一科生中，兩人的成績也是特別優秀。容貌也十分足以歸類在可愛的範疇（結果要是只看容貌，達也就會是最平凡的一個）。

這樣的成員跨越一科與二科的隔閡同進同出，就算不願意依然很顯眼。

即使如此，或許是因為擁有首席入學、本年度新生代表以及學生會成員等頭銜，又是稀世美少女的深雪不在現場，使得周圍投以注目禮的程度和往常相比還算好。

不過，對於這種視線毫不在意的人，出乎意料近在身邊。

比方說這個男生。

「應該是我們要問你怎麼了吧？居然被叫來訓導室，到底怎麼回事？」

達也聽到雷歐的回答就明白原因。

看來這些朋友是擔心自己而來到這裡。達也一瞬間想要編個理由瞞混過去，卻覺得這樣對他們不誠實而打消念頭。

「老師找我質詢實技測驗的事情。」

聽到這句話，雷歐不悅地瞇細雙眼。

「……質詢這兩個字聽起來有蹊蹺，老師問了什麼？」

「簡單來說，似乎在懷疑我故意放水。」

艾莉卡率先對達也的答案表達憤慨。

「這是怎樣？達也同學做這種事又沒有好處，問這種問題簡直像笨蛋。」

艾莉卡的意見完全沒錯，所以達也只以苦笑回應。如果是為了拿高分而作弊就算了，刻意拿低分並沒有任何意義，這種懷疑正如艾莉卡所說非常愚蠢。

「但我似乎能理解老師為何這麼想。」

「為什麼？」

雫的細語令美月感到納悶。

「達也同學的成績就是這麼震撼。」

對於穗香的回答，達也當然不能沾沾自喜，但是謙虛也可能引人反感，難以選擇表情的達也只能再度露出苦笑。

第一高中——魔法科高中的段考，會進行魔法理論的記述式測驗與魔法實技測驗。

另一方面，語文、數學、科學與社會等普通科目，是以平常的作業打分數。這裡是培育魔法師的高等教育機構，所以學校認為，讓學生在魔法以外的科目較量是多此一舉（達也他們會明顯區分魔法師與魔工師，但這是因為他們的出路明確分成這兩種，一般社會則會將魔工師分類為魔法師的一種，不會以「魔工師」稱呼無法使用魔法的魔法工學技師）。

以筆試進行的魔法理論要考的科目，包含必修科目的基礎魔法學與魔法工學，選修科目則是要從魔法幾何學、魔法語言學、魔法藥學、魔法結構學選兩科，再從魔法史學、魔法系統學選一科，總共考五個科目。

魔法實技要測量的是處理能力（構築魔法式的速度）、容納能力（有可能構築出來的魔法式規模）、干涉力（魔法式改寫「個別情報體」的強度），以及三者搭配而成的綜合魔法力，總共測量這四種能力。

成績優秀的學生，會在校內網路公布姓名。

一年級學生的榜單當然已經公布。

在理論加實技的總分獲得高分而名列前茅的人，都是相當合理的對象。

第一名：司波深雪。

第二名：光井穗香。

第三名：北山雫以些微差距緊跟在後。

前三名都是A班的姓名，直到第四名才終於出現「十三束」這名B班男學生的姓名。此外，比較熟悉的名字還有第九名的森崎。公布姓名的前二十名都是一科生。

只看實技成績也一樣，雖然與總分排名多少有些不同，前二十名也都是一科生。

具體來說，第一名是深雪、第二名是雫、第三名是森崎、第四名是穗香，不只是總分成績，A班在實技方面也是獨占鼇頭，教師們對此頗為頭痛（編班是依照入學成績將一科生平均分發到A～D班，這樣的成績顯示A班對於第一學期課程的熟悉度，和其他三班出現明顯差距）。

但若只看理論成績，狀況就令人跌破眼鏡。

第一名：E班司波達也。

第二名：A班司波深雪。

第三名：E班吉田幹比古。

第四名是穗香、第十名是雫、十七名是美月，二十名是艾莉卡，雷歐與森崎則落榜了。

區分一科生與二科生的時候，實技成績確實占了很大的比重，但是依照常理，實技成績不好的學生也難以熟悉理論。因為有許多艱深的概念，若不以知覺體會就很難理解箇中理論。

即使如此，前三名卻有兩人是二科生。

光是這樣就已經前所未見，達也的狀況更是驚人。他的理論成績平均分數——不是總分——比第二名高出十幾分，是令人望塵莫及的第一名。

「即使理論與實技是兩回事，也應該有個限度。」

「但我不認為達也同學會放水。」

雫表達客觀的意見之後，美月有些不滿地提出反駁。

「雫當然也明白這件事。」

「但畢竟老師不像我們這樣，當面知曉達也同學的為人呢。」

穗香與艾莉卡一同出面安撫。

「是啊，他們只能隔著終端裝置認識我們……」

正如雷歐所說，這可以說是現代教育的一大缺陷。不過即使教師和上個世紀一樣親自到教室為學生上課，也不一定能理解學生的內在。

而現代學校因應這樣的問題，設置了意見箱代替上個世紀的班導制度。

「……這樣好了，找小遙商量如何？」

學生對學校的不滿，以及學生在校內發生問題時的諮詢，都由輔導老師處理。先不計較「小遙」這樣的稱呼是否合宜，這個提議本身很恰當，但達也搖了搖頭。

「我昨天已經和小野老師談過了，其實老師有告訴我今天質詢的概要。」

「別這麼說。新來的輔導老師，權限本來就不可能大到哪裡去。」

「這老師真不可靠。」

達也笑著安撫直言不諱的艾莉卡。

「……達也同學說得比我還過分吧？」

正如艾莉卡的指摘，達也的說法確實可說是更加不客氣。

「喔喔？」

艾莉卡精準的吐槽，使得雷歐發出怪聲。

「……怎樣啦？」

艾莉卡瞇起雙眼回問。

「這女人居然講這種正經話耶。」

雷歐睜大雙眼，像是自言自語般輕聲說道。

「給我閉嘴！」

艾莉卡捲起筆記本朝他打下去。

順帶一提，在資訊系統如此發達的現代，筆記本也沒有被淘汰。尤其在魔法科學校，教授魔法語言學時，「寫字」的動作本身就包含重要意義；教授以圖像為主的魔法幾何學時，以紙筆畫圖比使用終端裝置畫圖容易，所以和普通科學校比起來，魔法科學生隨身攜帶筆記本的機率可說比較高。但明明不是要換教室上課，艾莉卡卻不知為何帶著筆記本，說起來也挺令人疑惑。

「好痛……」

雷歐沒有躲開筆記本揮下來這一記攻擊，痛得抱頭蹲下。他也不是毫無抵抗乖乖被打，但是以目前來說，艾莉卡追擊的速度比雷歐想躲的反射速度略勝一籌，因此（？）在這種情況下，只要他無謂插嘴總是會挨揍。

「……這個暴力女，我的腦袋又不是太鼓！」

雷歐正經抗議，艾莉卡卻是撇過頭當成耳邊風。

或許是相同場景反覆上演三個月終究會習慣，剛開始總是慌張不已、不知如何是好的美月，如今也只是露出傷腦筋的笑容，並未刻意介入兩人的互動。相對的，她藉由讓離題的對話回到正題，避免演變成更激烈的狀況。

「達也同學，那你解開老師的誤會了？」

「嗯，總之算是解開了。」

「算是？」

美月發出簡短的疑問，達也以一副不願多提的表情與語氣補充說明。

「老師理解我不是故意放水，不過相對的，老師也勸我轉學。」

「轉學？」

「怎麼這樣，為什麼？」

美月與穗香臉色一變放聲大喊，其他三人的表情也差不多。

「在九校當中，第四高中特別致力於魔法工學的領域，老師說或許我適合去那裡吧。不過我當然拒絕了。」

兩人鬆了口氣，兩人顯露憤慨之意。

前者是美月與穗香，後者是雷歐與艾莉卡。

另一人則是保持著看不出內心想法的撲克臉。

「……因為不擅長實技，就叫學生就讀其他不重視實技的學校，校方不就自我否定了？如果是成績太差跟不上就算了，但是達也的實技分數明明及格啊。」

「應該是覺得礙眼吧。搞不好達也同學比老師們還熟悉魔法。」

「兩位，冷靜一點。」

要是放著雷歐與艾莉卡不管，他們的怒火似乎會無止盡燃燒，所以達也著手滅火。

「雷歐說得沒錯，即使成績低空飛過，只要及格就不會被迫轉到其他學校，所以沒有實際的危害，說不定老師真的是基於善意。不過，就算是這樣好了，這種善意很缺乏同理心，也就是所謂的獨善其身。」

達也以輕鬆語氣說出毒辣的評語，使得原本義憤填膺的兩人開始退縮。要是正如預料達到冷卻效果，這種做法稱得上老謀深算，不過很遺憾，本次以結果來說不甚理想。

「到頭來，我覺得搞錯前提就不是老師應有的樣子。」

在眾人不禁猶豫接下來要講什麼的氣氛之中，雫以獨特的平板語氣，說出這種算不上幫腔也算不上批評的意見。這番話淡化了達也剛才那番嘲諷，以結果來說算是幫腔。

「第四高中並不是瞧不起實技，只是相較於會反映在九校戰成績的戰鬥型魔法，他們更重視擁有高度技術意義，複雜而且工序較多的魔法。」

「這樣啊？雫同學，妳好清楚。」

「因為我表哥就讀第四高中。」

雫回答美月的這番話，使得穗香以外的四人說著「原來如此」點了點頭。既然出自第四高中的學生口中，這應該是確實的情報。

眾人點頭回應雫這番話時，同時也對找達也過來的那名教師抱持著不信任感。

不過這些年輕人，不會一直把話題集中在一名不在場的外人（也就是教師）身上。

「這麼說來，九校戰快到了吧？」

雷歐應該是從雫那番話聯想到這個話題，達也點頭回應他的詢問。

「深雪已經在抱怨了，像是工程車、工具和參賽服裝，要準備的東西很多。」

「深雪同學自己也會參賽吧？真辛苦。」

美月不是講客套話，而是真心關懷深雪說出這番話。

「不過，深雪在新人賽應該能輕鬆獲勝，準備工作反而比較辛苦。」

艾莉卡回以半反駁半認同的話語。

「不能大意，因為一条家的少爺，好像在今年就讀了第三高中。」

雫提出的異議有點失焦，九校戰包括正規賽與新人賽都是男女分開舉行，深雪不會和一条家的少爺（也就是男生）對戰。

不過在場沒人刻意吐槽這種事。

「這樣啊……」

「妳說的一条，是十師族的一条？」

艾莉卡與雷歐似乎都是首度得知同屆學生有十師族的直系後代，打從心底感到相當驚訝。美月看起來並沒有相當訝異，或許她知道「一条家少爺」的事情。

「那或許是強敵了。不過話說回來，雫好清楚耶。」

「雫是『祕碑解碼』的死忠粉絲，所以每年都會去看九校戰，對吧？」

和雫本人同樣熟悉雫的穗香，回答了艾莉卡的疑問。

「……嗯，是呀。」

聽到穗香代為回答，一如往常缺乏表情變化的雫，有些不好意思地點了點頭。穗香欠達也一次人情，應該說她對達也感興趣。但雫和她不同，只是因為達也是好友穗香感興趣的對象，又是新朋友深雪的哥哥，才會間接認識達也這個人罷了。所以雫剛開始是保持距離的吐槽角色，不過現在會像這樣卸下心防表露情感。

「原來如此，『祕碑解碼』這項競賽，除了全日本選手權和魔法科大學的國際友誼賽，確實只有九校戰看得到。」

位於害羞的雫斜前方的達也，聽到穗香的回答後，露出可以理解的表情點了點頭。

九校戰是魔法大學附設高中之間的校際賽，也就是自家的友誼賽，不過也對外公開。因為九校戰是少數能夠目睹魔法競賽的舞台。

魔法科高中每學年的入學學生，九校合計有一千兩百人。

相對於此，國內年滿十五歲的男女，魔法天分達到實用等級的合計人數，每年大約一千兩百到一千五百人。

換句話說，擁有魔法天分的青少年，要是立志成為魔法師或魔工師，幾乎百分之百會就讀這九所高中之一。

因此高中的魔法競賽，除了劍術與拳法等少數競賽，都由這九所高中獨占。

為了讓世人對於魔法競賽更加關注、更加理解，進一步加強社會對魔法的認知，九校戰成為了少數的宣傳場合。

「今年的強敵也是第三高中吧？」

「應該是。」

知道這是雫擅長領域的艾莉卡特地徵詢她的意見，雫則是簡潔又頗開心地點了點頭。

「而且今年不是觀眾，是參賽選手，對吧？」

雫是全學年實技成績第二名，現在還沒正式公布新人賽參賽名單，但是雫和深雪一樣，幾乎可以確定入選。

「嗯……」

聽到美月詢問，雫低調點頭回應，幹勁也顯現在臉上。

◇◇◇

期末考結束之後，達也每天放學後的時間，幾乎都在風紀委員會總部度過。

暑假結束就會立刻舉辦學生會長選舉。

選出新會長後，重新選任的風紀委員，也會以互選的方式選出新的風紀委員長。

依照傳統……應該說依照陋習，風紀委員長的交接工作沒有一次做得好，大致上都是把幾乎沒整理的活動紀錄連同職位扔給下一任處理。

即使如此，當年摩利從一年級就擔任風紀委員，就算不交接也沒有造成大問題。然而，她屬意接任委員長的二年級學生並沒有風紀委員會的相關經驗，所以摩利希望盡量避免在交接時造成對方的困擾。

——必須製作的交接資料，摩利全部扔給達也整理。

「我開始覺得自己是個爛好人了……」

「壞到骨子裡的爛好人？這種雙面性質挺有趣的。」

「…………」

這句吐槽過於中肯，使得達也無從反駁。

「不過這次我得感謝你好好先生的個性，要是你沒幫忙，就會重蹈覆轍。」

摩利如此安撫，大概是達也默默工作的樣子終究令她感到內疚。

但是達也沒有多重人格，而且也不是幫忙整理，而是獨力整理資料。

這番話完全沒有安撫效果。

「不過，您居然這麼早就在準備交接事宜。」

達也一邊動手，一邊提出不經意想到的疑問。

他所製作的交接資料，接下來不用一星期就能完成。

只要之後不需要製作更詳細的資料，就還有兩個月以上的空檔。

而且無法保證在這段期間，不會發生需要交接的重大案件。

這種資料並不是越早完成越好。

「等到正式著手準備九校戰的時候，就沒時間整理資料了。確定參賽成員之後就得練習參賽項目，還要調度道具、收集並分析情報、擬定作戰，要做的事情堆積如山。」

這些狀況聽起來，似乎和達也沒什麼關係。

「……九校戰是什麼時候舉行？」

話雖如此，要是這時候打住話題也很突兀，所以達也幾乎將所有的意識回到在製作資料上，隨口提出詢問。

「八月三日到十二日，共十天。」

「時間挺長的。」

「嗯？你沒去觀戰過？」

「是的，因為每年暑假都有雜事要忙。」

達也的回答，使得摩利越來越納悶。

「不過聽真由美說，你妹妹每年都去觀戰，甚至記得我們參賽的項目啊……」

達也差點笑了出來。

「不，我們也不是全年三百六十五天都在一起……偶爾也會分頭行動。」

「唔？……不，說得也是。不過只要看到你們，就會覺得你們總是形影不離。」

「說起來，在學校的時候，我們幾乎都是各自行動。」

點出這個客觀事實後，摩利即使露出沒開竅的表情，總之還是接受了這種說法。

「既然這樣，難怪我說要進行九校戰的準備，你也一副聽不懂的樣子。」

「是的，老實說，我甚至不知道會進行哪些競賽，不過至少我還知道『祕碑解碼』與『幻境摘星』這些項目。」

雖然是邊製作資料邊交談，不過對達也來說，這種程度的分心思考只像是提神手段，對於無事可做——應該說不想做事的摩利來說也剛好可以打發時間，所以達也比平常稍微多話。

「因為那兩項競賽最有名……」

摩利一副不知從何說起的表情微微歪過腦袋，輕握拳頭抵在嘴角，就像是要輕咳一聲般（但沒有真正發出咳嗽聲）。

「九校戰選用的競賽項目，是在運動型魔法競賽之中，魔法力比重較高的項目。」

「這我知道。」

達也沒有停下手邊工作出聲應和。

「以前似乎每年都會更換競賽內容，不過這幾年採用相同的項目。也就是『祕碑解碼』、『幻境摘星』、『冰柱攻防』、『精速射擊』、『群球搶分』、『衝浪競速』，共六項競賽。劍術與中式魔法武術這種格鬥競賽，或是輕身體操與高網籃球這種運動項目，會另外舉辦大會來比賽。」

「但我覺得『群球搶分』與『衝浪競速』也相當要求身體能力吧？」

「是啊，魔法師也是人，沒道理輕視身體能力。即使是魔法師一對一決鬥，最後以身體能力分勝負的狀況也絕非例外，我應該沒必要重新闡述這種事。」

「說得也是。」

心裡對此有底的達也，對於摩利這番話深感同意。

「六項競賽之中，只有『祕碑解碼』是團體賽，另外五項是個人賽。」

「『群球搶分』不是雙人賽嗎？」

「這就是九校戰壞心眼的地方。為了提高魔法力的比重，這項競賽有獨立的比賽規則。我有一本簡介比賽規則的手冊，要看嗎？」

「好的，晚點看。」

達也停下敲打鍵盤的手，從摩利那裡接過一本小冊子。

「居然是印刷品，真稀奇。」

「和九校戰相關就不稀奇了。虛擬型終端裝置會折損魔法力的觀念根深柢固。另一方面，除了魔法師，如今使用實體型終端裝置的人是少數派，使用虛擬型的魔法師也增加了。」

「原來如此，所以九校戰使用印刷品，這樣就不必使用終端裝置。」

「咦？達也學弟容許虛擬型的使用？」

或許是從達也的音調聽出批判的成分吧。

摩利平常闊達的言行，以及「不擅長整理」這種令人會心一笑（？）的缺點，總是使人差點忘記她擁有非常敏銳的感性。

達也重新回想起這一點，並且慎重——但是手邊動作沒有停止——選擇話語。

「虛擬型終端裝置會對尚未成熟的魔法師造成負面影響，這樣的主張並非毫無根據。尤其是未滿二十歲，能力還在發展的學生，我也認為要避免使用虛擬型。但是魔法力已經底定的成年魔法師，我覺得沒理由禁止他們使用虛擬型。」

「……這也是一種想法。就因為對兒童有害，所以也要成年人放棄更加便利的虛擬型，或許確實是矯枉過正的做法。」

交談聲暫時停止。達也正在審視螢幕上由自己輸入的文字，不知道摩利現在的表情，但應該是在思索他剛才的論述。

平常再怎麼假扮成破天荒的模樣，也無法完全掩飾骨子裡生性正經的氣質。

這點使得達也莫名地會心一笑。

「……離題了。」

摩利似乎自行得出某個結論，毫無前兆與前言就將話題移回九校戰。

「比賽分成正規賽與新人賽，男女各十人，合計需要四十名選手。新人賽限制一年級參加，正規賽沒有年級限制。雖然這麼說，每名選手最多只能參加兩項競賽，所以沒有一年級參加過正規賽。即使不提出場限制，一年級的實力也無法和二、三年級抗衡。

新人賽直到去年都不分性別，但是今年開始和正規賽一樣是男女分開競賽。到去年為止，一年級女生都沒有參加複數項目，但今年應該免不了吧。」

摩利這番話是在關心深雪，不用聽她說出專有名詞也顯而易見。

連續參加魔法競賽，以女生的體力來說很難負荷。深雪即使接受高於常人的鍛鍊，但身體原本就比較嬌弱。達也心想，必須儘可能從旁輔助。

「六項競賽之中，有四項是男女共通。『祕碑解碼』是男子組限定，『幻境摘星』是女子組限定……『祕碑解碼』是唯一可能會直接交戰的項目，可以理解為何是男子組限定。」

摩利嘴裡這麼說，臉上表情卻明顯不是滋味。

依照達也在風紀委員會得知的情報，摩利的魔法屬於對人戰鬥型，她內心應該對於無法參賽有所不滿吧。

「每項競賽的各校報名人數最多三人，同樣項目的男女參賽人數分開計算，所以包括正規賽與新人賽，男女各五人必須在五項競賽選兩項，另外五人則是專注參加一項。

說到要讓誰參加哪個項目，有實力的選手應該專心參加單項競賽確實爭取勝利，還是參加兩項競賽賺取積分；敵方王牌會參加哪項競賽，這邊又要派誰對抗……因為是團體戰，所以這種作戰也顯得很重要。」

「原來如此。」

「除了選手之外，九校戰允許各校額外編組四人擔任作戰幕僚，不過並不是每所學校都會成立作戰團隊。我們學校每年都會以最多人數編組代表隊，但是例如第三高中，每年都沒有帶作戰團隊參賽，他們的作戰都是由選手自行擬定並且做出決策。」

「但我們每次都和該校爭冠，真令人玩味。」

「我們只輸給他們兩次，分別是三年前與七年前。九校戰是在十年前，以現在的形式成為夏季的例行活動。至今舉辦過九屆，我們學校得過五次冠軍，第三高中兩次，而第二與第九高中則是各一次。」

「記得今年目標是三連霸？」

「沒錯，對於我們這些三年級學生來說，今年奪冠才是真正的勝利。」

第一高中現在的三年級學生被稱為「最強世代」。

七草真由美、十文字克人、渡邊摩利。

其中兩人是十師族直系，另一人的實力也不遑多讓。

光是這三人位於相同學校的同年級，就是令人驚訝的巧合。此外校內還有好幾名就讀高中時就已經得到A級評等（因為實務經驗不足，所以無法取得正規證照，但是依照國際基準已經評定擁有相當於A級證照的技能）的實力派。

今年的九校戰在公布代表隊名單之前，第一高中就被視為奪冠大熱門。

即使地下賭盤以九校戰為對象，今年也應該無法開盤——其戰力就是如此堅強。

「聽說只要凡事順利，本校就勝券在握？」

「算是吧。選手實力沒有不安的要素，即使新人賽的名次也列入計算，但只要沒有大失誤，以正規賽的積分應該就會贏。若說有不安的要素，就是工程師吧。」

「工程師？是指ＣＡＤ的調整人員？」

「對，九校戰的官方用語稱為技術成員。九校戰使用的ＣＡＤ有制定共通規格，必須是符合規格的機種才能使用。相對的，只要硬體合乎規格範圍，軟體實際上毫無限制。如何在規格範圍內準備適合選手的ＣＡＤ，能否施予激發選手最強實力的調校，是影響勝負的關鍵。」

展開啟動式的速度端看ＣＡＤ的硬體性能，但是構築魔法式的效率大幅受到ＣＡＤ軟體性能的影響。在毫釐之差就影響勝負的運動型競賽，軟體調校的好壞確實有重要意義。

軟體並不是越高明、越多工就越好。超越硬體性能的軟體會妨礙硬體運作，反而只會產生拖累效能的結果。

既然硬體性能受限，軟體的選擇與分配就更加重要。

達也認為如果是這種條件，比賽成績可能會因為軟體工程師的功力而大爆冷門。

「現在的三年級，工程師的人才比起參賽選手要來得缺乏。真由美與十文字也擅長調整ＣＡＤ，所以參賽時不會綁手綁腳，不過……」

「…………」

看來摩利不擅長調校。

達也正確推測到摩利含糊話語的含意，不過正因為明白，所以他不發一語。

他就這麼讓注意力遠離摩利的閒聊，專注製作交接資料。

◇ ◇ ◇

交通集中管制技術的進步，使得電車形態全盤改變，電動車廂成為了市區主要的公共交通工具。車輛在軌道上的運行全部由管制室集中控制，兼顧安全、方便與高運量的需求。

另一方面，公路交通管制技術的進步不如預期。連結各都市的高速公路已經導入自動運行系統，但是一般道路與市區高速道路的車輛個別控制系統，只有部分大型都市導入試用，還沒達到全國普及的階段。

相對的，輔助駕駛的智慧行車系統日新月異。現代的車輛只要沒有非法改造，即使想造成交通事故也無法如意（克人的車能夠撞入Blanche大本營，在於那是以軍用車改造的車子）。

出口到國外的車輛也搭載相同的智慧行車系統，所以無力導入大規模交通管制系統的小國也能夠因此受惠，降低交通事故的發生率。以全世界的角度來看，個別管制技術的評價比集中管制技術來得好。

不過安全還是得付出代價，新手駕駛——講得更直接一點就是開車技術差的駕駛，雖然不會造成交通事故，卻容易造成塞車。即使不會再出現連環追撞的意外，卻會出現連環緊急煞車的狀況，所以塞車或許可說是理所當然的結果。

為了防止這種社會損失——以此為表面理由——即使是不太需要顧慮安全層面的現在，依然堅持執行駕照制度。

達也在全新的電動機車前面等待妹妹前來。

這輛愛車是達也剛考上駕照後的四月上旬買的。買車純粹是基於實用目的，未曾用做休閒兜風的用途，但也已經騎了相當的里程數。即使如此，因為達也每天確實進行保養，所以用了兩個月的現在依然和全新的一樣。

「哥哥，讓您久等了。」

達也隨著聲音移動視線一看，門燈照亮妹妹纖細的胴體。

深雪將長長的秀髮挽起來，穿著幾乎和達也相同款式的騎士服。貼身剪裁的連身騎士服，襯托出尚未成熟卻很有女人味的優美曲線。

達也為深雪戴上安全帽之後，深雪順勢抬起下巴。妹妹宛如理所當然的動作令達也稍微苦笑了一下，但還是為她固定下巴的扣環。

深雪像是酥癢般縮起頸子，達也自然朝她露出微笑，自己也戴上安全帽跨上機車。

打開護目鏡，吩咐跨上後座的深雪抓緊。

達也確認深雪摟住他的腰，背後傳來身體緊貼的觸感之後，就關上護目鏡，提升無段式動力裝置（等同於汽油引擎機車的油門）的輸出功率。

兄妹所騎的電動機車，在星空之下靜靜起步。

◇　◇　◇

目的地是八雲的寺廟。

但今晚接受訓練的人不是達也，是深雪。

深雪已經內定為九校戰選手，所以必須為此做準備。

九校戰進行的競賽，是在魔法競賽之中挑選重視魔法技能的項目，但即使如此，也不表示用不到體能。在「衝浪競速」的項目，身體反應速度與平衡感較好的選手占優勢，在「群球搶分」的項目，依照戰術會需要良好的體能。

對於擅長減速與冷凍魔法的深雪來說，「冰柱攻防」簡直是為她量身打造的競賽，別說是新人賽，即使參加正規賽應該也穩操勝算。

然而個人賽從今年開始男女分組進行，導致參賽項目增加，深雪應該會上場的另一項競賽

「幻境摘星」，必須做出「以球棒劈開空中的立體全像光球」這種動作。

和達也一起接受八雲武術指導的深雪，體能好到無法從她纖細的體型想像，但最近活動身體的機會減少，才會進行訓練以防萬一。

達也在車道入口處將機車熄火，推著車進入寺廟。將愛車停在寺內的停車場之後，兩人前去向八雲請安。

這個時間，八雲應該正在和門徒進行夜間訓練。

正如預料，靠近熄燈的道場就感覺得到壓低的氣息，聽得到偶爾無法完全消音而傳到戶外的腳步聲，以及跌倒撞擊地板的聲音。

達也靜悄悄拉開古老的拉門，避免影響到門徒練習。

即使開門沒有發出聲音，一字飛鏢依然間不容髮射了過來。達也以防彈防刃的手套架開，取出藏在騎士服裡的鉛彈回射。

然而達也的「珠彈」（一種以手指力量投擲小鉛彈的暗器投擲術，和「指彈」屬於同一系統）沒有命中目標的感覺。

「達也，看來你的珠彈還是沒什麼進步。別因為有魔法就放心，也得練習射擊武器才行。但你不是抓住飛鏢而是架開，這是正確的判斷。」

沒有氣息，只聽得到聲音。

達也並不是朝著聲音傳來的正前方，而是朝右邊牆壁再度投擲鉛彈。

「唔喲？」

隨著這聲脫線的驚呼，一股氣息宛如漣漪，從射擊的位置擴散開來。

達也連忙抱著深雪向後跳。

千鈞一髮之際，一道漆黑的劍風從天花板由上至下，垂直疾馳而過，以毫釐之差掠過達也保護妹妹的背。

達也迅速單腳往前踩。

表面完全漆成黑色的木刀，在達也穩穩踩住的腳下停止動作。

想要抽刀使出第二招的八雲打消念頭，放開動彈不得的武器。

「……師父，您的歡迎方式真暴戾。」

「……我才要說，你的珠彈是不是有殺氣？」

在黑暗之中對峙的師徒，很有默契地同時發出黑心的笑聲。

達也懷裡的深雪滿臉通紅，幸好周圍一片漆黑，所以不會被發現——深雪本人是這麼認為，不過達也已經從她僵硬身體的觸感得知，八雲也從氣息察覺得清清楚楚。

◇ ◇ ◇

這裡是四個角落以篝火照亮的寺廟境內某處，平常是進行護摩焚法修的地點（這間寺廟姑且標榜是比叡山所屬的寺廟，但達也與深雪都沒看過八雲誦經或念佛修行），場中隱約泛著藍光，微亮的紅色光球輕盈漂浮在半空中。

因為是寺廟，一無所知的人們看到這幅光景，可能會以為是靈魂而嚇到軟腳，不過幸好現場沒有任何局外人。

細長的影子穿過藍光，一顆光球無聲無息消失。

兩顆，三顆，光球逐漸增加。

一個婀娜多姿的身影，以意外迅速又有力的動作追著四散漂浮的光球，並以手中的短杖將其劈成兩半。

劈開的光球達到三十顆時，達也示意深雪稍做休息。

在境內只以石灰畫出六間（約十一公尺）見方的簡單正方形結界外面——只以四條白線就設立結界的功力實在令人瞠目結舌——達也端著大茶杯，走向解除印契的八雲。

為大口喘氣的八雲送上茶水的工作，原本都是由深雪負責，但是今天由達也代理。

因為今晚的深雪同樣在白線內側氣喘吁吁，也是需要茶水的一方。

「師父，謝謝您。不只是出借場地，還勞煩您陪同妹妹修行。」

達也送上茶水之後再度低頭致意，八雲大方地點了點頭。

「攻擊實體和攻擊幻影的要領差很多，深雪也是我可愛的學生，我不會吝於協助。」

感覺「可愛」這兩個字似乎有加重語氣，但達也決定在九校戰之前不予過問。

幻影魔法是「忍術」擅長的領域，包括投影速度、影像真實度與動作的平順度，各方面都誇稱比現代魔法洗鍊。現代魔法能夠以高速又精確地發動許多不同種類的異能力，但是在限定的專長領域，依然有許多部分比不上古式魔法。

達也只能正常使用有限的極少數魔法，無法像八雲用幻術「鬼火」代替立體投影機。

「深雪，今晚就練到這裡好了？」

達也將飲料遞給喘氣的妹妹如此詢問，但深雪搖了搖頭，喝下一口飲料潤喉。

「老師方便的話，我想再稍微活動一下身體。」

「我不在意，不然達也要不要也一起打『鬼火』看看？」

「不，我……還是免了。」

八雲那張笑嘻嘻的表情，達也大致想像得到是什麼意思。

達也有點想讓八雲的如意算盤打不響，但考量到今天讓深雪練習比較重要而自重。

「這樣啊，唉，真遺憾。」

八雲露出著實遺憾的表情，卻也藏不住竊笑而搖了搖頭。

看到這樣的他，達也確定婉拒才是正確答案。

八雲將暗藏鬼胎的壞心笑容改成溫和親人的笑容，重新轉身面對深雪。

「那就開始吧。」

「好的，麻煩老師了。」

深雪鞠躬作為繼續練習的暗號。

兩人手中的杯子已經由達也回收。

在深雪站在篝火圍成的正方形中央，八雲準備再度施展幻術的時候……

「是誰？」

忽然出現一股他人的氣息。

開口詢問的人是達也。

不，時間順序相反。

達也為了輔助訓練，在情報體次元擴充知覺領域的瞬間，他的認知網路捕捉到某種存在。達也朝著毫無氣息的黑暗開口詢問之後，不知從何處出現一股他人的氣息。

「哎呀，遙。」

八雲不以為意地朝著這股氣息打招呼。

達也與深雪都對這個名字有印象。

從黑暗之中走到搖曳火光的身影，比深雪略微成熟。

她是魔法大學附設第一高中的輔導老師——小野遙。

或許是因為她和深雪一樣穿著深色連身服，感覺特別凸顯出胸部與腰部的曲線。

深雪沿著達也的視線看過去，不禁露出吃味的表情，不過在以手肘頂哥哥的側腹之前，她看見哥哥雙眼染上如同冰鋼凍鐵般的神色，因而恢復冷靜。

達也細細打量遙身體的視線，是在測量遙的身體能力。

「達也，用不著這麼警戒，遙也是我的徒弟。」

「但您教我的時候，並不像教司波同學一樣親切。」

遙的聲音略帶調侃，不適合她宛如融入黑暗的肅殺外型。

「不過話說回來，如果是老師也就算了，沒想到居然會被司波同學發現，難不成是我的技術退步了嗎？」

「遙，欺騙自己不是好事。要是太常說謊，妳會連自己真正的想法都混淆喔。」

「司波同學也對我說過這種話。」

「喔，看來我多嘴了。總之這件事暫且不提，遙的隱形近乎完美，不需要無謂操心。如果妳當真以為自己的技術退步的話啦。」

遙露出令人覺得是典型範例的敷衍笑容，承受八雲投過來的視線。

她應該不認為這樣就能敷衍過去，也不打算以此敷衍。

看八雲依然笑嘻嘻的樣子，這可能是他們兩人平常的互動方式吧。

「達也並不是以氣息察覺，他擁有一雙和我們不太一樣的『眼睛』，想瞞過他的眼睛不能隱藏氣息，應該要偽裝氣息。」

「原來如此……受教了。」

「該請您回答我的疑問了。」

兩人以達也當成話題，上演師徒暢談的戲碼。達也忍不住厭煩起來，刻意以明顯不悅的語氣提問，打斷兩人的對話。

「嗯……只給遙情報確實不公平。遙，不介意吧？」

八雲賣關子，發出「嗯……」的聲音製造空檔，不過從他的態度就知道，他也在估算達也插嘴的時機。八雲將話題轉到遙身上，遙立刻聳肩回答：

「就算我說不行，你們也會趁我不在場的時候說吧？」

遙的言行大而化之，看得出她已經放棄隱瞞了。

「既然徵得當事人的同意，那我就說吧……遙是公安的搜查官。」

八雲的說明非常地簡單明瞭，光是如此就能充分理解答案。不過坦白說，達也希望八雲能夠進一步說明。

「嗯？看來你沒有很驚訝。」

不過八雲先要求說明了。

他似乎期待達也兄妹倆驚訝的樣子。

不只是達也，深雪也面不改色地接受遙的真實身分，這似乎令八雲感到詫異，或者應該說，感到無趣。

「我也有一些自己的情報網，所以知道小野老師並不是軍方人物。那麼剩下的選項就是公安（警察省公安廳）、內情（內閣府情報管理局）人員或是外國間諜。」

達也的答覆令八雲蹙眉。

「與其說是情報網，應該說是『他』提供的情報吧。這樣好嗎……以他的立場，要是將情報洩漏給一介高中生的事跡敗露，應該會吃不完兜著走。」

但是八雲一副灑脫自然的表情，完全不像是認真擔心的樣子。

「說到立場，師父也差不多……所以，小野老師是為了調查第一高中內部以Blanche為首的反政府組織活動，偽裝成輔導老師的公安臥底，我這樣的解釋沒錯吧？」

「錯了。」

達也這次在字裡行間加入確認的意思詢問遙。

但是遙回以一個頗為堅定的否定。

「我確實是公安的臥底，但輔導老師並不是偽裝。以時間順序來說，現任上司前來接觸想考輔導老師的我，而當我分發到第一高中之後，才成為公安的祕密搜查官。我從兩年前在這裡拜師學藝一年，所以達也同學是我的師兄。」

「雖然只學藝一年，但您的隱形真是高明。」

「這是我的魔法特性，雖然我也因此無法用其他魔法。這也是上司看重我的理由。」

「……原來如此，您是BS（Born Specialized）魔法師？」

「我不喜歡這個頭銜。」

遙宛如同年紀少女般鬧彆扭撇過頭去，使得達也不禁失笑。

BS魔法師，又稱BS能力者，也可以稱為先天特異能力者或先天特異魔法技能者。是指擅長某種異能力，而其異能力很難以魔法技術達到相同水準的超能力者。

從「BS的一百零一招」這句壞話就看得出來，BS魔法師的地位比普通魔法師低，但他們的特異能力大多無法被他人模仿。即使是別人能模仿的能力，他們的技術等級也是極為高超。如果以合適的職務配上特異能力，經常比「無所不能」的普通魔法師更有用。

「相較於樣樣通樣樣鬆，我覺得專精一項領域比較優秀。不過，這是小野老師的價值觀的問題就是了。」

達也說完之後，覺得學生與輔導老師的立場似乎反過來了，不過這裡是校外，現在時間不只是放學後，甚至已經是深夜，所以應該不用擔心這種事。

大概是同樣察覺到立場相反，遙即使不高興還是停止賭氣。

「司波同學，今天是逼不得已，不過祕密搜查官的身分其實原本是最高機密，請不要對其他人透露出去。」

達也立刻覺得保密沒有意義。

不過是公安臥底的身分，十師族應該立刻就會知道。

家裡和警方密切來往的艾莉卡或許早已知道了。

達也自己也一樣，雖然不知道遙的單位，但從很久以前就幾乎確定她是諜報人員。

或許只有遙自己認為真面目沒有洩漏，但達也沒有這麼說。

他是以這番話回覆遙的請求：

「明白了，我不會說出去。形容為代價或許不太對，不過今後要是發生四月那樣的事情，可以請您早點提供情報嗎？」

「……明白了，就以這種互惠原則進行吧。」

兩人各懷心思，握手致意。

◇　◇　◇

不用說，魔法科高中除了魔法，也有普通科目的課程。

當中也包括體育，以對戰形式點燃少年鬥志達到過熱的程度，這光景至今也未改變。

今天的課程是蹴球。

百科全書常見的說明如下：這是從足球衍生出來的競賽，開了無數小洞的箱子緊密覆蓋整個球場，以類似足球的規則競賽，不過選手戴著保護頭部的護具，頭鎚和手球一樣禁止（題外話，這種「在透明箱子裡打球」的競賽形態，是二〇八〇年之後的運動項目特徵之一）。

這種競賽有時也會以併用魔法的方式進行，但通常以不使用魔法的規則競賽，今天的課程也是採用這項規則。

蹴球使用彈性極佳的輕量球，碰到牆壁與天花板同樣會反彈。宛如乒乓球般以眼花撩亂的速度上下左右彈跳，選手追著球伺機射入對方球門，是一種速度與力量兼具的球賽。而且看起來精彩刺激，所以也是很受歡迎的「觀賞用」運動。

正在休息的一年E班與F班女學生們，如今也無視於自己的課程，為男生加油打氣。

「滾開滾開，給我讓路！」

雷歐衝向沒人接應的球。

蹴球使用的球彈力極佳，很難像足球那樣運球，所以幾乎沒在運球。一般的戰術都是五名球員利用牆壁或天花板傳球射門，所以撿球消耗的運動量大幅左右勝負。

「達也！」

縱橫跑遍全場的雷歐，以射球的力道傳球給中盤的達也。

若想以胸口或腹部停球，可能會被重擊在地的這記強烈傳球，達也垂直將球踢向上方消除力道，在球從天花板反彈落地時穩穩踩住。

宛如機械精準接下這記傳球的達也，將球踢向側邊牆壁，這是利用牆壁反彈的傳球。

位於反彈軌道上的，是一名身型偏細的少年。與其說他瘦，應該說他的體格結實。如今面對達也頗有速度的傳球，他也是毫不畏懼地以一個動作接下。

他就這麼朝著敵方球門射門。

宣告進球的電子音效響遍全場，參觀的女學生們高聲歡呼。

「那個傢伙真有一套。」

來到達也身旁的雷歐率直稱讚。

「是啊，預測準確，而且身手比外表還要矯健。」

超乎預料的身體能力，使得達也同樣頗感意外。同班至今三個多月了，今天當然不是第一次上體育課。達也自認在某種程度上有掌握對方的能力，剛才的傳球也是判斷他處理得來而使用的力道，不過這個人——吉田幹比古的動作，比達也想像中還有餘力。

班上只有寥寥二十五名同學，大家當然知道彼此的名字。

而且達也知道的不只是名字。

吉田幹比古是古式魔法的名門——吉田家的直系後代。

吉田家是傳承「精靈魔法」這種分類於系統外魔法的古老家系，據說傳統的修行方法代代相傳至今。而既然是自古相傳的修行法，應該是以苦行為中心。那麼，該家系的成員有鍛鍊出與其相應的體魄，也是可以理解的事情。

不過幹比古從外表看不出這樣的痕跡，這是達也感到意外的原因。

深藏不露的高手，總是隱藏在出乎意料的地方啊……

達也抱持著這樣的感慨施展上段迴旋踢，將飛過來的球踢向敵方球門。

在達也等三人的活躍之下，他們在這場比賽獲得壓倒性勝利。

回到觀戰區的達也，和雷歐移動到坐在不遠處的吉田幹比古旁邊。

「打得好。」

搭話的達也，呼吸已經恢復平順了。

「你們也是。」

回應的幹比古也和達也一樣，呼吸不再紊亂。

達也並未和班上同學全部建立良好的友誼，可能是因為個性比較不愛理人或是其他原因，使得部分同學對他態度冷淡，在一年E班當中，只有半數學生願意和他正常交談。然而幹比古比達也更不愛理人，包含達也自己在內，達也沒看過他和班上的任何人親切交談。入學時的新生說明會，他也是獨自先行離開教室。人際關係遠比達也廣闊許多的雷歐，至今和幹比古也僅僅是點頭之交罷了。

「吉田，你很厲害嘛。雖然這麼說有點冒犯，不過出乎我的預料。」

但雷歐看過幹比古剛才的活躍之後似乎想到某些事，約達也一起——率先打招呼的是達也，但提議這麼做的是雷歐——來到坐在不遠處的幹比古身旁。

雷歐語氣親切，對某些人來說可能會覺得裝熟而蹙眉。

「幹比古。」

不過幹比古或許是受到雷歐直爽的態度感化了。

「我不喜歡別人用姓氏叫我，用名字叫我吧。」

他以前所未有的和善態度回應。

「好，那你也叫我雷歐吧。」

即使上一個時代那種全班共同行動的機會減少，入學至今三個月的現在才進行這種對話，或許也很奇怪。

幹比古的校園生活就像這樣，對班上同學在內的所有人築起如此一座高牆。

或許是揮汗運動後帶來的痛快感覺，使他只在這時候像是一時興起般換了個心情，但這肯定是一次契機。

「我也可以叫你幹比古嗎？你當然也叫我達也就好。」

「ＯＫ，達也。」

幹比古以輕鬆的語氣回應達也，露出有些羞澀的表情。

「其實我之前就想和你聊一聊。」

對人的印象是一種很神奇的東西，有時候用盡千言萬語也無法改變第一印象，但有時候光是一句話就會大幅改變至今的印象。

達也對幹比古的印象，從「討厭他人」變更為「怕生」。

「真巧，其實我也是。」

以二科生——後備遞補的身分入學，卻在學科測驗分別拿下全學年第一與第三。即使校方比較重視實技，兩人對彼此感興趣也不奇怪。

「……我莫名覺得被排擠了。」

只不過，還沒有熟識的幹比古暫且不提，雷歐不認為達也光是如此就會對某人感興趣。反倒是隱約察覺到兩人之間沒有那麼簡單，才會感覺「被排擠」。

不過幹比古的下一句話，完全消除雷歐內心的陰霾。

「雷歐，你多心了，我也一直想和你聊一聊。」

原因並不在於實際交談才發現頗為親切的幹比古，說出這句意外貼心的話語。

「畢竟再怎麼說，能這麼有耐心和艾莉卡來往的人很罕見。」

而是幹比古百感交集地說出的這句感嘆話語。

「……總覺得無法釋懷。」

說得自己和艾莉卡好像出雙入對，使得雷歐拉下表情，達也與幹比古見狀同時笑了出來。但達也隨即對幹比古剛才那句話有所在意，並且立刻想到吸引自己注意的箇中原因。

「幹比古，你早就認識艾莉卡？」

這個問題無特別涵義。所以達也看到幹比古露出「糟了！」的表情就打算換個話題。

「算是吧，就是所謂的青梅竹馬？」

「艾莉卡，為什麼是問句？」

不過因為當事人登場，達也的顧慮無疾而終。

「我們十歲才認識，能不能說是青梅竹馬，似乎有待商榷。何況這半年我們在校外完全沒見面，他在教室也一直迴避我。」

忽然插入對話的艾莉卡，就這麼扔著達也等人，回答美月的詢問。

「嗳，達也同學，你認為呢？」

接著艾莉卡又忽然徵詢達也的意見，她今天也是我行我素。

「這樣算青梅竹馬應該也沒問題吧？」

毫不猶豫隨口回答的達也，或許在某方面也是半斤八兩。

不過，雷歐與幹比古之所以不發一語，並不只是因為他們對於艾莉卡旁若無人的行徑啞口無言。兩人睜大的雙眼說明了這一點。

西元二〇九五年現在的服裝趨勢，會避免在公眾場合裸露肌膚。而學校也是公眾場合，即使是夏天，也有義務穿上外套，女學生則是必須在裙子底下穿一件不透色的緊身褲，或是長到腳踝的內搭褲。

但是這條規定不必套用在運動服，運動社團的制服即使露出手腳也不會受到指責，上體育課的時候也不用遵守這項規定。像現在達也他們男學生穿的就是沒過膝的短褲，美月也是穿五分長的韻律褲，這可說是女學生上體育課的普遍穿著。

至於說到問題所在的艾莉卡……

她整雙腿裸露在外。

大腿根部以下的部位，在盛夏暑氣裡一覽無遺。長度別說是一分褲，她的褲子根本不能以這種方式形容長度。而且上半身穿的短袖上衣要長不長，乍看之下甚至像是只穿著內褲。緊實卻毫無粗獷肌肉的大腿，微微晒紅的膚色成為點綴，反而強調肌膚原本的白皙。

「艾莉卡，妳怎麼穿這樣！」

總算回神的幹比古聲音會有些高八度，及臉紅的原因和富含紫外線的陽光無關，這也是在所難免。在校外看見女性裸腿的機會並不少，幹比古應該不會不適應，但艾莉卡雙腿所醞釀的「嬌媚」氣息，足以讓同年紀的少年失去平常心。

「哪有怎樣，這是傳統的女生運動服啊。」

幹比古目前是怎麼樣的精神狀態一看就知道，艾莉卡卻完全沒提到這一點，只露出詫異的表情歪過腦袋回答。看來並不是為了捉弄青梅竹馬而穿成這樣。

「這叫傳統？」

然而當事人幹比古似乎認為這是在捉弄他，就這樣以更紅的臉表達憤慨。

「這樣啊？我還以為是設計比較奇特的韻律褲。」

達也插嘴轉移話鋒，避免艾莉卡的無心之語繼續刺激幹比古的神經。

「這不是韻律褲喔。」

這麼做只是讓犧牲者從幹比古變成達也，不過看達也面不改色就知道他的耐性遠勝幹比古。

不，或許是達也沒有敏感到會被艾莉卡這番無心的挑逗發言刺激。

「不過，這也不是網球裝的安全褲吧？」

「就算是我，也沒興趣不穿網球裙只穿安全褲，這叫作燈籠褲（bloomer）。」

「燈籠褲？聽起來好像掃把（broom），以前都穿這樣打掃？」

「怎麼可能！我不是說這是女生運動服嗎！」

難以判斷達也是故意還是無意的耍笨，反而使得艾莉卡有些招架不住。

「說到燈籠褲，就是那個嗎？」

雷歐此時總算回神了。

「當年道德淪喪的時代，女高中生賣給中年大叔賺零用錢的……」

……不過，無論對雷歐還是對艾莉卡，他不要回過神來肯定比較好。

「笨蛋，給我閉嘴！」

艾莉卡滿臉通紅放聲怒罵，同時朝著立起單腳而坐的雷歐小腿骨狠狠踢下去。

雷歐按著小腿痛苦掙扎，艾莉卡單腳跳來跳去。

看來本次的言語與肢體暴力，以兩敗俱傷（？）作結。

相較於剛才——也就是達也他們——的比賽，這次的比賽是拉鋸戰。

分數從剛才就是你來我往。

兩隊的實力旗鼓相當，不過只處於高中生應有的等級。

因此幾乎沒有女學生觀戰，畢竟她們有自己的課要上，應該也沒辦法蹺課太久。何況體育課與其他學科或魔法實技不同，擁有教練資格的職員會在現場看管（能教魔法的老師以及能擔任運動教練的職員，人數的差別由此可見）。

「真令人不敢相信，你腦袋只裝這種知識？」

如今留在男生球場觀戰區的女學生，只有艾莉卡與美月。

「吵死了，我看過的書就這麼寫。」

艾莉卡當真投以輕蔑的目光，雷歐或許是覺得這次的情況對自己不利，回答的語氣有些隨便，視線也從一開始就看向他處。

不會在這時候徹底將對方逼上絕境，可以說是艾莉卡的優點。

「搞不懂你到底看過什麼書……不過這麼說來，Miki也用類似的眼神看我呢。穿成這樣這麼容易令人興奮？」

或許只是她容易分心而已。

「艾莉卡……我覺得還是正常穿韻律褲比較好。」

依照美月難以啟齒的語氣，她應該也是「如此心想卻說不出口」的狀態。

「也對……並沒有比想像的方便活動，反而還有點緊繃。」

此時有兩名男學生立刻轉過頭去，幸好（？）沒有被艾莉卡看見。

「唔～在衣櫃深處挖到這件的時候，想說沒人穿過，尺寸也剛剛好，但還是聽美月的建議換回韻律褲吧。」

「嗯，我覺得這樣比較好。」

這並不是美月需要拚命說服的事情，但她反覆大幅點頭。

「咦？」

美月在這時候慢半拍做出某個反應，就某方面來說很像她的個性。

「話說艾莉卡，妳說的『Miki』是誰？」

轉過頭去的幹比古肩膀忽然使力，但是艾莉卡沒有察覺，不以為意地指向幹比古的背（要是察覺，她會採取不一樣的行動嗎？這要打個很大的問號）。

「因為是幹比古(Mikihiko)，所以是Miki。」

幹比古幾乎在艾莉卡說出這句話的同時猛然轉身。

「什麼『所以』啊！」

看來對於幹比古來說，這個「暱稱」令他想無視也沒辦法。

「你問什麼，幹比古的簡稱就是Miki啊。」

「我不是說過很多次嗎！不准用這種女性化的名字叫我！」

不過艾莉卡似乎已經習慣被如此怒罵，這對她絲毫沒有效果。

「咦？還是叫小古比較好？」

艾莉卡臉上反而還露出「那你怎麼不早說？」這種反過來怪罪幹比古的表情。

「為什麼會變成這樣！不准隨便縮減別人的名字！」

「所以要我叫你幹比古？唔～……幹比古幹比古幹比古……這樣果然很難唸，我還是不想這樣子叫你。」

覺得蠻橫不講理的人，並不是只有幹比古。

「而且你不覺得這樣莫名難為情嗎？」

「哪裡難為情？」

艾莉卡忽然彎下腰。

「幹比古……」

艾莉卡把臉湊到坐著的幹比古面前，像是低語般以甜美的聲音叫他的名字。

勝過憤怒的動搖情緒，使得幹比古說不出話來。

「……這人是誰？」

不只是被叫名字的當事人，連雷歐都動搖了。破壞力不可小覷。

「怎麼樣？很難為情吧？」

看來艾莉卡頭髮長得特別快，入學時的中短髮，短短三個月就已經將近是過肩長髮了。她將頭髮撥到耳後，露出滿意的笑容。

幹比古依然倔強，卻無法掩飾內心的動搖。

「既……既然這樣……」

「啊，結巴了……」

美月輕聲說著，她的個性或許相當不留情面。

幸好幹比古似乎沒有餘力聆聽美月這句話。

「叫姓氏不就好了！」

「咦？可是Miki不是討厭別人用姓氏稱呼嗎？」

看來這句話講得太冒失了。

幹比古表情緊繃。

臉色漲紅、驚慌失措的態度和剛才一樣。

但至今的怒氣，是以羞恥心為根基。

然而達也感覺到，現在的幹比古隱含了近乎憎恨的灰暗情緒。

「艾莉卡，是不是該回去了？」

或許是多管閒事，達也介入兩人的對話，讓艾莉卡的注意力轉向自己。達也指著身後示意，教練（也就是所謂的體育老師）正板著臉看向這裡。

「慘了！達也同學，晚點見！」

「咦？艾莉卡，等我一下啦！」

艾莉卡慌張地拔腿就跑，美月連忙跟著離去。

達也朝她們的背影露出苦笑揮手。

在一陣尷尬的沉默之後……

「抱歉，害你費心了。」

幹比古輕聲說著並低頭致意，看來他的家庭有著相當根深柢固的問題，即使有所自覺，依然會忘我失控。

「或許只是我多管閒事。」

達也這番話不是安慰，而是真心話。剛才的光景看起來不像第一次發生，搞不好艾莉卡是刻意激怒幹比古。把內心的煩惱盡情吐露一次，或許比較不容易留下後遺症。

「不，沒那回事，何況現在還在上課。」

然而幹比古現在說出來的理由，正是達也多管閒事的原因。做任何事都要看時間與場合，何況達也不希望捲入幹比古……或者是艾莉卡與幹比古兩人共同面臨的問題。

「不過話說回來，達也好鎮靜。」

幹比古忽然更換話題，或許是因為敏感地察覺達也「不想有所牽扯」的心情。

「為什麼忽然講這個？」

達也從至今的交談就明白，幹比古在班上雖然是那種態度，但對於他人內心的動靜卻非常敏感。只不過這樣更換話題也太過突然，應該說毫無脈絡可循。

「哪有為什麼……」

看來幹比古似乎也還沒清楚構思這個話題就脫口而出，遲遲無法詳細說明。

「那個……就是說，你看到艾莉卡穿那樣，也完全不為所動。」

但即使如此，他舉的這個具體例子也太過突兀，或該說牽強。

「……我是有驚訝她忽然穿成那樣，但也沒有裸露到令人動搖吧？我覺得那比泳裝或韻律服要來得保守。」

達也真正的想法是「這傢伙說這什麼話」，不過今天事實上算是初識幹比古，忽然講這種話不夠圓滑，所以達也選擇這種無關痛癢的回應，使得這段對話就旁人看來有些脫線。

「比泳裝或韻律服低調所以不在意？總覺得這種說法不太對。」

從青少年的角度來看，雷歐的批評應該很中肯。

「……達也，你枯萎了，不再青春了。」

明明是幹比古提出的話題，卻連他也無奈地輕聲說出失禮的意見。

或許是受到艾莉卡調戲（？）而同仇敵愾，達也不知何時成為他們兩人的靶子。

「達也不是枯萎，是太難打分數了。有那麼漂亮的妹妹，大部分的普通女生當然引不起他的興趣吧。」

「嗯……確實沒錯，記得是深雪同學？在入學典禮第一次看到她的時候，我不是看到出神，而是嚇了一跳。我不敢相信現實世界有那麼漂亮的女生。」

「喔？達也，他看上你可愛的妹妹囉。身為哥哥有什麼想法？」

雷歐露出壞心眼的笑容提出詢問，但回答的人並非話鋒所指的達也，而是被戰友背叛（？）當成話題的幹比古。

「別這樣，不是這麼回事。只是交談還好，但我完全不想進一步發展，我光是想像就會怕。如果要交女朋友，我希望能找一個可以更輕鬆和樂相處的對象。」

幹比古這番話，使得雷歐深深點頭同意——動作誇張到很像是故意的。

「說得也是。但就算不是如此，戀兄情結的她也難以攻陷，要交往還得突破無敵的戀妹情結哥哥這一關……這門檻也太高了。」

「雷歐……看來我得找機會徹底跟你談一次。」

「喔喔，真恐怖，敬謝不敏。我可不想為這種事賭命。」

達也沉重的視線，使得雷歐誇張地發抖。

光看就知道是裝出來的，不過看起來其中似乎蘊含不少認真的成分，幹比古深感興趣地比較眼前的兩人。

雷歐的體格比達也大一輪。

手腳也相應地粗壯。

依照剛才同隊比賽的感覺，矯健程度看起來也差不多。

聽說達也在著名忍術師門下學習體術，但他的身手真的如此高超？

甚至足以彌補拙劣的魔法力？

幹比古不知道達也是對他哪個部分感興趣，但他從一開始就清楚明白，自己是對達也哪個部分感興趣。

幹比古對於達也強悍的祕密感興趣。身為剛入學的二科生，卻能展現出接連制伏一科高年級學生的實力，幹比古想知道達也如何得到這種實力。

對於幹比古來說，他衷心希望找到彌補魔法力差距的手段。

一年前所喪失的「力量」的替代品。

直到一年前，幹比古都被譽為神童，是吉田家期待的明日之星。

在吉田家代代相傳的魔法之中，屬於核心術法的「喚起魔法」，幹比古的實力評價已超越繼承家族的哥哥。

直到發生那場意外，懂事以來一直身為強者的幹比古，無法承受自己淪落為弱者。

他知道自己在焦急，也明白自己因而無謂地遭到孤立。自覺到毫無餘力的心理狀態正過度耗損自己的精力，即使如此還是不得不把自己逼入絕境。

這一年，他專注向學到前所未有的程度。

也認真修習至今不算熱衷的武術。

即使如此，依然無法填補失落感。

所以，當他知道達也在魔法實技屬於劣等生，現實的魔法實踐力也不甚理想，卻能制伏魔法力遠勝於自己的高年級學生時，他無法不對達也感興趣。

足以填補魔法力差距的近戰技術？

幹比古想讓達也和雷歐比試當作參考。

而且也下意識想和達也交戰一次。

「幹比古？」

「啊？」

或許是基於這個原因吧。

忽然被叫名字的幹比古，擺出近乎備戰的姿勢。

看到他的反應，達也與雷歐都露出苦笑。

「拜託，需要殺氣騰騰嗎？」

「怎麼了？想說你怎麼忽然沉默下來，卻突然擺出這種姿勢？」

「啊，不……抱歉，沒事。」

幹比古也只能難為情地道歉，他原本就不擅長和他人交流。難得的友好氣氛變得尷尬，即使達也與雷歐在一旁盡情地說笑，也沒能在下課之前恢復到原本的氣氛。

◇◇◇

對於魔法大學附設高中來說，夏季的九校對抗戰，是和秋季的論文比賽並列的重要賽事。盛大華麗的程度則是大幅超越論文比賽，可說是首屈一指的盛事。

九校戰是以運動型式的魔法競賽進行的校際對抗賽（魔法競賽除了運動形式外，還有立體解謎、桌上遊戲、限時挑戰迷宮或尋寶的遊戲形式）。第一高中也有各種競賽項目的社團，不過九校戰的校際對抗色彩較強烈，參賽選手不會侷限於社團，而是從全校挑選有望奪冠的選手。

基於這樣的性質，九校戰的準備工作不是由社團聯盟負責，而是由學生會主導。

「就算這樣，也不能無視於各社團的正規選手，光是決定代表隊名單就很辛苦……」

總是以活力笑容迷倒眾人的真由美，今天也稍微黯淡無光。

朝便當盒動筷子的手，也似乎有氣無力。

深雪最近同樣相當忙碌，但學生會長要做的不只是行政工作，某些辛勞無法從她平常悠哉的言行窺視得見。

「即使如此，因為有十文字幫忙處理選手的問題，所以名單好不容易定案了。」

今天的午餐會宛如真由美不斷發牢騷的一場獨角戲，不過終於即將落幕。

達也的腸胃沒有脆弱到光是這樣就消化不良，但是用餐時老是以牢騷作為背景音樂，依然會對精神造成不良的影響，所以達也在真由美停止負面話題時鬆了口氣。

「不過，工程師的問題比選手還嚴重……」

……看來達也太早下定論了。

「人數還沒湊齊？」

真由美無力點頭回應摩利的詢問。

「我們學校的學生大多想成為魔法師，優秀人才總是偏向實技領域……今年的三年級尤其嚴重，魔法工學領域的人才陷入嚴重缺乏的危機。我們有二年級的小梓與五十里學弟等優秀人才，但人數還是不夠……」

「五十里嗎……那個傢伙擅長幾何學，真要說的話是純理論派，不擅長調校吧？」

「現在已經沒辦法計較這種事了。」

真由美與摩利同聲嘆息的罕見光景，如實闡述事情多麼嚴重——不過以此衡量事情的嚴重性感覺似乎也不太對。

「就算有我與十文字彌補，還是有所極限……」

「你們不是主力選手嗎？要是因為顧著別人的ＣＡＤ，卻疏於致力自己的比賽，這可不是鬧著玩的。」

「……至少要是摩利能自己調整ＣＡＤ，負擔就不會那麼重了。」

「……嗯，事態真的很嚴重。」

不知道是因為疲勞還是其他因素，對於真由美穩重得恰到好處的眼神，摩利則是毫無誠意地轉過了頭去。

學生會室的氣氛，漸漸正式變得有礙心理衛生了。

為了要回到教室——也就是逃離現場，達也向深雪使了個眼神，並且拿捏開口時機。

「鈴妹，還是請妳擔任工程師好嗎？」

對著在九校戰將近的忙碌時期，午休時間依然窩在學生會室的鈴音，真由美提出不曉得是第幾次的邀請。

「不可能，我的技能只會拖累中条學妹他們。」

而且沉沒於不曉得第幾次的冷漠拒絕。

雖然對不起意氣完全消沉的真由美，不過現在時機剛好。

達也以眼神向深雪示意，並且起身——

「那個……既然這樣，要不要找司波學弟？」

——正要起身時，卻遭受梓突如其來的攻擊導致脫離計畫失敗。

「呼咿？」

趴在桌上的真由美抬起頭，發出沒人聽得懂的奇妙回應。

直到剛才都看著自用的大型平板終端裝置發出煩惱聲音的梓——恐怕是在苦思課堂作業吧——輕嘆口氣關閉終端裝置電源，抬起頭來。

「聽說深雪學妹的ＣＡＤ是由司波學弟調校。我曾經見識過一次，成果和一流企業的技師相比有過之而無不及。」

真由美猛然起身。

她的臉上恢復活力，剛開始有氣無力的回應宛如沒發生過。

「這是盲點……！」

真由美向達也投以老鷹發現獵物的視線。

光是如此，達也就處於半放棄的心境了。

「對喔……我居然沒想到，真是粗心。」

既然摩利也加入，應該是插翅也難飛了。

「這麼說起來，委員會的備用ＣＡＤ之前也是他調校的呢……但因為只有他在使用，我才沒有想到。」

看來說什麼都沒用了，如今的達也已經九成九放棄，但是不戰而敗違反他的原則，所以達也試著進行小小——但恐怕無濟於事——的抵抗。

「之前我聽委員長提過ＣＡＤ工程師的重要性，但至今沒有一年級獲選的前例吧？」

「凡事都要有人開頭喔。」

「慣例是用來推翻的。」

真由美與摩利間不容髮提出有些激烈的反駁。

「『觀念先進』的兩位或許會這麼想，但其他選手會抗拒吧？我是一年級又是二科生，而且在各方面又給人深刻的負面印象。」

自己講這種話會有點洩氣，但也不能背對事實。

「調校ＣＡＤ時，魔工師與魔法師的信賴關係很重要。ＣＡＤ實際能夠發揮的性能，受到使用者的精神狀況影響。找我這種會引起選手反感的人來調校，我對此不以為然……」

達也的意見乍聽之下很中肯，使得真由美與摩利轉頭相視。

然而無論達也怎麼說，兩人早已看透他的真心話。

為了給這個不想接下燙手山芋的懶惰（？）學弟致命一擊，讓他認命，兩人以眼神討論攻擊（口頭說服）順序。

此時，她們得到出乎預料的砲火支援。

「我在九校戰的時候，也想請哥哥為我調校ＣＡＤ……不行嗎？」

深雪出乎意料的背叛（？）使得達也凍結。

若以古典戲劇風格來描述達也的心情，就像凱撒大帝遇刺時大喊：「啊啊，深雪（布魯特斯），妳也是嗎……！」這樣。

「就是說啊！總是負責調校又能夠信賴的工程師在身旁，對於選手來說果然是堅強的依靠，深雪學妹，就是這樣吧！」

真由美立刻乘勝追擊。

「是的，要是哥哥加入工程師團隊，那麼我想不只是我，光井同學與北山同學她們也能夠安心參賽。」

達也這時候首度得知這兩人獲選為新人賽的選手，但他認為這是預料中的理想人選。

——有些逃避現實地心想著。

很明顯，大局已定。

放學後在社團聯盟總部召開的準備會議，將會決定是否要將達也列入成員名單。

雖然還殘留一絲希望，但達也已經完全死心。

說起來，達也在深雪表達意願的時候就無路可逃。假設決議難以通過的話，這次他反而得積極爭取機會才行——這種局面也都在考慮當中。

無論如何，這種狀況都令他憂鬱。

人們在這種時候，總是忍不住介入自己擅長的領域。

即使獲選順位低到極限，總之還是審視自己能做的事、習慣的事與擅長的事，重新確認自己的價值，藉以恢復內心平靜，這是一種補償行為。

或許是因為累積不少壓力，達也罕見地也落入這種微小補償慾望的陷阱。

午休時間已經過了三分之二，深雪正在處理堆積如山的文書作業，等待著深雪、閒著沒事的達也，從肩掛式槍套抽出銀色ＣＡＤ，開始檢視彈匣驅動裝置、切換啟動式的開關，以及其他物理可動的部位。

「啊，今天你帶銀鏃過來了。」

直到剛才都在苦思課題的梓眼尖看見並且接近過來。

達也不經意移動眼神，不是投向真由美或摩利，而是投向鈴音。

鈴音正確理解了達也無聲的詢問，靈巧地只以眉毛展現出聳肩無奈的情緒。換句話說，現在的梓應該無心寫作業。

「是的，我買了新槍套，想趕快習慣它。」

就是「早上給三個會生氣，早上給四個就會開心」的意思？達也在內心思考著這類客觀看來相當過分的事情，將視線移回梓身上，裝出親切的模樣回答（為求謹慎補充一下，達也想到的是朝三暮四的故事）。

「咦，方便給我看一下嗎？」

梓雙眼閃亮並且更加接近。看來不只是CAD本身，她對周邊配備也感興趣。

真要說的話，梓平常總是迴避——應該說害怕達也。正因為有這種印象，使得達也不禁想要苦笑。不過給人小動物感覺的梓像這樣靜不下心地接近過來，實在不能刻薄對待她。

這應該也是一種人望吧——達也如此心想，脫下盛夏也確實穿好的外套——當然是抗暑加工的高科技材質——取下肩掛式槍套遞給梓。

「哇～是銀式的原廠產品耶。」

這種剪裁真棒，便於拔槍射擊的絕妙曲線。

沒有沉溺於高度技術能力，考量到使用者的設計。

「啊啊，我最崇拜的西爾弗大人……」

開心接下槍套的梓，如今幾乎要把臉頰湊上去磨蹭。

達也好不容易才維持撲克臉。

後來梓也像是細細品味般凝視槍套好一陣子——或許是終於獲得滿足了吧——這才露出滿意的笑容還給達也。

「司波學弟也是銀式的愛好者嗎？如果只看價格與性能，馬克西米利安的速射款、羅瑟的F型，或是同為ＦＬＴ（Four Leaves Technology）研發的射手座系列都比較物超所值，不過銀式的客製化設計，會令人滿足到不去在意價錢的問題！」

達也以前就聽摩利說過，梓是「演算裝置宅」。

當時聽到還會同情梓被說得很過分，不過看到她現在的樣子，就覺得會被人家這麼稱呼，或許也是在所難免的事。

以達也的觀點，要是價格與性能的比例——也就是成本效益比太低，滿足感也會偏低。不過真正的性能確實不一定和官方資料一致。簡單來說，無法以數字呈現的性能受到何種評價也很重要，如果沒進行這種分析就覺得「滿足」，達也覺得只能算是一種品牌迷信。

雖然這麼說，但這是個人價值觀的問題，既然她自己說滿足，他人也無須潑冷水。

「不，其實我有門路，能以協助測試的身分便宜買到銀式。」

達也說出這句話的瞬間，面對終端裝置的深雪肩膀明顯晃動，不過沒有人察覺。

「咦～！真的嗎？」

梓臉上明顯寫著「好羨慕喔」四個字。

這次連達也的表情也稍微抽搐。

「……下次測試新產品的時候，要轉讓給學姊一套嗎？」

「咦？

真的？

真的可以嗎？

謝謝！」

無暇在她的回應插話。

達也好不容易點頭示意之後，梓雙手握住達也空著的左手，上下用力揮動。

「……小梓，冷靜一點吧。」

真由美似乎終於看不下去，暫停處理堆積如山的公事向梓搭話。

梓忽然停止動作。

目光戰戰兢兢落在自己的手上。

自己的雙手緊握著達也的手。梓不只是以觸覺，也以視覺認知這一點。

她悄悄抬頭窺視達也，再度避開達也面無表情投過來的視線，看向手邊。

接著梓像是碰到火焰一樣，不只是放開雙手，整個人都跳了起來。

「對不起對不起對不起……！」

有一句成語是「面紅耳赤」，而現在的梓不是比喻，而是真的連耳朵都紅了。她反覆用力地對達也鞠躬道歉。

達也開始真的擔心她會不會鞠躬到頭昏眼花，以眼神向真由美求救。

「……小梓，適可而止吧。達也學弟似乎也不知所措喔。」

真由美大概也和達也擔心相同的事情，沒有跟著惡作劇（不是平白無故）起鬨，而是試著開口安慰梓。

梓依照吩咐做個深呼吸，好不容易平復情緒。

真由美無可奈何地嘆口氣，繼續處理公事。

梓看向達也露出害羞的笑容，然後忽然轉為嚴肅。

「那麼，司波學弟該不會認識托拉斯．西爾弗這個人吧？」

她如此詢問。

——不用任何人說明也知道，她這麼問是在遮羞。

然而對於達也來說，這個問題非常難回答。

「……不，我完全不清楚。」

牆邊響起電子合成聲。

深雪使用的工作站，發出操作失誤的警報聲。

誰都難免打錯字，這種事並不奇怪，但深雪會錯到觸動警報器就罕見了。

真由美與鈴音露出「咦？」的表情看向面對牆壁的深雪，但深雪若無其事繼續處理資料，兩人就這麼沒有多問，繼續進行自己的工作。

「……深雪學妹居然會失誤，好稀奇。」

「只是偶然吧。」

對比現狀，達也的回應過於平穩，但梓沒有特別在意，回到原本——剛開始的話題。

「即使是再怎麼隱藏真面目，同一間研究所的人應該知道吧？還是說，這些東西全都是他一個人發明的？」

「……不，我覺得再怎麼樣也不可能。」

「我想也是。對了，司波學弟，不能用你的『門路』向研究所的人打聽嗎？」

「……不，我說的門路並不是這方面……何況ＦＬＴ基於某種經營上的原因保密，我覺得不可能從研究所人員那邊打聽得到消息。」

「唔～也是啦……」

「……我想學姊應該明白，使用精神干涉系魔法取得機密是重罪。」

「啊？沒……沒有啦，我哪可能會想……那種事情…………」

達也半閉雙眼看向梓，使得梓嬌小的身體縮得更小。

「……沒事，學姊真的明白就好，我只是叮嚀一聲。」

「別……別擔心啦，這種事我當然知道，啊哈，啊哈哈哈……」

看到梓不是比喻，而是真的流下一兩條冷汗，達也減輕對梓施加的壓力。

「不過話說回來，中条學姊為什麼如此在意托拉斯．西爾弗的真面目？」

梓使用的ＣＡＤ甚至連廠牌也不是ＦＬＴ。明明並不是銀式的使用者，設計者的真面目會是如此令人在意的事情嗎？

對於達也來說，這是理所當然會有的純樸疑問。

「啊？」

梓看向達也的表情，則是對這個疑問感到極度意外。

「當然會在意啊，司波學弟，你反而不在意？

是托拉斯．西爾弗耶。

全世界首度實現『循環演算系統』，將特化型ＣＡＤ展開啟動式的速度提升百分之二十，還將非接觸型介面的誤判率從百分之三降低到百分之一以下，托拉斯．西爾弗這麼了不起耶。

喀噠
喀噠
喀噠
喀噠
喀噠
喀噠
喀噠

而且他毫不藏私地將所有訣竅公開，比起獨占利潤更以魔法界的整體進步為優先，托拉斯．西爾弗這麼了不起耶。

他是被譽為短短一年就讓特化型ＣＡＤ的軟體技術進步十年的天才技師，我覺得只要是立志成為魔工師的人，不可能對他沒興趣。」

咄咄逼人像是在責罵的這股魄力，使得達也不禁退縮。世間將「托拉斯．西爾弗」視為此等大人物，實在是超乎他的預料。

「是我認知不足。我身為一個使用者，並非對銀式沒有任何不滿，所以沒想到銀式的評價居然這麼好……」

「嗯……原來如此，司波學弟是測試人員，所以對你來說，銀式是唾手可得的東西……所以和我的觀感可能不一樣。」

梓露出似懂非懂的表情，但似乎還是勉強認同。

「嗳、嗳，司波學弟，問你喔，你覺得托拉斯．西爾弗是怎麼樣的人？」

純粹出自好奇的眼神。

心想差不多該換個話題的達也，基於拖延時間的意義適度回應。

「這個嘛……或許出乎意料，和我們一樣是日本的青少年。」

牆邊再度響起電子合成聲。

深雪挺直背脊的姿勢沒有改變，依然繼續工作。
——但她完全不讓別人看到她現在的表情。

「話說回來，小梓。」
「是，會長，有什麼事？」
到最後，真由美在達也快要無法應付梓的時候出面搭救。說起來很現實，但達也第一次覺得真由美很可靠。總之以真由美的立場，她應該是希望梓儘早回到學生會的工作崗位。
「妳不是要趁午休時間先寫完作業嗎？」
不過，即使對達也來說是援手，對梓來說卻等同於無情的號角聲……以這種方式形容，怎麼說都太誇張了，但梓露出的表情就是如此受到衝擊。她會聊托拉斯．西爾弗的話題，似乎也有逃避現實的意思。
「會長～」
梓泫然欲泣向真由美求救，看來她似乎大難臨頭。
「不可以發出這麼丟臉的聲音。」
真由美露出苦笑，將目光從審核完成的器材訂單移向梓。
「我可以稍微幫忙，妳的作業到底是什麼？」

摩利投以「妳還是一樣這麼寵她」的目光，但真由美毫不在意——不如說是裝作沒看到，向梓投以笑容。

「不好意思……其實是關於『加重系魔法三大技術難題』的報告……」

梓露出沮喪表情如此說著，鈴音、摩利與達也的視線集中到她身上。

「怎……怎麼了？」

忽然受到注目，使得梓嚇得肩膀一顫還縮起脖子。她含著眼淚做出這種動作，感覺像是眾人正在欺負她，因此達也立刻移開目光，鈴音應該也是基於相同想法轉頭。

只有摩利依然看著梓。

「喔喔……」

摩利深感興趣地凝視梓，正確來說是凝視梓手上的平板型終端裝置。

「想說每年穩坐前五名寶座的中条怎麼煩惱成這樣，原來是這個。」

「這不是每年照例一定會出一次的主題嗎？」

摩利說完之後，真由美露出無法理解的表情接話。

「小梓，這次的申論題目是什麼？」

因為是定例，現有的申論題庫已經豐富到讓校方變不出新把戲了。不只是校內的作業，這同時也是收錄在魔法大學升學考古題裡的主題。只要稍微調查一下，應該就能夠輕鬆找到各種申論題的解答範例。

「作業內容是申論解決『三大難題』時所面臨的障礙。另外兩項我明白，但是沒辦法好好說明泛用飛行魔法無法研發成功的原因……」

聽到這裡，鈴音一副「原來如此」的表情點了點頭。

「也就是說，中条學妹對於至今提出的觀點無法接受。」

「就是這樣！」

鈴音代為闡述內心想法，使得梓朝她大幅點頭。

「違抗重力，讓自己身體浮在空中的魔法，從四大系統及八大種類的現代魔法確立初期，就進入實用化的階段了。」

「是的，摔落造成的傷亡，是魔法師最為切身的風險之一。」

梓的視線移向出言附和的真由美。

「擅長加速、加重系統的魔法師，使用一次魔法就可以跳幾十公尺遠，世界上甚至有魔法師創下超過一百公尺的跳遠紀錄。跳落的紀錄就更厲害了，曾經有魔法師沒穿任何裝備，從兩千公尺的高度成功著地。」

「既然如此，為什麼飛行魔法……自由在空中翱翔的魔法沒能成真……對吧？」

「正確來說，是任何人都能使用的制式飛行魔法為何沒能成真。因為少數古式魔法的術士可

鈴音對真由美的說法加以補充。

梓聽到這句話搖了搖頭，這應該是下意識的動作。

「這種魔法近乎是ＢＳ魔法師的特有技能，既然無法共享，就不能稱為技術。

理論上可以使用加速、加重系統魔法取消重力影響飛上天空。實際上，跳遠或浮空的魔法已經成為制式技術，但為什麼就是不能飛……」

「我覺得稍微高等的參考書，大致上都有這個問題的答案吧？」

真由美以眼神詢問梓為何無法接受書上的答案。

「魔法式一定要記述結束條件，改變事象的效力會持續到滿足結束條件為止。目標物正在接受魔法改變事象時，如果要讓這個目標物出現不同於該魔法的事象變化，必須要有勝於該魔法的事象干涉力。

使用魔法飛行時，每次調整速度或高度，不但要以新魔法覆寫正在發動的魔法，而且要使用更加強大的事象干涉力。一名魔法師頂多能將事象干涉力調整為十個階段，只要更改十次飛行狀態，就達到魔法覆寫的極限。

……這就是一般公認飛行魔法沒能實用化的理由吧？」

真由美沒有多想，就點頭同意梓的長篇大論。

「什麼啊，小梓，妳很清楚嘛。而且論點也整理得很好，那為什麼要煩惱成這樣？」

「依照這種說法，問題在於必須以新的魔法覆寫正在發動的魔法吧？既然這樣，我覺得取消正在發動的魔法再發動新魔法就好。」

梓完全收起剛才泫然欲泣的表情，以像是生氣的表情提出強烈質詢。鈴音則是以冷靜的聲音對梓詢問：

「照道理是這樣沒錯，但具體來說要怎麼取消魔法？」

「構築魔法式的時候，先插入一段關鍵魔法式作為結束條件不就好了？換句話說，只要將關鍵的小規模魔法式輸入正在發動的魔法式，當作魔法的結束條件就好。」

梓埋首於自己的論點高談闊論，相對的，鈴音則是冷靜提出反駁。

「很遺憾，魔法式無法對魔法式產生作用。魔法式只能改寫個別情報體，即使對同一個別情報體同時使用兩種魔法式，也只有干涉力較強的魔法式能改寫情報體，魔法式之間並沒有以強滅弱的關係。

將魔法式分解消除的對抗魔法並不是不存在，不過那是直接干涉情報體構造的超高級魔法，如果是實驗等級就算了，現階段沒有魔法師能自由操縱實用等級的對抗魔法。」

「這樣啊……」

學生依照標準進度上到二年級第二學期時，基礎魔法學課程會改為應用魔法學。這門課程中關於「對抗魔法」——令對方魔法失效的魔法——的知識，正是鈴音現在說明的內容。依照標準進度，這是在三年級第一學期才會上到的部分，梓不知道也是在所難免。不如說，聽到「對抗魔法」也沒有摸不著頭緒的梓，甚至稱得上是博學多聞。

「不過，這是很有趣的構想。」

梓的情緒忙著又是熱衷又是沮喪，鈴音朝這樣的她溫柔投以微笑。

「在魔法產生作用時取消，我覺得這樣的想法沒有錯。」

「也對，因為必須覆寫正在發動的魔法，需要的干涉力才會產生惡性循環。」

繼鈴音之後，真由美也肯定梓的構想。

「至今一直沒想到這一點，不過只要正在發動的事象改變停止，發動下一個魔法的時候，應該就不需要使用更強的干涉力了……既然正在空中飛翔，就必須得零延遲直接切換魔法，那麼只要使用專用的ＣＡＤ，應該就能在落下之前發動下一個魔法……」

真由美宛如自言自語嘀咕之後，忽然發出「咦？」的聲音歪過腦袋。

「不過如果只是消除魔法效力，應該早就有人已經試過這種事了吧？畢竟這類似事後才進行『領域干涉』這樣。」

真由美發問之後，鈴音把學生會的公用工作站螢幕切換到搜尋畫面。

「等我一下……英國在前年進行過大規模的實驗，實驗理念正如會長所說，要將『事後進行領域干涉』的飛行魔法進入實用階段。」

鈴音迅速從魔法相關新聞資料庫調出她要的報導。

「那麼，結果如何？」

詢問的聲音有些雀躍——換句話說就是難掩期待之情，證明真由美也是一般高中生。

「完全失敗。依照報告，比起照一般情況連續發動魔法，這種做法反而讓干涉力的需求更加急速提升。」

「……這樣啊……」

鈴音這份如此背叛（？）期待的報告，使得真由美難掩失望之情。

「有寫原因嗎？」

「不，沒寫到這麼詳細，會長覺得為什麼？」

鈴音如此反問，使得真由美以食指抵著下巴發出「唔～」的聲音思考。

「前一個魔法應該明明停止作用了……達也學弟覺得為什麼？」

真由美詢問達也，是為了爭取時間整理自己的思緒。

並不是真的想得到解答。

「市原學姊用來舉例的英國實驗，基本觀念就錯了。」

所以達也這個果斷的回答，完全出乎真由美的意料。

「……哪裡錯了？」

詫異的真由美好不容易才開口詢問。達也毫不自誇及驕傲，以平淡的態度進行說明。

「沒有滿足結束條件的魔法式，在時間過長自然消失之前，會一直留在目標個別情報體。以新魔法消除上一個魔法的效力時，上一個魔法看起來早已消滅，實際上卻只是覆寫。」

真由美、鈴音、梓，甚至是摩利都目不轉睛看著達也，但是達也依然面無表情。無視於她們釋放的壓力，制式語氣也沒有變化。

「假設會被消除的上一個魔法是魔法式Ａ，用來消除的魔法是魔法式Ｂ。隨著魔法式Ｂ發動後，魔法式Ａ將會失去改變事象的效力。但魔法式Ａ只是失效，依然留在目標個別情報體。

魔法式Ａ與魔法式Ｂ，持續同時對目標個別情報體產生作用，只不過是魔法式Ｂ的效果有顯現出來。如同剛才市原學姊所說，魔法式只能改寫個別情報體，魔法式無法相互作用。即使是領域干涉也一樣。除非是直接消除魔法式的術式，否則即使是對抗魔法也不例外。」

「……意思是英國的那項實驗，使用了飛行魔法用不到的多餘魔法？」

達也點頭回應真由美的詢問，並且進一步說明。

「換句話說，每次變更飛行狀態，都多覆寫了魔法式一次。持續變更飛行狀態，多餘的覆寫程序也會累積，所以當然更快達到事象干涉力的上限。籌劃這項實驗的英國學者，應該誤會了對抗魔法的性質。」

達也胸前口袋的行動終端裝置，剛好在說明結束時振動。是代替午休結束的預備鈴。

「深雪，回教室吧。」

「是，哥哥。」

一直背對達也等人的深雪，被叫到名字立刻起身。

她的聲音、表情與舉止一如往常溫柔文雅。

所以真由美、鈴音、摩利與梓都沒有察覺。

沒能察覺。

剛才面向控制台的深雪，背脊驕傲地打得筆直，敲打鍵盤的手指也是開心舞動。

◇◇◇

在社團聯盟總部召開的九校戰準備會議，從開始之前就籠罩緊張氣氛。

活躍於比賽的學生，成績將會依照比賽表現加分，光是獲選參賽成員，就能得到無作業長假以及全學科A評等的獎賞。

不只是參賽選手，獲選為工程師的學生也一樣。

校方就是將九校戰視為如此重要的活動，學生獲選為九校戰代表隊成員就享有這樣優厚的待遇。決定最終代表隊名單的這場會議，會洋溢這種肅殺氣氛也在所難免。

——要是達也處於旁觀者的立場，大概會以同情的目光旁觀憂喜參半的學生們，然而他是當事人又是眾矢之的，也只能以憂鬱的心情忍著不嘆氣，期待這場鬧劇儘早結束。

他並不是對九校戰不感興趣。

面對同年代魔法師（幼苗）施展己身技術的欲求，和待在父親研究室改良ＣＡＤ的知識實現慾屬於不同的飢餓感，而且達也確實擁有這種心態。

達也被「打造」成比普通人缺乏許多情緒，但他原本正處於最為血氣方剛的年紀，無論班上同學如何評定，他也沒有枯萎到對於競爭完全漠不關心。

只不過，他為此必須得要處理自負、嫉妒、虛榮、厭惡等各種情緒席捲的這場儀式。這令他感到憂鬱。

和他的想法無關——這是理所當然——會議室的座位逐漸有人坐，在空位坐滿的時候，真由美走到議長席就位。

「那麼，開始進行九校戰代表隊成員選拔會議。」

收到內定通知擔任選手或工程師的高年級學生、各比賽項目社團的社長、學生會成員（但深雪在學生會室留守），以及社團聯盟執行部成員等等，眾多人員出席的會議正式開始。

達也的座位和內定成員一樣位於旁聽席。

而且只要是超過某個規模的團體，幾乎肯定有人吹毛求疵，眼尖發現達也這種異類。

正如預料，會議開始沒多久，就有人質詢場中為什麼有一年級的二科生。

並不是沒有善意的視線投向達也。

善意的意見甚至多得出乎預料。

高年級學生似乎和一年級不同，知道達也是擁有實績的風紀委員，是特別的二科生。

即使如此，反對意見還是比較多，而且不是明確以理性提出反對，是情緒化的消極反對，使得議題無謂拖得冗長，陷入遲遲沒有結論的迷失狀態。

「總歸來說……」

忽然間，一個沉穩的聲音鎮壓議場。

音量並沒有很大，然而場中所有人都停止胡亂爭論，向發言人行注目禮。

至今保持沉默的社團聯盟總長十文字克人，將投向自己的視線掃視一輪後繼續說：

「就我看來，問題在於各位不知道司波的技能達到何種程度。若是如此，那麼最好的方法應該是實際確認一次。」

寬敞的室內闃寂無聲。

這麼做會產生單純又有效的結果，也不會有人對此有怨言，但因為伴隨著不少風險，所以沒人敢提出這個解決方案。

「……這個意見很中肯，不過具體來說要怎麼確認？」

「現在讓他實際調校一次就好。」

摩利打破沉默提出詢問，克人的回答又是如此簡單明瞭。

「不然拿我做實驗吧。」

現在市面上提供的ＣＡＤ，都必須配合使用者進行調校。

即使十名魔法師都使用相同的機種，也必須有十套不同的調校方式。

ＣＡＤ展開的啟動式，魔法師會照單全收，納入自己的潛意識領域。

換句話說，魔法師的精神對自己的ＣＡＤ毫於防備。

近年的ＣＡＤ本身，具備著讓讀取啟動式的過程更快更順暢的調校功能，但也相當容易影響使用者的精神。

要是調校出問題，不只是降低魔法效率，還會引起難受、頭痛、暈眩或嘔吐症狀，嚴重甚至會產生幻覺症狀造成精神損傷，因此功能越新越好的ＣＡＤ，越需要精確緻密的調校。

因此對於魔法師來說，將ＣＡＤ交給實力不明的魔工師調校，得背負非常大的風險。

即使是克人自己的提議，他這番發言也稱得上很有勇氣。

「不，推薦他的是我，所以這份工作由我來。」

真由美立刻要求代為負責，這應該是基於責任感的發言，不過換個角度來看，這番話代表真由美並未完全相信達也，聽在達也耳中不是滋味。

「慢著，這份工作請讓我來。」

然而桐原緊接著自願代打，使得達也意外又驚訝——這份男子氣概令達也舒適心安。

學校對師生開放的ＣＡＤ調校設備位於實驗大樓。

但這次不是使用實驗大樓的固定式調校機器，而是把九校戰實際使用的車載型調校機搬到會議室進行測驗。

用來調校的ＣＡＤ也配合九校戰規格。

關於正式的賽前準備，如果只看工具方面，準備程序俐落得如同行雲流水，使得遲遲沒定案的人選問題反而顯眼。

達也坐在調校機前面，桐原隔著機械——但兩人看不見彼此——坐在另一邊。學生會成員與各社團社長圍在桐原身邊。

首先是啟動調校機，這個階段就有壞心眼的目光注視達也的手，不過達也平常就在操作複雜程度遠勝於此的調校機器，所以這項程序即使打瞌睡也不會出錯。他流暢完成測量準備的工作，以撲克臉無視於嫌惡的視線。

「我的課題是將桐原學長的ＣＡＤ設定複製到競賽用ＣＡＤ，調校為隨時能使用的狀況，但完全不變更啟動式，是這樣沒錯吧？」

達也再度確認測驗內容。

「對，麻煩你了。」

達也看到真由美點頭之後微微搖頭。不是點頭，是搖頭。

「……怎麼了？」

「我不太建議直接將設定複製到規格不同的ＣＡＤ……不過沒辦法了，那麼就以安全第一為原則吧。」

「？」

納悶的不只是真由美。「複製ＣＡＤ設定」是在使用者更換機種的時候稀鬆平常的動作，許多人不知道達也為何將其視為問題。

不過以梓為首的工程師團隊，終究明白達也這番話的意思。團隊成員的反應不是微微點頭，就是咧嘴等著欣賞達也的表現。

達也不再多說什麼，立刻進行調校作業。

首先借桐原的ＣＡＤ連接在調校機。

讀取設定資料的過程半自動化進行，無法以此展現技術差異。

不過達也沒有直接將設定檔複製到競賽用的演算裝置，而是儲存在調校機的作業區，好幾個人看到這個步驟之後露出詫異的表情。

再來是測量桐原本人的想子波特性。

桐原依照達也的指示戴上頭部儀器，將雙手放在測量板。

這也是一般的步驟，如果是具備自動調整功能的調校機，只要把ＣＡＤ安裝上去再測量想子波，就會自動完成調校。

學生使用校方調校機自行調校ＣＡＤ時，幾乎都在這個階段結束。

反過來講，不依靠自動調校，手動操作ＣＡＤ的執行系統進行更精密的調校，才是工程師展現實力的時候。

「謝謝學長，可以拿下來了。」

達也示意測量結束，桐原取下頭部儀器。

一般來說，接下來把需要設定的ＣＡＤ裝上去，依照自動調校的結果進行微調就好，為此必須要準備預先設定好的ＣＡＤ，以這個場合就是預先複製設定的ＣＡＤ。

幾乎所有旁觀者都認為達也搞錯步驟了。

如同證實這一點，達也凝視著螢幕動也不動。

然而，他看起來不像是搞錯步驟無計可施的樣子。

眼神認真到恐怖，沒有那種不可靠的感覺。

無法壓抑好奇心的梓探出頭，從達也身後看向螢幕。

「呃？」

她隨即發出有些不適合妙齡少女的脫線聲音。

達也對這個雜音不為所動。

真由美與摩利不敢出聲詢問狀況，因此從梓的身旁一起看向螢幕——兩人好不容易才克制不發出聲音。

顯示在上面的不是應有的測量結果圖表，整個螢幕都是無數高速捲動的字串。

兩人只能勉強看到零星的數字，目光甚至追不上捲動字串的速度。

文字立刻停止捲動。

時間大約數十秒，從達也凝視算起也不到五分鐘。

自動捲動的字串停止之後，達也立刻將競賽用演算裝置安裝上去，迅速敲打鍵盤。

許多視窗接連開啟關閉。

只有梓察覺到，維持開啟的某個視窗是剛才讀取的測量結果原始檔，另一個視窗是複製到調校機的ＣＡＤ設定原始檔。

幾乎沒有人理解到眾人面前進行的操作程序多麼高超，場中大多數的人肯定是被至今罕見的鍵盤輸入速度吸引目光。然而梓認為真正該驚訝的，是達也直接從原始檔解讀想子波特性測量結果的技能。

使用這種方式，就能在演算裝置性所容許的範圍內，以調校反映所有測量結果。這是完全不依賴自動調校功能的全手動調校。

在梓的注目之下，位於暫存作業區的設定檔眨眼之間被改寫。

顯示在螢幕上的依然是原始碼檔案，但梓勉強可以解讀修改完成的設定。

儘可能在安全範圍之內，真的是「安全第一」的設定。

這麼一來會降低自動調校帶給使用者的風險，提供的啟動式效率遠超過自動調校。

根本不需要實際測試。

這名一年級學生的調校技能，比工程師團隊任何人都要高明。

梓下定決心，無論如何都要拉達也加入團隊。

基於「完全不變更啟動式」的條件，調校很快就結束了。

手法快得令觀眾覺得不夠盡興。

接著立刻進行測試。

桐原的表情基於旁人看不出來的些微緊張而緊繃，這應該處於可容許的範圍。

實際上並沒有發生任何意外，或是任何稱不上意外的狀況。

達也調校的ＣＡＤ運作起來，和桐原愛用的ＣＡＤ「完全相同」。

「桐原，感覺怎麼樣？」

「沒問題，即使和自己使用的裝置比起來，也完全沒有突兀感。」

桐原立刻回答克人的詢問。

在場所有人非常清楚，這不是基於私人友誼刻意高估的評價。對桐原與達也的恩怨——桐原在四月社團招生週闖入劍道社示範賽，被達也制服在地面的事件——略知一二的人，難免會認為桐原不可能袒護達也。不過，即使除去這樣的「誤解」，場中所有人光是看到魔法發動的狀態，就知道ＣＡＤ運作得非常平順。

不過，「能夠流暢發動魔法」就某方面來說相當平凡，光用看的看不出進一步成果。

「……看來姑且有基本技術，然而不像是足以成為本校代表的等級。」

「花費的時間也普普通通，不算俐落。」

「並沒有依照既定程序，不過或許有其意義……」

正如預料，二年級選手率先對這種平凡無奇的成果給予否定的評價。

不只是因為達也特例接受提拔而引起他們反感，正因為是學生會長親自破例推薦，他們也下意識期待欣賞到瞠目結舌的高等技術，導致期望越高失望也越大。

「我極力支持司波學弟加入團隊！」

梓一反平常的怯懦表情，強烈反彈。

「他剛才在我們面前展現的技術，高明得無法想像是高中生等級。不使用自動調校，全部以手動方式調校，至少我就做不到這種事。」

「……這或許是高明的技術，不過既然成果普普通通就沒什麼意義吧……？」

「看起來普普通通，但是內容不一樣！把設定大幅控制在安全範圍卻沒有拖累效率，這是很厲害的事情！」

「中条，妳冷靜一點……比起無謂地大幅控制在安全範圍，我覺得稍微冒險進行效率提升比較好吧？」

「這……肯定是因為突然就要測驗……」

但她原本就沒有辯才，所以氣勢虎頭蛇尾。

就在梓看來不知如何是好時，一名男學生舉手要求發言，在列席者注目下迅速起身。

「桐原自己的ＣＡＤ規格高於競賽用的機種，即使規格不同，卻能讓使用者感覺不到差異，我認為要給這種技術很高的評價。」

「咦？……服部同學？」

出乎意料，此時出言協助的是服部。

「會長，我支持司波加入工程師團隊。」

「範藏學弟？」

真由美也無法掩飾意外的表情。

即使服部敬愛（？）的學生會長，展現出某種程度對他來說算是負面的評價，先不提內心想法，他依然（在表面上）毫不畏懼，大方陳述自己的意見。

「九校戰是攸關本校聲望的大賽，我們應該無視於身分頭銜，選出能力最好的成員。工程師的職責是輔助選手更加安心參賽。如中条所說，能讓桐原說出『完全沒有突兀感』這種話，我不得不判斷這是非常高等的技術。在工程師缺乏到候選人數都不足的現狀，不是計較『他是一年級』或『史無前例』這種事的場合。」

服部話中處處帶刺，卻雄辯陳述自己的真心話。

不過，服部轉為支持達也加入團隊，這股衝擊大到足以改變場中氣氛。

「我也認為服部的意見很中肯。

司波展現的實力足以成為本校代表。

我也支持司波加入團隊。」

在反對派沉默的狀況中，克人表明自己的立場，使得大勢底定。

【2】

一如往常只有兄妹兩人的晚餐結束之後，電話像是抓準時機響起。

話說回來，正如各位所知，現代的電話幾乎都是附帶影像的「視訊電話」，所以三流文化人士總是口沫橫飛地爭論「應該不是電『話』機而是電『影（映）』機」這種沒意義的議題。不過在立體影像進入實用階段的現在，依然還是叫作「電話機」或「電話」。

——言歸正傳——

深雪正在廚房進行飯後收拾工作。

她終究沒有執著於親自洗碗盤，而是交給HAR，但家裡沒有購買最近好不容易普及起來的3H（Humanoid Home Helper，也就是所謂的「家事機器人」）。兩人異口同聲反對在家裡安裝煩人的天花板移動式機械手臂，因此餐具必須自己收拾放好。

——深雪說，連這種勞動都懶得做，身體會退化。

——再度言歸正傳——

簡單來說，由達也接電話就是這個原因，僅是偶然——本應如此。

「好久不見……您是故意的？」

『……慢著，我聽不懂你的意思……好久不見，特尉。』

畫面裡是一名露出詫異表情的熟識人物。

「兩個月沒有直接交談了，不過……既然使用這個稱呼，代表這是機密通訊？真虧您居然每次都能入侵一般的家用線路。」

『並非易事喔，特尉。依照一般家庭的標準，你家的保全系統太嚴密了吧？』

「因為最近駭客猖狂，而且家裡伺服器有很多不方便見光的資料。」

『似乎如此。我剛才差點就遭到反入侵。』

「這是您自作自受。只要沒有試著進入資料庫太深的區域，反擊程式就不會啟動。」

『這對我家新來的總機，應該是一帖良藥。』

畫面上，經過陽光與火藥洗禮而成為深皮革色的臉孔，露出壞心眼的笑容。

達也看到他的笑容心想，話說回來，他從三年前就完全未顯老態。

依照地位以及所屬部門，他肯定必須日理萬機，卻毫無疲憊的神色……在腦中思緒的引導之下，達也如今才回想起來，這位通話對象——陸軍一〇一旅獨立魔裝大隊隊長風間玄信少校，不喜歡把時間浪費在閒話家常。

「少校，今天有何要事？」

『也對，閒話家常到此為止吧。先談公事。』

「請說。」

『今天進行「第三隻眼」的改修工作，把一些零件換成新型規格，軟體也配合更新，想請你測試性能。』

一〇一旅直接唸成「一零一旅」，不是第一百零一旅。

這是從一般編隊獨立出來，以魔法裝備為主力兵器的實驗旅，獨立魔裝大隊更是負責新開發裝備的測試運用工作。

和一般的軍事機密相比，這裡的機密層級還要高出五六級，照理來說，區區高中生不可能和這種部隊有所牽扯，甚至不容許知道這個部隊的存在。

但是達也基於某些只能形容為「順其自然」的隱情，實際上是風間部隊的一員。

「明白了，在下明早過去報到。」

『……慢著，這件事沒有急迫到要向學校請假啊。』

「不，下週末預定要到研究所測試新型演算裝置。」

『雖然本官沒資格這麼說……但你升上高中後，越來越不像是在過學生生活了。』

「在下不喜歡您這句感想，不過也無可奈何。」

『也對……無論本官忙碌還是特尉忙碌，都是無可奈何的事。那就麻煩明天早上到老地方集合。抱歉本官無法到場，但我會先跟真田打聲招呼。』

「明白了。」

達也制式敬禮致意，畫面裡的風間也制式回禮。

這樣的敬禮沒有完全符合軍方禮儀，但達也是非正式人員，不會那麼嚴格要求。

『再來換下一個話題。特尉，聽說你也要參加今年夏天的九校戰？』

「……是的。」

達也片刻才做出回應，不過以這種狀況，只猶豫「片刻」是值得嘉許的事。

他確定成為工程師團隊的一員，只不過是三小時前的事情。

達也知道問了也無濟於事，所以暗自壓抑好奇心，沒有過問少校的消息來源。

『會場位於富士演習場東南區域，這已經是慣例了……不過達也，你要提高警覺。』

風間平常說話總是唐突，但今天的唐突程度顯然不同。

他不是以階級、姓氏或假名，而是以達也的本名稱呼，代表這不是以長官身分，而是以舊識的身分警告。以軍方諜報網捕捉到的情報提出警告，而且警告對象是一般民眾，還是毫無社會地位的高中生，這種事非比尋常。

達也繃緊神經繼續聆聽。

『該區域有可疑狀況，也發現非法入侵的痕跡。』

「有人入侵軍用演習場？」

『這實在令人嘆息。此外，附近好幾次目擊到疑似國際犯罪集團成員的東亞人出沒，直到去年都沒有這種狀況。依照時期推測，可能想對九校戰不利。』

只不過是高中校際對抗賽……達也原本要這麼說，卻換了一個想法。

即使只是高中生，但這個國家擁有頂級魔法才華的青少年，將會齊聚一堂相互較量。

比方說，只要在頒獎典禮進行炸彈恐怖攻擊，這個國家的人才層面就會受到重創。

「您說國際犯罪集團？」

並不是達也在四月接觸，類似「Blanche」這種（偽裝成反魔法政治團體的）恐怖組織。既然是犯罪集團，應該不會採取這種企圖造成傷亡的行動，但如果是恐怖組織就算了，身為軍人的風間，在國際犯罪集團這方面應該是門外漢。

他是以何種方式查出對方的身分呢？

『我請壬生協助調查，你應該見過他。』

「是第一高中二年級學生壬生紗耶香的父親？」

『對，壬生退伍之後轉調內情（內閣府情報管理局），現在的身分是外事課長，負責國外犯罪組織的事務。』

「……在下很驚訝。」

達也不是附和，是真的驚訝。

少校以電話就輕易透露諜報組織人員的真實身分，令達也感到驚訝；內閣府情報單位總是秉持文武不兩立的原則，和軍方關係絕不友好，少校卻這麼乾脆委請他們協助善後，也令達也感到驚訝。不過最令達也驚訝的，則是對外諜報負責人的女兒，居然成為和國外地下集團掛鉤的恐怖組織幫兇，而且父親身為不知道是外事第幾課的課長居然視而不見，放任的程度簡直荒唐。

『因為犯罪集團和地下恐怖組織由不同部門負責，自掃門前雪是國家機構的通病。』

風間之所以能夠精準說中達也的想法，與其說是交情匪淺，不如說是風間觀察入微，而且他也和達也頗有共鳴。

『不過若是他負責領域的情報就可以信任。依照壬生的推測，可能是香港犯罪集團「無頭龍（No Head Dragon）」的基層人員。現在還沒查出行事目的，有後續情報會隨時通知。』

「謝謝少校。」

『明天沒機會，不過我們或許能在富士見面。』

「在下期待那天的到來。」

『本官也是……喔，似乎講太久了。新來的菜鳥在慌張，差不多該掛斷了。』

看來網路警察逮到入侵線路的蹤跡了。以這種狀況，不知道該稱讚網路警察的技術，還是為風間部下的技術嘆息，這方面很難拿捏。

『幫我向師父問好。』

「明白了。」

『再見。』

達也還沒回應，畫面就斷訊變黑。

（剛才那句話，應該是暗示我要知會師父吧……）

那麼，這件事可以透露多少程度呢？達也腦中浮現那位擁有正式住持身分，卻很適合以「冒牌」形容的師父臉龐，微微嘆了口氣。

◇ ◇ ◇

「哥哥，不介意的話，要喝杯茶嗎……？」

不知何時關上的客廳門後，傳來深雪的聲音。

她似乎是避免聽到交談內容，在廚房等待達也他們講完電話。

原本深雪所處的立場比達也有力許多，無論是軍事或外交機密都有資格隨意旁聽，但是妹妹從未在哥哥面前動用這個權力。

達也默默走向廚房，在聲音再度傳來之前開門。

正如預料，睜大雙眼僵在門後的深雪，手上捧著放了茶壺、茶具與茶點的托盤。

「……請哥哥不要嚇我，明明出個聲音就好……居然為了嘲笑深雪嚇到的樣子躡手躡腳走過來，哥哥欺負人家。」

「抱歉、抱歉。」

深雪鬧彆扭撇過頭去，達也笑著從她手中接過托盤道歉。

「但我不是故意欺負妳，是覺得妳肯定雙手都端著東西才趕快過來。我不想讓可愛的妹妹一直拿這麼重的東西。」

「……我很清楚這種話都是謊言……不過這次就讓哥哥騙一次吧。」

即使依然維持不高興的表情，嘴角也不禁放鬆。

哥哥平凡無奇的一句話就能輕易安撫她。

但深雪心甘情願。

「今天是紅茶？」

「是的，我買到上好的夏摘茶，想說偶爾喝茶也不錯。」

達也點頭回應深雪，一到餐桌旁邊，就湊到杯子旁邊品香。

「麝香紅茶啊，真罕見……買這個得花不少工夫吧？」

「不，真的是湊巧買到的……只要哥哥高興，對深雪來說就是最好的嘉獎。」

達也緩緩品嚐一口，露出滿足的笑容。深雪見狀打從心底開心微笑。

「嗯，紅茶很好喝，這個奶油酥餅也很好吃。是深雪烤的吧？」

「是的，那個……看起來不怎麼樣就是了。」

「不，我完全不介意，真的很好吃。」

深雪害羞低頭，但哥哥接連拿起酥餅享用的動作，使她跟著抬起頭，露出幸福笑容。

達也沒有將風間的電話內容當作話題，深雪也沒有詢問。

達也的嘴忙著享用妹妹做的茶點以及妹妹辛苦買到的紅茶，至於妹妹的茶點時光，光是看到哥哥滿足的表情就別無所求。

◇◇◇

用不著重新強調，深雪是眾所公認的優等生。

不只天資過人，也努力不懈。

除了照顧哥哥的生活起居，每天也用功到深夜。

她今天也是用功到接近凌晨，才終於關閉電子粉流體顯示器（也就是所謂的電子紙），將它收進桌子後起身。

今天還沒有很累。

依照經驗，在精神亢奮的狀態立刻上床會難以入睡。雖然使用安眠導入機就不用擔心，但她哥哥不喜歡這種國內普及率達到七成的機械。既然達也否定這種技術，深雪當然不會使用。

深雪心想，那就再泡杯紅茶轉換心情吧。

這麼做當然是為了熬夜的哥哥。

不枉費自己費盡心思買到罕見麝香紅茶之中的極品，哥哥對今天的茶激賞不已。光是回憶哥哥的笑容似乎就能作個好夢，但要是能在睡前親眼再看一次，並且進一步讓哥哥摸頭，那就再好也不過了。

深雪正要前往廚房時，在不經意映入眼簾的鏡子前面停下腳步，並且稍做思考。

深雪微微點頭，臉上露出惡作劇的笑容。

◇◇◇

「哥哥，我是深雪，我端茶過來了。」

「來得正好，進來吧。」

深雪幾乎每天都會在這個時間端茶或咖啡過來，哥哥也總是抱持歉意道謝，但哥哥今天的回應很明顯在等她，使得深雪感到納悶。

不過哥哥在等她，反而是令她開心的事情。

深雪隱約期待哥哥會露出什麼樣的表情，進入達也當成研究室的地下室。

「我正好要去找妳——」

——說到這裡，沉默取代了接下來的話語。

看到坐在椅子上的哥哥轉身之後目不轉睛凝視自己的表情，深雪有種小惡魔般的滿足感，就這麼單手捧著托盤，另一隻手輕輕拈起裙擺，裝模作樣屈膝行禮。

「…………啊，難道是『精靈之舞』的服裝？」

「說對了，哥哥真清楚。」

繽紛飄逸的絲質薄紗層層疊織而成的迷你裙，搭配上美麗腳線展露無遺的輕薄內搭褲，以及亮皮材質的窄短靴。

開口在後方的束腰外衣，材質是感覺不到厚度的光澤布料。曲線不是縫製而成，是布料本身就有曲線，精確的立體成形完美包覆胸前雙峰。

外衣底下是和內搭褲相同造型，和手臂完全貼合的蓬肩上衣。不，或許不是內搭褲加上衣，而是整套長袖連身服。如果沒有那件外衣，就很像女子花式溜冰的服裝。

固定長長秀髮的則是附有羽毛裝飾，宛如耳罩的寬型頭帶。

考量到空氣阻力與胸部保護又兼具華麗的這套服裝，肯定是九校戰也採用的運動型魔法競賽重頭戲「幻境摘星」——別名「精靈之舞」的服裝。

「這樣好看嗎？」

深雪將托盤放在邊桌，盈盈一笑轉了一圈。

輕盈飄動的裙子即使很短，搭配柔順飛揚的秀髮，依然散發一股無法言喻的優雅。

「非常可愛，真的很適合妳，而且時機正好。」

深雪回到正面時停止轉動，以雙手拈起裙擺屈膝致意，達也對她讚不絕口。

「謝謝哥哥誇獎……？」

深雪百分之百確定哥哥會稱讚她，致意時說的話語只準備一種，而且一種就足夠。但她無法理解達也最後那句話的涵義，所以預定之中的回應變成預定以外的問句。

深雪伸直雙腿與腰桿，「仰望」坐在椅子上的達也。

正要以平常的目光高度詢問「時機正好」的意思時，深雪明顯覺得狀況不對勁。

她立刻明白原因。

達也即使坐著，目光卻位於平常站立時的高度。

深雪連忙看向下方，並且嚥了口氣。

應該位於下方的東西──椅子不見了。

達也的右腳疊在左腳上，右手肘撐在右膝上，以像是探出上半身般的姿勢……坐在空無一物的半空中。

「我想讓深雪也測試一下這個演算裝置。」

達也維持這個姿勢滑向深雪，接近到伸手可及的距離停下來，起身解開交疊的雙腳，像是從椅子站立一樣伸直雙腳。

經過這一連串的動作，他的身體自然而然重返地面。

「……飛行術式……常駐型重力控制魔法完成了！」

愣住的時間只有片刻。

深雪以像是撲過來的氣勢，握起哥哥的手表達喜悅。

「哥哥，恭喜您！」

這就是達也一直在研究的魔法。

四大系統八大種類的系統魔法之中，首先列舉的就是「加速／加重」系統。

這是從最單純的超能力延伸發展，一般認為是現代魔法最基礎的系統魔法。

然而，依照加速／加重系統理論有可能實現的飛行術式——常駐型重力控制魔法，即使從現代魔法學確立初期就提出假設，依照公開發表的資訊，直到今天都沒能實現。

今天午休也在學生會室造成話題的飛行術式，即使理論行得通，卻幾乎不可能付諸實行，這是現代魔法學的共識。

然而如今在深雪面前，又有一個現代魔法學的定論被推翻。

「哥哥再度化不可能為可能了！能夠成為這個歷史壯舉的見證人，創下壯舉的人又是我的哥哥，身為妹妹，我感到驕傲無比！」

緊握達也右手的深雪幾乎要撲上來擁抱，哥哥溫柔以左手包覆妹妹的雙手。

「深雪，謝謝妳，雖然這個術式不是為了飛行本身而設計，古式魔法也已經實現這種飛行術式，不過這樣又朝著目標接近一步了。」

「古式魔法的飛行術式，是只有少數魔法師能使用，限定對象的異能力吧？不過哥哥的飛行術式，理論上只要充填所需的魔法力，所有人都能使用吧？」

「我姑且是以這個目標製作，希望深雪能幫我測試。」

「樂意之至！」

眼神閃亮的深雪大幅點頭。

深雪聽過術式說明之後，看向左手剛調校完成的ＣＡＤ。
和平常深雪使用的ＣＡＤ一樣，是行動終端裝置造型。
不過尺寸比深雪已經很小的ＣＡＤ更小，可以完全藏入她嬌小的手掌。
只有行動終端裝置造型是唯一相似之處。
這個ＣＡＤ是特化型演算裝置。
深雪不熟悉特化型，但操作方式簡單至極。
上面只有開關用的按鈕，開啟之後只要沒有主動關閉，就會自動從使用者身上吸收想子，持續處理啟動式，直到電力用盡為止。就某種意義來說是相當暴力的物品。
不過，裝置的想子使用量已壓低到極限。
設計的基本理念，就是要將使用者的負擔降低到最小。
「開始測試。」
無法壓抑的緊張令喉頭微微蠕動。
口腔沒有任何能夠嚥下的水分。
光是手沒有發抖，深雪就想誇獎自己。
即使測試失敗，哥哥也不會責備她。

相對的，哥哥將會從頭設計這種「飛行演算裝置」。

她絕對不願意因為自己能力不足，拖累哥哥如此逞強。

深雪按下ＣＡＤ的開關。

不用特別注意也知道，演算裝置正在吸收體內的想子。

即使如此，吸收的量卻少到必須特別注意才會察覺。

頂多就是平常釋出的過剩想子流量再多一點罷了。

察覺到這一點時，啟動式已經複製存入魔法演算領域了。

雖然達也有事先說明，但是啟動式的規模小得令她驚訝。

以深雪的處理能力，同時處理幾十個相同的啟動式也綽綽有餘。

規模雖小，卻記述所有的必要條件。

深雪覺得這是徹底去蕪存菁提升效率，洗鍊至極的啟動式。

輸入資料定義啟動式的變數，構築魔法式。

一般來說，魔法師不會意識到這個步驟。

魔法師會藉由語言、方程式或影像，明確構思欲改變的現實事象，送進潛意識領域。

將想像的光景轉換成魔法式輸入檔，是魔法演算領域的工作。啟動式的「變數」指的是魔法師必須特別構思想像的部分。

魔法師可以感知寫入體內的啟動式，也可以感知體內構築中的魔法式。不過構築魔法式的處理程序是半自動進行，無法以本人的意志干涉。

要是不這麼做，人類的情報處理能力，也無法製作足以改變物理現象的情報體。

深雪想像自己浮到天花板高度的樣子。

這一瞬間，重力的束縛消失了。

五感失去體重情報，宛如自己身體消失的錯覺，令深雪有些慌亂。

然而深雪的內心充滿更勝於慌亂的快感。

原來飛翔會帶來如此的解放感。

她差點嫉妒起八成享受著相同快感的太空人。

也同情他們非得穿上笨重的太空服才能享受這種快感。

深雪好想離開這種狹窄的地下室，在天空自由翱翔。

「怎麼樣？連續處理啟動式會不會造成負擔？」

哥哥的聲音，將深雪的意識拉回現實。

自己差點在重要的實驗裡沉溺於快感，深雪對此感到難為情。

然而現在不是陷入自我厭惡的場合。

深雪，妳要振作一點——深雪在心中如此斥責自己，並且回答哥哥的疑問。

「沒問題，沒有頭痛或倦怠感。」

「太好了。那麼接下來緩緩水平移動，習慣後慢慢加速，以妳想要的方式飛翔。」

「明白了。」

深雪依照哥哥的吩咐，想像自己緩緩水平移動的樣子。

自動展開、複製的極小規模啟動式，構築出將重力方向改為水平的魔法式。

這個飛行演算裝置的構造，是以連續處理啟動式的方式連續發動魔法。

按照程式，只要沒有將新的構思想像送入演算領域，變數就會沿襲原本的數值。

對啟動式加入會自我複製的無系統魔法情報，在構築魔法式的最終編譯階段，將啟動式貼入魔法演算領域，即使不操作CAD，也能利用相同的魔法式——若這是循環演算的機制，那麼，可以連續讀入相同的啟動式、建構相同的魔法式，並且自動輸入相同的變數，這就是飛行演算裝置的構造。

托拉斯．西爾弗的成名作——「循環演算系統」，和達也這次所發明的飛行演算裝置，是成對的系統。

「會覺得魔法斷斷續續嗎？」

「不會，不愧是哥哥，計時功能運作得很完美。」

這個系統的關鍵，在於正確記錄魔法發動時間點的功能。

人類不適合進行這種數位處理，非得以機械補足這個部分。

要是執著於只以魔法技能飛行，這個系統終究不可能實現。

深雪依照達也的指示，緩緩提升迴旋速度。

將地下室的有限空間運用到極限，轉身、迴旋、空翻，自由自在翱翔飛舞。

輕盈飄動的裙子、柔順飛揚的秀髮、隨著伸展與弓身動作展現的優美線條。

達也不知何時忘記觀測的立場，忘我欣賞著出乎意料的仙女之舞。

◇　◇　◇

Four Leaves Technology（直翻就是「四葉科技」，不過登記的公司名稱以及登錄商標都故意只用「Four Leaves」）——簡稱ＦＬＴ的ＣＡＤ開發中心位於窮鄉僻壤，從達也他們家轉乘大眾交通工具要兩小時才能到（其實騎電動機車只需要一半時間，但今天下雨所以搭乘大眾交通工具）。達也早已熟悉這段路程。因為已經熟悉，長途搭車反而只令他覺得麻煩。

「深雪……？」

「是，哥哥，怎麼了？」

「……不，抱歉，沒事。」

「嗯……？」

不同於總公司附設的研究室，達也來這間研究所時，深雪大致上都會同行，應該也很熟悉這段路程。但即使天候不佳，她心情依然好得像是來野餐，使得達也不禁想詢問原因。

之所以講到一半欲言又止，是因為達也重新想想，覺得這個問題很奇怪。

深雪當然感到納悶，但很快就恢復為幾乎要哼歌的好心情。

但兩人已經進入研究所，她沒有真的哼出聲音。

這裡是科技企業的研究中樞，也就是FLT的心臟，戒備也相對森嚴。不只是以機械監視，部署的警備人力也多得過剩。

然而沒有任何人叫住達也他們。

甚至沒在櫃臺登記，就沿著沒有窗戶的通道直直走向深處。

兩人最後來到有一面牆都是落地窗的房間。

玻璃外面是深入地下半層樓，宛如機庫的遼闊挑高空間。

隔著這個空間的另一頭，則是和這個房間相同的觀測室。

這裡是進行CAD測試的區域。

十多名技師與研究員在室內忙碌走動、討論或是操作測量儀器。

「啊，少爺！」

即使所有人都在忙碌工作，達也一進入觀測室就立刻有人問候。

說來難得——應該就只有這個地方——眾人行注目禮迎接的對象不是深雪，是達也。

「少爺」這個稱呼，當初是揶揄達也以高層幹部兒子的特權隨意進出，但現在是用為下任領導者的尊稱。

達也對此感到難為情，希望不要使用這種稱呼，但如今也知道大家是基於善意這樣叫他，所以也不會刻意要求大家別這麼叫。

「打擾了，牛山主任在哪裡？」

投向哥哥的尊敬眼神，使得深雪與有榮焉地欣喜微笑，接連引發眾人分心——幾乎沒有男性能無視深雪的笑容——差點妨礙工作。達也讓深雪陪在身後，詢問最初搭話的白袍研究員。

回答這個問題的聲音來自人群後方。

「先生找我？」

撥開人群現身的，是一名高䠷卻絲毫沒有瘦弱氣息，身穿灰色作業服的技師。

「主任，不好意思，在您百忙之中前來造訪。」

「慢著，先生，這可不行。」

達也恭敬行禮致意，名為牛山的技師面有難色地搖了搖頭。

「你要放低姿態無妨，但這些人都是你的手下，對手下過於謙卑無法成為榜樣。」

「不，各位都是家父聘請來的，並不是我的部下……」

「名聞天下的『西爾弗先生』講這什麼話，我們很榮幸能在你底下做事。」

聽得到牛山聲音的技師與研究員全部點頭同意。

Four Leaves Technology的ＣＡＤ開發第三課。

這裡是世稱「銀式」的開發部門。

如今世間公認「銀式」是ＦＬＴ技術能力的代表作，集合技術部門超額成員成立的開發第三課，原本只像是叛逆分子的集中營，卻在銀式問世之後在ＦＬＴ舉足輕重。

所以這裡的技師與研究員，對於開發銀式的核心人物——托拉斯．西爾弗「其中一人」的達也，當然抱持極度的忠誠心。

「真要說的話，你這位『托拉斯先生』才是這裡名副其實的領導人吧？你老是耍賴不肯擔任主管，第三課才會遲遲沒有課長或組長。」

「請不要這樣，我不是當『先生』或『托拉斯』的料，我只是平凡的技師，努力玩零件讓你的天才構想儘可能易於使用罷了。這樣的我居然並列為共同發明人，最不能接受這件事的就是我自己。我可沒有這麼寡廉鮮恥。只是因為少爺是未成年的學生，獨自享有開發專利會造成一些問題，我才無可奈何掛名。」

「……要是沒有牛山先生的技術，『循環演算系統』就無法實現。我在硬體方面的知識、技能與巧思都不足，無論是技術或理論，都要設計成硬體普及才真的有意義吧？」

「啊～別說了別說了，講道理我果然講不過少爺，還是討論工作吧。你應該不可能只是來探望我們吧？」

牛山搔了搔腦袋舉白旗投降，達也同樣放鬆嚴肅的表情，露出別有心機的笑容。

「ＯＫ，牛山先生，今天的試作品是這個。」

達也刻意改為不拘小節的語氣與動作，遞出一個手機終端裝置造型的ＣＡＤ，牛山目不轉睛凝視了十秒左右。

這個名為Ｔ—七型的試作ＣＡＤ，是牛山基於某種目的為達也準備的。

試作機內部已經安裝軟體，就代表……

「難道這是……飛行演算裝置？」

從達也手中拿起ＣＡＤ的手指微微顫抖。

「是的，我請牛山先生製作的這個試作硬體，已經寫入常駐型重力控制魔法的啟動式。這個試作機很容易改寫系統，非常好用。」

「那麼測試……」

「和往常一樣，只有我與深雪測試過，但我們畢竟不算是普通魔法師。」

周圍傳來屏息聲，而且不只是一兩人，聽到他們交談的人都繃緊表情凝視牛山的手。

「……阿哲，研究所現在有幾支T－七型？」

終於，牛山以還算平靜的語氣詢問部下。

得到「十支」這個答案之後，半閉的雙眼猛然瞪大。

「混帳！只有十支？為什麼沒補！

什麼？晚點再下單，先把現有的全部裝到調校機，完整複製少爺寫的系統！

阿弘，叫所有測試員過來！什麼？有人休假？

管他那麼多！

去捆住脖子拖過來！

其他的傢伙全部停止手邊工作，準備進行精密測量！

你們真的懂嗎？這是飛行術式！會改寫現代魔法的歷史啊！」

大概是使用內線廣播吧。

不只是這個房間，包含對面的測量室，假日出勤的研究所人員同時忙碌地動了起來。

這裡是占地與高度匹敵大型體育館的ＣＡＤ室內測試場，通訊管線從天花板垂下，連結在測試員身上的背心。

這條管線也兼具安全繩的功能。

浮游術式已經廣為流傳，這間實驗室也有測試經驗，但飛行術式即使在漂浮階段和浮游術式相同，實際構造卻完全不同。也和跳躍與減速降落有所差異，是一種未知魔法。

測試員緊張得臉色蒼白。

新魔法都是既有熟悉魔法的變化型，卻沒人知道哪裡隱藏著風險。

魔法師因為啟動式小臭蟲而喪命的案例真實發生過。

若是使用全新架構、（就目前所知）史無前例的魔法，再怎麼謹慎都不算過頭。

地面切換成緩衝材質，並且進行懸吊測試之後，才終於完成實驗準備。

「實驗開始。」

進入觀測室迴避——這不只是為了觀測員的安全，也是為了測試員的安全——的牛山，下令開始測試。

測試員戴著安全帽，從俯視角度看不清楚表情。

然而，不到三十歲就擁有資深經歷的這名首任測試員，可以看到他緊咬牙關。

即使如此，他按下ＣＡＤ開關的動作毫無迷惘。

「確認離地。」

「依照觀測，沒有任何反作用力造成地面受壓上升。」

還沒以肉眼確認，位於測量儀器前方的人員就接連回報。

「上升加速度的誤差位於容許範圍。」

「CAD穩定運作中。」

測試員的身體緩緩上升。

如今清楚看得見雙腳離地。

鬆弛的管線，證明測試員並非以懸吊升空。

除了觀測儀器的運作聲與測量結果的回報聲，觀測室連衣服摩擦聲都沒有。

所有人忘記動作，凝視眼前的光景或是測量器的數值。

「上升加速度持續降低……歸零，現在等速上升中。」

測試員緩緩上升，達到三公尺高的觀測室高度。

「上升加速度進入負值……上升速度歸零，確認靜止。」

到目前為止，屬於浮游術式做得到的範圍。

「偵測到水平方向加速。」

某人……應該說任何人都吸氣屏息。

「停止加速，秒速一公尺水平移動中。」

還沒聽到觀測報告之前，就看得到測試員在空中以明顯速度移動。

「動了……」

「在飛……」

半信半疑的低語，反而令人體認到眼前的這一幕是事實。

『一號測試員回報觀測室，我正在空中走路……不對……是飛翔，我自由了……』

喇叭響起出乎預料的通訊，解放了眾人被驚愕壓抑的情緒。

「太棒了！」

「成功了！」

「少爺，恭喜您！」

觀測員高呼萬歲。

測試員隨意在空中描繪飛行軌跡。

只有達也一個人不受到眾人的火熱情緒感染，以冷靜觀察員的表情，接受研究所成員們欣喜若狂的祝福。

「你們個個都是傻蛋嗎……？」

牛山無奈地看著魔法用過頭而癱軟倒地的測試員們。

這場測試大幅超過預定時間，持續到九名測試員用盡魔法力。

不是觀測程序遇到問題，是測試員不肯停止。

在他們的要求之下，兼具安全繩功能的通訊管線改為無線通訊，最後甚至玩起預定之外的天空捉迷藏。

「常駐型魔法哪可能用得了這麼久！」

現代魔法幾乎都是瞬間或是短時間發動。

效力得以持續的魔法，大部分都是在發動時指定有效時間，很少有魔法師慣用連續發動型魔法。比方說，「高頻刃」就屬於常駐型魔法，不過實際上，幾乎所有使用者都會在每次攻擊之後重新發動魔法。

連續發動魔法的技術，直到最近都視為某些魔法師的特殊技能，直到自動在魔法演算領域複製啟動式，藉以連續構築魔法式的「循環演算系統」進入實用階段才開始普及。

「亂來的代價就自己負責吧，我可不會發加班費。」

幸好沒有測試員出現魔法力枯竭的後遺症。

既然是可一笑置之的範圍，牛山哼聲粉碎抗議聲浪，走向正在審視測試結果的達也。

「有什麼在意的地方嗎？」

轉過頭來的達也，表情離滿足還差得遠。

「真要老實說的話，想改進的地方永無止盡……但依照現在的狀況，連續處理啟動式的負擔還是過大。」

牛山聽到這番話，不知為何露出認同的表情，交互看著達也與他後方的深雪。

「當然囉，和公主或少爺比起來，那些魔法師持有的想子量微乎其微。」

依照現代的魔法力標準衡量，達也只是吊車尾的魔法師。

然而魔法力的標準，會隨著魔法的進步與時變遷。

比方說，三十年前不像現代熟悉啟動式的奧祕，從啟動式構築魔法式的速度慢得無法和現在比擬。魔法式的效率不高，要構築有效魔法式所需的想子是現代的好幾倍。

當時測量魔法師能力的標準，比起魔法式的構築速度，更重視魔法師體內（包括肉體與精神體的「體內」）的想子量。若以當時的標準衡量，達也與深雪的想子量會得到頂級評價。

現代因為啟動式、魔法式與CAD的進步，想子量不太會直接造成發動魔法時的問題。除了分類在「無系統魔法」直接釋放想子的術式，想子量通常只是高了會比較漂亮的數字。

然而展開啟動式或是構築魔法式時依然會消耗想子，即使每次的消耗量很少，反覆幾百幾千次依然會造成魔法師的負擔。

「得提高CAD自動吸收想子架構的效率……」

「……這部分由我來想辦法。如果以硬體取代軟體來處理，應該會稍微減輕負擔。計時功能也設計專用迴路比較好。」

牛山稍做思考之後如此說著，達也隨即露出正得我意的笑容。

「其實我正想商量這件事。」

「真是光榮。」

兩人咧嘴互相露出同樣的笑容。

◇　◇　◇

雖然在硬體方面指出幾個改良點，不過在術式功能這方面則是得到滿足的結果。今天最大的收穫，就是確定一般魔法師以市售ＣＡＤ就足以使用飛行術式。

事不宜遲，整理本次的實驗結果之後，下週就會以托拉斯．西爾弗的名義公布飛行術式的細節。這種事最好是速度重於品質，因為「世界首創」和「世界第二」造成的衝擊性完全不同。「首創」的事實就是擁有如此強大的宣傳效果。

另一方面，飛行術式專用的ＣＡＤ則是要從外觀花樣開始重新設計，以九月（上半年度會計決算月）為目標上市。

敲定上述兩項進度之後，會議結束。

達也前往飲茶室，和在那裡等的深雪會合，一同踏上歸途。

在百忙之中抽空……應該說硬是前來送行的牛山，滿臉愧疚搔著腦袋。

「不好意思，我姑且也有連絡總長，不過……」

無論在實驗時或是實驗確定成功時，統括各開發中心的ＦＬＴ開發總長——達也他們的父親到最後都沒有露面，牛山對此過意不去。

「請別在意，畢竟今天是假日，即使有上班也應該在總部。」

坦白說，以達也的立場，沒見到他比較輕鬆。

深雪甚至不想見他。

但是這種事當然不能告訴牛山。牛山知道兩兄妹的父親不只在ＦＬＴ擔任要職，也是ＦＬＴ最大股東。即使牛山是專精研發的技師，主管的家醜也不應該外揚給職員知道。

達也基於這個想法編出這個藉口回應，使得牛山表情越來越愧疚。

「……不，其實總長今天在這裡……」

即使達也背對深雪，同樣明顯感受到妹妹的情緒出現波動，吊起眉頭。

達也自己則是鬆了口氣。

幸好沒有撞見父親。

「身為總長，應該沒什麼時間到現場露面，我覺得他絕對不是瞧不起研發部門。」

「不，這我明白。何況總長還撥給我們加倍的預算。」

達也刻意離題，硬是將情況反過來變成安慰牛山。這樣對更加惶恐的牛山過意不去，但達也

不過世事總是難如意。

達也他們和牛山道別離開研究所，在即將抵達玄關大廳的走廊，巧遇不想遇見的人。

「深雪大小姐，好久不見。」

親子三人默默相視的空間裡，首先開口的是第四人。這名人物是達也與深雪的舊識，不過這裡所說的「舊識」不代表「親密」。

「久違了，青木先生。我才該說好久不見，不過在場並不是只有我。父親似乎也別來無恙，感謝您上次打電話過來，但我認為，偶爾向親生兒子打聲招呼也不會遭天譴吧？」

流利回應的嬌憐話語帶刺宛如荊棘，但對方的臉皮與防禦都厚得不會被區區玫瑰刺傷。

「大小姐，請容屬下直言，本人青木擔任四葉家的執事，身負四葉家財產管理一職，您要求我向區區隨扈禮貌問候也不太對，畢竟家有家規。」

「他是我的哥哥。」

深雪努力維持聲音的平靜，但至少達也明白她即將達到極限。

「恕屬下冒昧，家中所有人都希望深雪大小姐繼承四葉家。他只不過是大小姐的護衛，您和那個人的立場並不相同。」

「且慢，青木先生，我知道這時候插嘴很沒禮貌，但您這番話有失分寸。」

深雪即將歇斯底里放聲大喊的時候，達也以冷漠語氣打斷妹妹的話語。

他的聲音冰冷至極。

如此明顯侮蔑的言語與態度，也不會影響達也的心。

達也的心就是這樣的「構造」。

比起侮蔑，達也更想避免深雪代他憤怒而受傷。

「無所謂。即使只是區區隨扈，你依然是深夜大人之子，即使稍微誤解禮儀，我也只能不得已容忍。」

所以達也沒空應付對方傲慢的態度。

「剛才聽您說，服侍四葉家的所有人都希望深雪成為四葉家下一任當家，這番話對於其他候選人實在不妥吧？」

為了不讓妹妹代為承受對方向自己釋放的惡意，必須發動連環言語攻勢，在深雪沒有插嘴餘地的狀況下令對方屈服。

「姨母應該還沒指定繼承人，還是說您已經得知姨母內定的人選？」

看起來精明幹練，比起執事更像律師的壯年紳士，對十六歲少年的指摘啞口無言。

「如果姨母心意已決，我得讓深雪進行各方面的準備才行。趁今天這個好機會，還請您務必告訴我。」

達也以毫無抑揚頓挫的平板語氣詢問。

「……真夜大人還沒有任何指示。」

青木以有苦難言的表情回答。

達也故意瞪大雙眼，表達驚訝。

「這就驚人了！四葉家第四順位的執事，居然把自己一廂情願對於家系繼承的臆測，灌輸給下任當家的候選人？既然這樣，違反家規的究竟是誰？」

達也裝模作樣地嘆了口氣，青木滿臉通紅狠狠瞪他。達也判斷青木已經無法據理反駁，準備留下勝利宣言離開現場。

然而這個判斷太天真了。

「……並非臆測，既然同在四葉家服侍，大致感受得到彼此的想法。即使不是真的看透彼此內心，只要有志一同，即能心意相通。」

這是拋棄所有理論與道理，虛妄的逃避藉口。然而對方在最後關頭準備了禁忌之毒。

「你這種沒有心的冒牌魔法師，應該不會明白。」

青木口吐惡毒話語的下一瞬間，牆壁忽然跳過結露直接覆蓋冰霜。

空調發出運作聲，要恢復急速降低的氣溫。

深雪腳邊捲起寒氣漩渦。

不過達也伸出左手一指，隨著有如錄音帶高速倒帶的軋軋聲——不過這是感受得到魔法的人才聽得見的幻聽——冷氣消失了。

深雪的臉色超越漲紅與鐵青，化為蒼白。達也單手將妹妹摟入懷中，向青木投以嚴厲如刀的冷冽視線。

「創造出這個『無心冒牌魔法師』的人正是我的母親，是四葉家現任當家四葉真夜的姊姊，舊姓四葉的司波深夜。

使用禁忌的系統外魔法『精神構造干涉』，將意識領域裡最能產生強烈意念的『強烈情緒管理區塊』格式化，植入魔法演算模擬器，使其成為人造魔法師。計畫這實驗的人是當時剛成為四葉家當家的四葉真夜，對自己確定沒有魔法天分的六歲兒子進行這項實驗的人是司波深夜。

換句話說，以『冒牌』稱呼我這個實驗對象，就是將四葉家現任當家及其姊進行的魔法實驗誹謗為打造贗品，您應該有理解到這一點吧？」

達也溫柔地摟住代他落淚的心愛妹妹。另一方面，對於害深雪流淚的青木則是毫不留情將言語化為刀刃攻擊。

「…………」

「達也，別說了。」

至今沉默的達也父親——司波龍郎，袒護啞口無言僵在原地的青木，出面制止達也。

「不可以說你母親的壞話。」

但他的話語完全偏離主題，牛頭不對馬嘴。

這恐怕是避免招惹本家的保身發言。

這間公司是由四葉家隱瞞身分出資設立，即使他繼承已故妻子的股份成為最大股東，實際上的統治權依然掌握在四葉家，所以並不是無法理解他為何低聲下氣，不過……

達也忍不住差點失笑。

「達也，我不是無法理解你憎恨母親的心情……」

而且，這名父親甚至沒看見達也現在的表情。

達也衷心認為，為了彼此的心理健康著想，還是早點道別比較好。

但達也覺得在道別之前必須補充一句話。

「老爸，你誤會了，我沒有恨母親。」

「這……這樣啊……」

就只有補充這句話。

沒有說出口的話語，沒必要刻意讓他知道。

達也內心沒有「憎恨」這種功能。

沒有強烈的憤怒、強烈的悲傷、強烈的嫉妒、怨恨、憎惡、過剩的食慾、過剩的性慾、過剩的睡慾，以及……戀愛的情感。

他不會因為憤怒而忘我。

不會活在悲歎中。

不會因為嫉妒而苦惱。

沒有怨恨，沒有憎惡。

不會傾心於異性。

有食慾，卻不會產生暴食慾望。

有性慾，卻不會產生淫亂慾望。

有睡慾，卻不會產生貪睡慾望。

全世界只有他母親會使用的特殊魔法，抹滅了他內心情感與慾望的最強烈部分。

他沒有憎恨母親。

也沒有生氣。

因為他「無法」真正憤怒，也「無法」真正憎恨。

她們唯一留給他的「強烈情緒」，是基於達也在四葉一族中所被賦予的義務，而刻意留下的唯一情感。

當然不是對於這位父親的親情。

達也就這麼摟著啜泣的深雪沒有告別，直接離開現場。

【3】

校方讓學生在固定教室上課的優點，在促進人際關係的建構與培養中也可見到。

地緣關係從以前就和血緣關係並列為建立人類強烈羈絆的要素，無論是正式或非正式團體，都傾向藉由區域劃分組織歸屬。

這番話要表達的意思就是……

「早啊，司波，我聽說囉，真有你的。」

「早，司波同學，加油喔。」

「早安，司波同學，我會幫你打氣。」

「嗨，加油吧，司波。」

……就像這樣，即使是平常並沒有特別親密的同學，也能夠建立藉由問候，順便激勵自己的友好關係。

星期一，達也抵達教室之後，接連收到班上同學的聲援。

他們這麼做，當然是因為達也獲選加入九校戰代表隊。

「大家的消息真靈通。」

「一點都沒錯。上週才定案，明明還沒正式公布。」

「就是說啊，到底是從哪裡打聽來的？」

雷歐、美月與艾莉卡都沒有露出裝傻的表情，看來不是他們四處宣傳。

不過，這種事並沒有下達封口令就是了。

當時只有高年級學生參加會議，可能是從社團學長那裡打聽來的吧。

「這麼說來，記得今天會正式公布？」

艾莉卡歪著腦袋詢問，達也面色凝重點了點頭。

包含工程師團隊在內，九校戰的代表隊名單終於在上週五定案。

依照原本的進度得在兩週前確定人選，所以算是遲了好幾步。

該說幸好嗎，由於競賽選手早已選定，像是競賽用ＣＡＤ或隊服這種最花時間的道具已經準備得差不多，但因為工程師人選沒有定案，機器檢查與啟動測試的工作幾乎都沒完成。

深雪自己也是選手，卻忙於準備工作完全抽不出空檔。為了她，達也下定決心犧牲奉獻在所不惜，但還是無法拭去那種逼不得已的感覺。

「記得第五堂課改成全校集會，對吧？」

美月說著，看向桌上設置的終端裝置確認今天的課程表。

上午三堂課、下午兩堂課的時間分配是全年級共通。

即使如此，除了實驗、實習與體育課，標準課程（定為標準的學習進度）是依照學生自己的步調。以個別分配的終端裝置授課的現代學校，不會嚴格規定各堂課的上下課時間。

在現代學校，年級越高越不計較上課時間與休息時間，只為了代表隊的授旗典禮就召集全校師生，可以代表校方多麼重視這項活動。

「達也同學也會在授旗典禮上臺吧？」

「嗯，對……」

達也結巴回答美月的詢問，其實這正是他面有難色的最大原因。

「只有達也是一年級吧？」

如雷歐所說，獲選加入技術團隊的一年級學生只有達也。

經驗是調校ＣＡＤ不可或缺的要素，理所當然應該由高年級學生獲選加入技術團隊，但達也的技能異於常人。

當然，若是考量到他以一線專家身分活躍於ＣＡＤ軟體開發領域，擔任高中大賽的工程師甚至是大材小用。

但無論是同年級或高年級，都沒人知道這件事。

只有妹妹深雪知道。

「那些一科生好像非～常～委屈喔。」

一科生不久之前才因為期末考成績氣得火冒三丈，這次選拔肯定令他們內心更不是滋味。這種事不用艾莉卡明說也顯而易見。

「不過參賽選手都是一科生……」

這就是達也的說法。

既然新人賽的參賽選手都是一科生，達也獲選為後勤人員，他人也不用過於計較。

——但這是當事人的論點，無法安撫其他立志走魔工領域的一科生。

達也很少遭人嫉妒。

也缺乏嫉妒心。

他的人生經驗，還不足以在這方面觀察入微。

「這是沒辦法的事，嫉妒稱不上理由。」

所以聽到美月一針見血的指摘，達也完全無法回應。

「放心，這次不會有石頭或魔法打你。」

至於艾莉卡過於極端的安慰，達也只能苦笑以對。

◇　◇　◇

第四堂課結束，達也在指定時間前往講堂後臺報到，先到的深雪遞給他一件薄外套。

「這是？」

看起來只像是普通外套，但達也姑且詢問做個確認。

「是技術團隊的隊服，授旗典禮要穿那件代替制服外套。」

回答的人是真由美。

——這是正如預料的回答。

真由美自己則是穿著西服款式的運動外套。

那件應該是參賽選手的隊服。

依然穿制服的深雪露出充滿期待的笑容，將雙手所拿的外套遞向達也。

某種惡作劇的衝動瞬間掠過腦海，但達也知道抵抗毫無意義。

達也率直脫下制服外套，掛在預先準備的衣架上。

接著微微屈膝，穿上深雪為他打開的外套。

深雪從後方將外套拉到哥哥肩膀上，繞到前面整理衣領與衣襬，退後一步眺望達也的上半身，露出滿足的笑容。

達也大致明白妹妹心情這麼好的理由。

應該是看到外套左胸刺繡的徽章而開心。

徽章的圖樣是八枚花瓣。

深雪制服相同的位置，也有相同的徽章。

第一高中的校徽。

不是後備遞補，而是一科生的象徵。

「哥哥，這樣很適合您……」

校際對抗賽的隊服造型沒有太多變化，為了識別各學校的成員，這是當然的設計。

然而對於深雪來說，達也現在的樣子，令她感嘆該有的東西總算歸定位了。

達也本人對此一點都不在意，正因為不在意，所以也不用刻意潑冷水。距離授旗典禮還有一段時間，達也就這麼穿著工程團隊外套等待開場。

深雪陶醉凝視哥哥身穿隊服的英姿，毫不厭倦。她自己依然只穿制服。達也環視四周，卻沒看到深雪的西服外套。即使時間寬裕，達也還是覺得早點換裝比較好。

「妳不用換裝嗎？」

「我要擔任典禮助手。」

聽到達也詢問，深雪從陶醉表情恢復為往常的笑容如此回答。

也就是說，深雪只在這時候排除參賽選手立場，飾演歡送出征的代表……達也以這種方式解釋深雪說的話。

「這樣啊，責任好重大。」

「請不要給我壓力啦……」

明明不可能因為這種小事就畏縮，卻說出這種怯懦的話語，眼神還微微搖曳。達也笑著將手放在妹妹的頭上。

——周圍的人們，以冰冷視線投向這樣的兩人。

◇◇◇

名為授旗典禮的代表隊成員公布儀式準時開始，並且順利進行。

即使達也上臺，也沒有石頭或魔法飛過來——這是理所當然的事情。

然而對他來說，這種處境令他非常不自在。

選手與工程師各自列隊，工程師團隊除了達也都是高年級學生，難免覺得來錯地方。

達也姑且有在準備會議展現身手，幸好沒在這時候遭受奇怪的敵視或蔑視。

然而，也不算受到善意的歡迎。善意的評價與善意並不相等。

就各方面來說，他加入團隊是前所未有的提拔與特別待遇。

而且現在的達也，身為二科生卻繡上八枚花瓣的徽章。

應該也有人認為這是在挑釁，引發反感也是無可奈何的事。達也在耀眼的燈光之中，事不關己地如此心想。

在這段期間，臺上正在依序介紹每名選手。

司儀是真由美。

介紹到的成員，會在隊服別上領章，領章內藏進入競賽會場所需的ＩＤ晶片。

為了讓典禮更加體面，為眾人戴領章的工作由深雪擔任。

光是參賽選手就有四十名（除去深雪與真由美為三十八名），所以程序相當費時，不過或許是淑女教育的成果，深雪一直維持甜美的笑容，俐落地為眾人戴上領章。

在感受得到呼吸的超近距離看見深雪笑容的男學生們，幾乎都是滿臉通紅，拚命緊繃著幾乎把持不住的表情。

若只是這樣，這幅光景似乎會在後來引發全校女學生的抨擊，但接受領章的女學生們也有半數以上臉紅害羞或是心神不定，因此沒有引發觀眾（尤其是高年級）反感，而是會心一笑。

領章不只是頒發給參賽選手，也頒發給後勤團隊。

作戰團隊介紹完畢之後，終於輪到技術團隊了。

「總覺得有點緊張。」

旁邊的人忽然搭話，使得達也悄悄轉頭。

同樣微微轉頭看過來的男學生，和達也視線相對。

達也的目光高度稍微高一點。

記得沒錯的話，他是名為五十里啟的二年級學生。不用說，當然是一科生（何況臺上只有達也是二科生）。

「是啊。」

他是明顯向達也釋出善意的少數派之一。

這名俊美少年擁有中性的溫柔容貌，加上體格比較瘦，要是把長褲換成裙子，看起來就像是「高䠷的女學生」。不過他是魔法理論成績二年級第一，實技成績也名列前茅的實力派。

達也重新像這樣近距離看見他的「美貌」，就深刻覺得人不可貌相。

現在還在臺上，所以對話至此結束。

然而，即使是達也這種遲鈍的人，在周遭模糊的惡意之中不經意展現的這股善意，也令他沉重的內心變得輕盈。

感覺內心陰霾散去，有餘力眺望臺下的光景。

臺下如常自由入座，全校學生如常自然分裂，一科生坐前面，二科生坐後面。

然而前半的人群混入了異分子。

大概是察覺到達也的視線吧。

艾莉卡向他揮手，她居然坐在前面數來第三排，形容為最前排也不為過。

達也對此也感到驚訝。

進一步仔細一看，艾莉卡旁邊坐著美月，另一邊坐著雷歐，雷歐旁邊則是幹比古，後面也都是熟面孔。

一年E班的同學們毫不畏懼一科生的白眼，占據前排一整塊區域。

達也被他們充滿勇氣的這個行動吸引注意力的時候，深雪推著推車來到前方。

選手四十名、作戰團隊四名、技術團隊八名、扣除司儀與助手之後共計五十名的臺上成員，已經有四十九名完成介紹與授動程序。

終於來到第五十人，也就是最後一人。

換句話說就是輪到達也。

真由美唸出他的名字。

聲音似乎特別加重力道，是達也想太多嗎？

達也向前一步行禮致意。

深雪露出了整個人幾乎要融化的笑容——甚至令達也不禁有點擔心妹妹的精神狀態——站在達也面前。

深雪為達也的外套別上領章。

同一時間，響起熱烈的掌聲。

無須以目光確認。

是艾莉卡與雷歐慫恿班上同學一起鼓掌。

對於主導典禮的真由美與深雪來說，這是預定之外的騷動。

然而，就在同為一年級的一科生班級即將發出噓聲起鬨的時候……

真由美與深雪抓準先發制人的時機，同時在舞台兩側鼓掌。

介紹完最後一名成員立刻響起的掌聲。

這陣掌聲替換為眾人對全體選手的掌聲，響遍整間講堂。

◇　◇　◇

授旗典禮結束之後，校內一鼓作氣加速準備九校戰。

參賽項目也已經確定，深雪每天都和雫與穗香練習到學校關門前最後一刻。

達也要調校ＣＡＤ，又要幫深雪處理公務，每天同樣奔波忙碌到很晚。

加入運動社團的艾莉卡與雷歐，似乎也有協助各方面的雜務。

只有美月是文科社團成員，所以這星期大多只有她獨自等待其他人放學。

上週的授旗典禮令她緊張萬分。

即使是自由入座，要推翻不成文規定也要很大的勇氣。

只靠她自己根本做不到，應該說如果沒有艾莉卡，和班上其他同學在一起也做不到。

美月自覺屬於內向畏縮的個性，所以那位朋友更令她感到耀眼又羨慕。

（可是艾莉卡為什麼要拚命成那樣……？）

美月是被艾莉卡拉著參與這樣的行動。

她當然很想聲援達也，不過回顧當時的狀況，她覺得自己只要在後方鼓掌就心滿意足。

艾莉卡有種刻意闖禍的傾向，這麼做的動機或許是想挑釁一科生的菁英意識。

然而在同時，艾莉卡也是陰晴不定，三分鐘熱度的個性。

美月眼中的她喜歡插手管麻煩事，卻不會積極主動計畫麻煩事。如果是美月這些好朋友就算了，這次她卻熱心到動員其他同學，似乎無法只以單純的惡作劇心態解釋。

（艾莉卡果然對達也……嗎……？）

就美月看來，和艾莉卡交情最好的男生是雷歐。

艾莉卡和期末考理論成績第三名的吉田似乎也交情匪淺。

但美月認為艾莉卡對達也的情感屬於另一種，有著不同的重量。

不知為何，美月甚至拒絕在思緒裡，以明確的話語定義艾莉卡這份情感。

來到校舍入口至今還不到五分鐘。

現在就說等得太累，時間也太短了。

然而這樣的時間，足以讓思緒不再停留。

美月不用多想，腦海就浮現各式各樣的事情。

這種狀況足以形容為心不在焉。

就這樣，她在知覺毫不集中的狀態，在感覺向外釋放的狀態，察覺到一股陌生波動。

美月煩惱了剛好一秒整。

接著下定決心取下眼鏡。

這一瞬間，色彩的洪流迎面湧來。

視界充盈著各種色調的光芒。

美月暫時承受著雙眼生痛的刺激。

對她來說，取下眼鏡就像是從暗處忽然來到盛夏陽光之中。

避免看見的東西，忽然變成看得見。

過剩情報帶給她無法控制的感覺，處理情報的視覺神經與大腦超過負荷。

不過如果是普通人，可能會直接昏迷的暴虐情報量，對她來說卻是出生以來一直相伴的「另一個世界」。

人眼即使待在最強烈的陽光底下，也只要稍待一段時間就會習慣。

如果是適應強光的深色瞳孔人種，不用太久就會立刻習慣。

美月光是緊閉雙眼再眨兩三次，眼睛就能適應普通魔法師所見好幾十倍的想子光，以及一般魔法師難以辨識顏色的靈子光（靈子放射光）。

美月慎重將眼鏡收進盒子，盯向剛才感受到異樣的波動。

她很快就找到足以穿透抗靈光塗料鏡片的光線。

宛如呼吸，搖曳卻規律的靈子訊號。

如今連光源方向也清晰可見。

美月宛如受到引誘，走向釋放波動的實驗大樓。

越接近實驗大樓，越覺得周圍洋溢起沁涼的空氣。

季節是盛夏，即使夕陽逐漸靠近被山丘稜線切割得不能叫作地平線的地「曲」線，依然釋放著足以發汗的熱量。

這是錯覺。

「某物」偽裝成冷氣，躲在盛夏的熱氣裡。

這個「某物」似乎命令美月回頭。

似乎威脅她不准接近。

面對未知事物的不安令美月畏懼。

然而，她並未停下雙腳。

理性要求她回頭，然而美月是魔法領域的一員，註定和魔法命運與共，美月的直覺要求她以這雙「眼睛」確認前方等待的事物。

實驗大樓的入口靜靜開啟，沒有摩擦聲或是放聲大笑的音效。

天花板的照明板，維持著足以輕鬆閱讀密麻文字的亮度。

一切都一如往常。

不，這裡是教授魔法的學校，是使用人數眾多的實驗大樓。

要是發生異狀，教師或高年級學生不可能沒有察覺。

比起普通科學校，魔法科學校更沒有鬼故事介入的餘地。

既然沒有觸動任何警報，就代表美月感受到的異狀，是某種魔法造成的現象。

或者是——現代魔法無法偵測的真正靈異現象。

籠罩內心的不祥念頭令背脊發顫，但美月就像是受到驅趕，或是受到拉扯般不斷前進。

美月宛如受到導引上樓，發現空氣隱含些許香氣。

她在魔法藥學實驗課聞過這種香氣。

是擁有鎮靜效果的各種香木混合而成的香氣。

她追蹤到這裡的波動通向藥學實驗室。

異常的靈子放射光，似乎是某名學生進行魔法實驗的產物。

確認至少不是未知的靈異現象，令美月鬆了口氣。

於是，至今隱藏在不安情緒後方的好奇心也探出頭來。

未經許可不得擅闖別人進行魔法實驗的場所，這是魔法實驗的實習課首先傳授的注意事項。不速之客干擾魔法領域，可能使發動中的魔法出現無預警的失控危險，尤其是學藝不精的魔法師——例如他們這樣的新生——闖入魔法實驗是非常危險的愚蠢行徑，校方曾對此再三宣導。

然而美月現在心中完全遺忘這種警告。

美月方向錯誤的警戒心，驅使她躡手躡腳在實驗室推開一條偷窺用的縫隙。

她小心翼翼避免發出聲音，從微開的門縫看向室內。

下一瞬間——

美月在千鈞一髮之際，將慘叫聲吞回肚子裡。

不，與其說是慘叫，應該說是單純的驚呼。

藥學實驗室裡，許多藍色、水色與深藍色的球在半空中飛舞。

每顆光球都有獨立的「力量」與「意識」。

美月以「視認」得知自然界的能量分布並不均勻，也沒有逐漸傾向均勻，而是或密或散持續流動。自然現象引發的「力量」聚合體化為球體漂浮，是美月習以為常的光景。森羅萬象的能量在她的「眼」中，酷似人類精神釋放的靈子光輝。

然而她第一次感受到四處漂浮的聚合體擁有「意識」。

（精靈……？）

這就是所謂的精靈嗎——她心想。

美月受到的衝擊——感動，足以令她拋開其他的想法。

叫出這些精靈的人則是——

「吉田同學……？」

美月甚至遺忘僅存的戒心如此低語。

這是完全下意識的行動。

然而，被叫到名字的對方可沒這麼簡單。

尤其他是在本應不會有人來的地方，被人看見本應不會有人看見的「法術」。

「是誰！」

近乎反射動作的質詢。

話中隱含的反射性怒意，使得「光球」的「意識」產生反應。
「呀啊！」
光球蜂擁而來，美月尖叫、閉上眼睛。
緊接著，一股「強風」從側邊來襲，令她不由得蹲下去。
不會拂動頭髮也不會吹動裙襬的想子奔流。
這陣奔流捲走蜂擁而來的光球保護美月，但是閉上雙眼的她沒有察覺。
美月戰戰兢兢地張開眼睛，眼前看見的是幹比古以等同憎惡的激動情緒狠瞪，及面無表情承受他的視線的達也。
「……幹比古，冷靜下來，我不想在這裡和你起衝突。」
對於達也的忽然出現，使得美月就這麼睜大雙眼蹲著不動。她眼前的達也，則是舉起空無一物的雙手。
這是魔法師與普通人共通，示意自己沒有戰意的動作。
幹比古露出驚覺不對的表情，至今的敵意也同時消失，宛如沒出現過。
緊張的氣氛消失，美月終於不再僵硬得以起身，她眼前的幹比古垂頭喪氣。
「……達也，抱歉，我也不是故意的。」
幹比古看起來宛如無家可歸的孩子。

美月一時冒出「想安慰他」的衝動，卻找不到合適的話語而感到焦急。

幸好不用忍受尷尬的沉默。

「我不在意，你也別在意。追根究柢，是在魔法發動時擾亂術者精神的美月不對。」

「啊？是我？」

連忙轉身的美月，看到達也露出壞心眼的笑容，明白他並非當真指責而鬆了口氣。

「不對，不能怪她。」

然而幹比古不是如此解釋。

他否定達也的說法時，講話速度有點快。

大概是達也指出部分事實，令他更加慌張吧。

「是我實力不足，才會聽到有人叫我就心慌……還有，抱歉我忘記了一件很重要的事情。達也，謝謝你。多虧有你，我才沒有誤傷柴田同學。」

「就算我沒出手，她也不會受傷，剛才那是精靈魔法吧？」

幹比古點頭回應達也的詢問，而且不知為何有些猶豫。

「不過我們家依循天神地祇的教義命名為『神祇魔法』。」

即使如此，幹比古依然堅持自己的主張，或許是這方面的術士定位不能讓步。

精靈魔法是一種古式魔法，透過俗稱「精靈」的獨立情報體干涉個別情報體。這種魔法在魔法學中廣義分類為「精靈魔法」，有時候會將精靈簡稱為SB（Spiritual Being），不過學術上通常稱為「精靈」。

「我沒有視認精靈的能力，但我知道術式在你的控制之中。再加上，美月居然能夠踏入驅人結界，要你不驚訝應該比較困難。」

「為什麼你知道結界的事……對喔，達也一樣有學習古式魔法，甚至明白術式是否有效……看來你在各方面超乎……不，脫離我個人的理解範疇。」

「直接說『超乎常理』也無妨啊。」

達也露出捉弄的笑容調侃，幹比古也露出苦笑——將緊咬的嘴角放鬆。

「總之……無論是再怎麼不想被別人看到，在學校實驗室設置結界，我想也是相當超乎常理的行為。」

「一點都沒錯。」

兩人的笑聲完全拭去緊繃的空氣。

「剛才那是自然靈的喚起魔法？我第一次實際目睹。」

「……現在隱瞞也無濟於事。達也說得沒錯，我在用水精練習喚起魔法。」

幹比古收拾焚燒香木的桌爐，並且回答達也。

美月在幹比古旁邊，以抹布擦拭沾上香灰的桌面。

幹比古當然想謝絕這份好意，但行事一板一眼的美月在這方面很頑固。

「水精啊……很遺憾，我只知道那是靈子聚合體……美月看見的是什麼樣子？」

「咦？啊，我也一樣，就我看來只是藍色系的光球。」

聽到達也詢問，美月露出含糊的笑容，將雙手舉到面前搖動。

而因為美月拿著抹布做出搖手動作，導致髒水濺到幹比古臉上，但忽然被徵詢意見而驚慌的她沒有察覺。

至於被髒水濺到的幹比古……似乎也沒有察覺。

他睜大眼睛繃緊表情。

「色系……？妳看得出顏色的差異……？」

「那個，唔……是的。」

美月不知道幹比古為何露出（以美月主觀來看）恐怖表情，有些膽戰心驚如此回答。

「比方說……藍色、水色或深藍色……啊啊！」

美月不敢直視幹比古，不時窺視他如此回答。但她看見幹比古臉上的水珠之後驚叫。

「對對對不起！那個……對了，手帕手帕！」

美月連忙從書包取出手帕，要幫幹比古擦拭臉頰。

然而幹比古粗魯抓住她伸過來的手。

就這麼把嚇得繃緊表情的美月拉到面前。

幹比古接住失去平衡的美月，像是要強吻般湊過去窺視她的雙眼。

「那……那個……」

美月困惑又慌張得發不出聲音，幹比古卻沒察覺她的心情。

幹比古就這麼目不轉睛，美月則是驚慌得不敢轉頭。

兩人在無預警的狀況相互凝視。

「……如果是兩情相悅我就迴避了，但如果不是就會造成問題喔。」

「哇哇！」

「呀啊！」

兩人彷彿忘記呼吸般僵住不語，不過，或許是聽到了達也無奈的聲音才總算回過神來，宛如同極相斥般彈開。

「……對不起。」

「別……別這麼說……我才要道歉。」

這番對話令人摸不著頭緒。

可以理解幹比古為何謝罪——那種近乎性騷擾的行徑，即使被賞耳光也無從抱怨——但美月大概是處於混亂狀態吧，達也不禁覺得場中氣氛令他不自在。

「……美月，艾莉卡和雷歐都到會合地點了，如果妳覺得這樣比較好的話，那我們就自己先回去囉。」

「咦？啊，達也同學，原來你專程來叫我啊……慢著，咦咦！」

美月似乎慢半拍才察覺達也話中含意（應該說只在她的時間觀念慢半拍），忽然驚呼一聲，之後就再也不發一語。不，她應該有話要說，卻只有開闔嘴巴發不出聲音。看來是過度動搖導致語言中樞故障。

總之應該只是暫時性的症狀——如此心想的達也事不關己地轉過身去——不過很遺憾，表情無法形容為「撲克臉」——將視線移向幹比古。

「所以幹比古，你剛才怎麼忽然那樣？」

達也接下來感興趣的是幹比古突如其來的驚人之舉，想知道到底是什麼原因。

「抱歉，我剛才嚇了一跳……」

幹比古或許是因為改變話題而鬆了口氣，趁這個機會接續達也詢問的話題。

「慢著，不用向我道歉。你到底為什麼嚇了一跳？」

「這個嘛……」

聽到達也這麼說，幹比古再度向美月低頭。

「真的很對不起。

因為我沒想到有人能辨別精靈的顏色……

覺得妳可能擁有水晶眼，不由得坐立不安，無法控制自己……

這聽起來只是藉口，但我絕對沒有圖謀不軌。

我真的只是想要確認而已。」

幹比古的誠心謝罪發揮效果，平復美月的慌亂情緒。

如他自己所說，這只是藉口。

完全是基於幹比古的好奇心，原因都在幹比古身上，和美月毫無關係。

然而幹比古拚命解釋時，美月朝他投以溫柔微笑的眼神，可見美月不再怪罪他了。

「吉田同學，沒關係了，我也只是嚇了一跳而已。」

說完，美月露出了令對方放鬆心情的甜美微笑，並且輕聲迅速地說：「不過這樣我會害羞，請不要再犯。」

幹比古臉紅地頻頻點頭。

看來剛才的性騷擾未遂事件和平落幕，達也說的風涼話（？）也像是沒發生過，但達也不想回鍋這個話題。

「話說幹比古，你為何這麼驚訝？」

達也看兩人心情平復之後再度詢問幹比古。

「聽你的說法，能分辨精靈顏色似乎相當罕見？」

達也擁有分析想子情報體的技能，但分析時不會把情報體當成影像，所以不知道辨識靈子情報體顏色的技能是否特別。不對，辨識靈子情報體的技能肯定非常罕見，不過達也無法理解「辨識顏色」有何種特殊意義。

聽到達也的詢問，美月也以相同視線看向幹比古，大概是抱持類似的疑問。

「此外，你說的水晶眼是什麼？方便的話可以告訴我們嗎？」

美月以眼神表示自己也想問這件事。

「……可以，反正也不是什麼祕密。」

幹比古回答之前的遲疑空檔，證明接下來的知識不像他所說那麼簡單。達也察覺到幹比古偶爾會展現出不負責任……應該說自暴自棄的態度。

「精靈有顏色，我們這種使喚精靈的術士，能以顏色分辨精靈種類。」

即使如此，幹比古說明事由與介紹魔法的話語很真摯，沒有不負責任的感覺。

「不過，並不是真的看得見精靈的顏色。」

美月感到納悶。

達也同樣聽不懂幹比古這番話，但他沒有急著追問，而是以目光要求他繼續說下去。
「其實精靈沒有既定顏色，術者『看見』的顏色，會因為術式的系統或流派而不同。
比方說在我的流派，水精是藍色。
不過在歐洲，有流派明言水精是紫色。
大陸那邊也有流派主張是近乎黑色的深藍色。
並不是精靈的波動因為地點與法術不同而產生差異。
是術士的認知方式不同，才會『看見』不同的顏色。」
「……換句話說，並不是以視覺捕捉，而是以法術解釋精靈的波動？」
「答對了。
我們為求方便辨識精靈，以顏色來解釋波動。
也可以說是為精靈上色吧。
所以我們各有一套認知的精靈顏色。
在我的流派，水精是藍色、火精是紅色、土精是黃色、風精是綠色。
沒有濃淡，也沒有明暗。
我們是在腦中分類上色，所以不可能產生色調差異。
所有水精一律是藍色。

依照這樣的認知系統，不可能看見水色或深藍色的水精。」

「……但是美月看見了。」

「她應該是從水精的力量與性質，感受到色調的差異，『真的』看得見精靈的顏色。

我們流派將這樣的眼睛稱為『水晶眼』。

這個名詞在其他流派也可能會用在不同的意思，不過在我們流派，這是指看得見『神』的眼睛的意思。

根據傳聞，看得見精靈顏色的人，也看得見精靈的源頭與聚落，能夠視認大自然現象的『神靈』，並且找到介入該系統的關鍵。

擁有水晶眼的人，對我們來說是能夠連結神靈系統的巫女。」

「換句話說，美月是你們求之不得的人才？」

「是的……但你們不用這麼警戒。現在的我沒有御『神』的能力。如果是一年前的我，或許會自命不凡得意忘形，硬是將她占為己有，但現在的我沒有這種慾望與氣概。就算這麼說，我也不會向其他術士透露這位通神術法的關鍵人物。即使是親兄弟，我也絕對不要眼睜睜看著其他術士站上神祇魔法的奧祕巔峰。柴田同學的水晶眼，我不會告訴任何人。」

幹比古目光懾人。

隱約藏著瘋狂的光輝。

達也解讀為變質的獨占慾。

不是「想要占為己有」，而是「不想讓任何人占有」。

幹比古以這樣的目光看著美月。

「……也對，我也會把這件事藏在心底。」

在「不希望好友受到利用」這一點，達也和幹比古這種想法的立場一致。

所以他如此表態，並且點頭示意。

向幹比古示意。

也向美月示意。

美月滿臉詫異看向達也這個動作，沒能理解箇中含意，就連忙回以敷衍的笑容。

八月一日。

九校戰的啟程日終於來臨。

小樽的第八高中或是熊本的第九高中這些遠地學校會提早抵達，位於東京西方郊區的第一高中，每年都是在開戰前天才抵達宿舍。

與其說是基於戰術意義，更是因為遠地學校有權優先使用當地的練習場。

正式比賽的會場，直到競賽當天都禁止入內探勘，所以不需要刻意提早抵達會場——

「就是這麼回事。」

「這樣啊……總之感謝您簡單易懂的說明。」

達也很想消遣摩利究竟在對誰解釋，但還是耐心聽完她的簡短說明，同時搖頭將這股對任何人事物都沒有好處的吐槽衝動趕出腦海。

兩人站著交談的地點，是在太陽強烈主張自我的夏季晴空之下。為什麼要在這種大熱天自找麻煩弄得這麼熱？就算這麼問，達也他也無從回答。

這並不是他的嗜好。

「對不起～！」

這句話以輕快響起的涼鞋踩踏聲為背景音樂傳來，朝著聲音來源看去，自己撐起遮陽傘避難的摩利嘆氣露出笑容，任憑烈日曝曬的達也默默在終端裝置的人員名單打勾。

——遲到一個半小時的現在，所有人終於到齊。

「真由美，妳好慢。」

「抱歉、抱歉。」

責備與道歉的話語都只有這麼簡短。

兩人若無其事地進入大型巴士。

原以為如此，下一刻，真由美雙手空空走出巴士。

「……忘了什麼東西嗎？」

有點擔心自己是否維持撲克臉的達也如此詢問。

換洗衣物與化妝品等住宿用品——在外頭過夜要帶化妝品的知識當然是深雪教的——已經打包裝進貨櫃，從選手們家裡直接寄來的箱子裝進貨櫃時，已確認所有行李沒有遺漏。

即使真的有什麼東西忘了帶，宿舍大多會準備，頂多兩個小時的巴士之旅，應該不用帶太多手提行李才是。

「不，不是那樣……達也學弟，對不起，害你為我一個人等這麼久。」

「別這麼說，我知道原因。」

真由美遲到並不是「睡過頭」或是「搞錯時間」這種不負責任的理由。

三個小時前，她忽然來電告知家裡有事會晚點到。

真由美在電話裡希望大家先行出發，她之後再直接到當地會合，不過三年級學生一致決議要等她，所以真由美也儘可能趕過來會合。

並不是因為她是七草家繼承人。

她有兩位哥哥。

即使是十師族直系後代，真由美是排名第三還在念高中的妹妹，連她也得幫家裡處理事情的狀況至少應該不會經常發生。然而，家裡在學校正式活動的當天早上忽然叫她回去，肯定是基於很重要的事情。

對於真由美來說，要是其他學生先出發，她應該就不用這麼趕，行事也比較方便。不過因為大家——其實達也內心反對——提議等她，真由美才會勉強趕來。

所以達也不會因為她遲到一兩個小時就出言責備。

「可是很熱吧？」

「不要緊，現在還是早晨，而且這種程度的氣溫不算什麼。」

達也是工作人員裡唯一的一年級，所以必然擔任行前點名的工作。

選手四十人、作戰團隊四人、技術團隊八人。

選手之外的十二人，只有達也是一年級。

除了這十二人，當然還有其他的後勤人員。不只是作戰與技術團隊，還有二十名志工組成了會場外的助理團隊，不過他們是另行前往會場，現在這裡連教師都沒有。和一輛大型巴士與四輛工程車同行的人，除了司機就只有正式參賽成員。

「可是你汗流浹背……慢著，咦？真的沒有流什麼汗。」

「不，至少我還有能力使用魔法除汗……我自認沒有變態到在盛夏不會流汗。」

他使用的是將汗水成分與水分，從皮膚與衣服釋放到空氣的魔法。

達也的固有魔法「分解」，依照系統屬於分離魔法的衍生型，是「聚合」、「發散」、「吸收」、「釋放」的複合魔法，不過真要說的話，「釋放」的比例較高。

因此他比較擅長釋放系統的魔法。

「居然說變態……」

這兩個字應該沒有太奇怪，但真由美發出燦爛一笑，似乎是戳到笑點。

大概是因為季節吧。

這時候的達也，覺得她的笑容宛如向日葵。

應該是陽光、氣溫與溼度帶來的錯覺。

……真由美的笑容瞬間變回一如往常愛捉弄人的笑容，就是最好的證據。

「話說回來，達也學弟，這個怎麼樣？」

她所說的「這個」……肯定是達也所想的意思。

指的是真由美穿的夏季洋裝。

她以雙手按住遮陽帽的寬大帽簷，裝模作樣地擺姿勢，即使要刻意誤解也有難度。

今天只是入住宿舍，沒有任何正式活動。

或許是因為這樣，即使是學校活動的一環，也沒有穿制服的義務。

一年級包括達也都穿制服，不過二年級穿制服的人不到半數，三年級幾乎都穿便服。

即使如此，可能是在公眾場合避免裸露肌膚的現代服裝禮儀深植人心，所以大部分的學生和摩利一樣，都身穿通風的寬鬆長袖上衣以及長達腳踝的輕薄長褲。

引人注目的例外，就是名為千代田的二年級女學生。她身穿短褲以及高達大腿的長襪，很難定義她的穿著是否算是清涼。至於名為五十里的男學生，則是被她強迫打扮成五分褲加高筒襪，有如情侶裝的健行造型（順帶一提，這兩人似乎在交往）。

在這樣的眾人之中，真由美的穿著非常顯眼。

或許形容成「異常顯眼」比較合適。

裸露雙手與香肩的夏季洋裝。

裙子長度也在膝蓋以上。

裸露的雙腿搭配高跟涼鞋。

肌膚微泛褐色，應該是她抹了一層反射紅外線並且隔離紫外線的透氣保護膜。若考量到這一點，她就不算是直接裸露肌膚，但這種膚色反而令人誤以為是接受適度日晒的性感肌膚。

「很適合學姊。」

大膽的印花連身洋裝，真的非常適合真由美。

「是嗎……？謝謝。」

驚訝的語氣搭配有些靦腆的表情，也是絕妙的組合。

「……要是稱讚我的時候稍微害羞一點就完美了。」

比達也大兩歲的女孩，雙手交握伸直到腰際，揚起視線依偎過來。

身材嬌小卻擁有平均尺寸的胸部，被雙臂一夾，迷人的縫隙清晰可見。

到了這種程度，只會令人覺得是故意的。

「……看來很辛苦。」

「……啊？」

現在的達也無從得知真由美的急事是何種內容，但她肯定累積不少心理壓力。

「會長，出發吧，在車上應該可以休息一下。」

——達也決定如此解釋。

「等一下，那個……達也學弟？你是不是誤會了什麼？」

達也的態度忽然充滿慰勞之意，還投以頗為同情的視線，使得真由美感到詫異。

◇ ◇ ◇

「……真是的，達也學弟居然把人家當成躁鬱症患者，沒禮貌。」

在起步行駛的巴士裡，真由美氣沖沖地鼓著臉頰，坐在她身旁靠走道座位的鈴音則是投以溫暖的目光。

「明明要他坐我旁邊，卻一下子就逃到別輛車了。」

順帶一提，達也是以技術團隊成員的身分搭乘工程車，客觀來看——或者說從表面來看，並不是在迴避真由美。

「他把我當成什麼人了……」

「這是正確的判斷。」

「咦，鈴妹，妳剛才說什麼？」

真由美持續激動地發牢騷，鈴音則是以平淡的語氣吐槽。

真由美臉上掛著甜美笑容，眼睛卻完全沒有笑。即使她以這張恐怖的笑容，加上表面上——只有表面上——開朗的聲音詢問，也完全無損鈴音冷靜的表情。

「我說他的判斷很正確，可以避免慘遭會長毒手。」

「等一下，好過分！這話太過分了吧？」

鈴音正經八百斷言，使得真由美假裝從容的面具出現裂痕。

「幾乎沒有男學生能抵抗會長的豔姿，會長美貌的魔力就是如此強大。」

「……那個……」

「…………」

可能是鈴音講話時的表情過於認真，真由美不太能確定這是真心話還是玩笑話——不過，想成為魔法師的人講出「美貌有魔力」這種話，就可以確定是在說笑。

「但我聽說司波學弟擅長讓對方的魔法失效，會長的魔顏或許對他不管用。」

即使只聽到發音，真由美不知為何依然知道鈴音說的不是「魔眼」而是「魔顏」。（註：日文「魔眼」和「魔顏」音同）

「……鈴妹！」

真由美至此總算察覺自己完全在被耍。

「好了好了，會長，請冷靜下來。」

「妳有資格這麼說嗎！」

好友依然維持正經八百的表情，真由美露出憤慨的表情進逼過去卻發現依然沒效，只能轉身背對鈴音，縮起身子鬧彆扭。

縮起身體轉向側邊的她，就某種角度看起來——

「那個……會長，您果然身體不舒服嗎……？」

——就像是這樣。

從走道隔著鈴音傳來的聲音，聽起來相當擔心又緊張。

「啊？沒有，不是那樣……」

對於真由美來說，這是意外的誤解。

在她躊躇的時候，專程起身前來探視的服部，內心的誤解——或者該說先入為主的印象——越來越深。

「司波剛才提到會長似乎累了，看來並不是無謂的操心。那個人除去不懂分際這一點……不對，現在不是講這種事的時候。」

「那個，範藏學弟。我說了，我並不是身體不舒服……」

「會長不想害我們擔憂，我明白自己應該尊重您這份貼心，但要是過於勉強導致身體更加不

適，將會得不償失。」

服部以正經八百的表情——以明顯打從心底關心身體狀況的視線凝視真由美。

他之所以有點臉紅，應該是因為真由美坐姿不太像樣，夏季洋裝底下的大腿若隱若現吧。不過，她的雙腿依然整齊併攏。

「服部副會長，你在看哪裡？」

為求謹慎再說明一次狀況，服部正在凝視真由美的臉。

他沒有看向其他部位，但同時也代表——他努力不看其他的部位。

因為擔心而來到真由美的座位探視，卻慌張從映入眼簾的光景移開目光——由於感到內疚而且確實有看到那裡，使得服部掩飾不住狼狽神情。

……光是這樣就感到內疚，光是這樣就內心浮動，反而證明他是老實又純情的少年。

「市原學姊！我並沒有看哪裡……沒有啦，那個，我只是想幫會長蓋條毯子……」

不過在這種狀況，他這種純情少年的模樣是學姊們的絕佳獵物。

「服部副會長要幫會長蓋毛毯？那就請吧。」

鈴音露出通情達理頗能認同的表情起身，以眼神與話語催促服部。

至於真由美則是配合作戲，不只是害羞揚起視線，還以雙手遮蔽敞開的酥胸。

服部維持著雙手攤開毛毯的姿勢凍結。

真由美的眼神，確實隱約透露出整人的心態。

看來真由美變得更加難以控制了。

……司波學弟的判斷果然正確——鈴音暗自心想。

完全把自己的事情放在一旁。

◇　◇　◇

「那些傢伙在做什麼啊……」

服部僵住不動，真由美以充滿期待的眼神仰望，鈴音冷漠旁觀，這種奇特的三國鼎立光景，使得摩利以自己才聽得到的音量無奈地說著，同時嘆了口氣。

服部似乎照例被真由美玩弄於手掌心，摩利確認這一點之後，離開座椅的身體再度坐了下去（順帶一提，她的座位隔著走道和鈴音他們相對）。

摩利說不出口，但同樣有點擔心真由美的身體狀況，無力感因而更加明顯。

「唉……老樣子嗎……」

摩利暗自推測，就是因為真由美那樣拚命捉弄他，服部才會累積不少壓力，對二科生過度採取高姿態，進一步使得身為會長的真由美對副會長這種行徑頭痛不已，造成無止盡的惡性循環。

這令她內心相當不愉快。

雖然這麼說，但摩利也知道，真由美平常背負的心理壓力遠勝於她。

摩利的家系歷史悠久——據說是平安時代武將渡邊綱的後裔，不知是真是假——不過從現在的勢力地圖來看，只是勉強在「百家」敬陪末座的程度。

摩利不知道該形容為突變、隔代遺傳還是沒有繼承到血統，總之家族之中只有她擁有傑出的魔法天分。因此，雖然家族對她寄予厚望，但摩利幾乎不用在魔法師社會，為了和其他家系你來我往而煩心。

相對的，七草家現在和四葉家共同位居十師族的頂點，真由美即使不是繼承人，也是直系後代，而且又是長女，所以在她依然是高中生的現在，甚至在還沒升上高中之前，就經常有其他家族來提親（並非傳聞，是確實的情報）。

至於真由美自己，即使是在十師族之內做比較，也堪稱擁有「傑出」的魔法天分。是將來備受矚目，魔法界血統純正的明日之星。

不只如此，她還在學校擔任學生會長，得額外操心許多事情。

即使個性再怎麼堅強，日子應該也過得不輕鬆。

摩利心想，她只是稍微玩開了，應該要寬容以對。

即使只在內心思考，摩利也沒有加上「站在朋友的立場」這句話，或許代表她有著故意使壞的羞澀一面。但要是有人當面對摩利這麼說，應該會被她一拳打倒在地。

——言歸正傳。

除非鬧到不可開交，不然就袖手旁觀吧——畢竟再怎麼說，服部似乎也甘受這種待遇——如此決定（擅自斷定？）的摩利將目光移向窗外。

她的座位是靠走道的雙人座。

所以必然會看見坐在窗邊的人。

同樣有些無精打采的這名女學生，察覺到摩利的視線發問。

「……摩利學姊，有事嗎？」

「嗯？不，花音，我只是在看窗外。」

摩利也將焦點從遠方景色移向身旁座位，朝著這名二年級學生千代田花音，露出尤其受女生歡迎的帥氣笑容。

她是摩利特別欣賞的學妹，摩利正在各方面著手，想讓她接任下屆風紀委員長。

摩利拜託達也製作（如果達也聽到這句話，肯定會強烈主張摩利是逼他製作而不是拜託）的交接資料，其實就是為她準備的。如果不是花音，摩利應該也不想整理詳細資料。

同樣是百家，但花音的千代田家位居主流，優秀魔法師輩出，是真正意義的「百家」。這裡的「百家」並不是意味著家系數量破百。

如同十位數之後是百位數，借用這個意思代表「僅次於十師族的家系」。

順帶一提，十師族也不是由十個家系組成。有資格稱為十師族的家系共二十八個，該時代擁有最多強力（請注意不是優秀，是強力）魔法師的家系前十名就會選為「十師族」。

真由美的七草家有特別多優秀的魔法師輩出，四葉家由當代世界最強魔法師之一，別名「極東魔王」、「闇夜女王」的四葉真夜當家掌權，使得這兩家被認定是十師族雙璧。

現在的十師族是由「一条」、「二木」、「三矢」、「四葉」、「五輪」、「六塚」、「七草」、「八代」、「九島」、「十文字」所構成，碰巧湊齊一到十的數字。不過這是十師族體系誕生至今的首例，至今會有兩三個號碼重複或缺漏是理所當然的狀況。

名門首推十師族，其餘十八個家系算是遞補，緊跟在後的就是正牌的「百家」。

花音的千代田家就是百家之一。花音的對物攻擊力凌駕於摩利，如果以地面兵器為對手，戰鬥力誇稱比起十師族的實戰魔法師毫不遜色，擁有的魔法力不愧享有千代田直系的名號。

不過花音並非因為忙於家務事而無精打采，這方面的原因和真由美有很大的差異。

聽到摩利的回應，花音輕聲說了句「這樣啊」就將視線移向窗外，接著發出「唉……」一聲慵懶的嘆息。

這副模樣莫名嫵媚，令摩利有些煩悶。

「花音……」

「嗯？」

花音再度轉頭，看見一張和剛才完全不同，眉頭深鎖的表情。

不過就像東施效顰的故事，摩利露出那種表情依然迷人——主要是從女性的角度。

「頂多兩小時就會抵達宿舍，為什麼連這種時間都等不及？」

「啊，您這種說法很過分！我又不是小朋友，區區兩三個小時還是等得下去！」

摩利無奈地詢問，花音隨即像是換了個人似地充滿活力。

中性短髮隨著她噘嘴抗議的臉部動作輕盈拂動。

「可是可是，我以為今天在車上也能一直在一起，稍微失望一下也無妨吧！」

「你們不是一直都在一起嗎……即使已經訂婚，但你們共處的時間，搞不好比『那對』司波兄妹還久吧？」

「這時代很少有機會搭巴士旅行，所以我一直很期待。畢竟去年只有我一個人。何況兄妹和未婚夫妻相比，未婚夫妻共處的時間當然比較久吧！」

「……是嗎？」

「那當然！」

花音挺胸——這麼說不太厚道，但上圍稍顯不足——如此斷言，摩利暗自嘆了口氣。

這學妹平常作風果斷、說到做到，個性堅強又積極，是摩利欣賞的英挺少女，但……

(每次都這樣，這傢伙提到五十里就宛如換了個人……)

「到頭來，為什麼技術團隊要搭另一輛車！反正行進時沒辦法工作，所以沒必要分車吧！這輛巴士還有座位，就算座位不夠，也可以租雙層或三層巴士啊！」

花音就像是找到了一個相當適合的宣洩管道，繼續大吐苦水表達不滿。摩利對此則是再度暗自嘆了口氣。

◇◇◇

在這輛巴士上，還有一名少女和花音抱持相同的不滿。

——這名少女不像花音吵鬧，反而令她的朋友們莫名畏懼。

「…………」

「……那個，深雪。要不要喝個茶……？」

「穗香，謝謝妳。不過，對不起，我現在還沒有很渴。我不像哥哥一樣，在大熱天被人故意叫到車外站崗。」

語氣平靜又溫柔。

宛如光看就令人感到寒意，覆蓋萬物，將其塗成雪白的深沉雪花。

「啊，嗯，也對。」

穗香連忙附和，此時走道另一頭有人輕戳她的側腹。

（怎麼可以讓她想起哥哥的事情！）

（剛才是不可抗力啦！）

穗香與雫都沒有心電感應的能力，依然只以目光就能清楚溝通。這是因為，她們同樣想為洋溢著詭異壓迫感的深雪「做點事情」吧？

「……真是的，既然知道誰會遲到，明明就不用特地在車外等也沒關係……為什麼哥哥要這麼辛苦……」

深雪終於開始嘀咕抱怨了，老實說恐怖感倍增。

穗香好想逃走。

至少希望能和雫換座位。

但要是在這種狀況換座位，不知道深雪會對自己做什麼。

——不對，深雪不會因為這樣就對朋友做什麼，但是她周圍的危險氣息，足以令人如此胡思亂想（順帶一提，坐在雫旁邊的一年級女學生縮起身子，將視線固定在窗外）。

「……而且還搭乘裝滿機材的窄小工程車……至少在搭車的時候，我希望能夠讓哥哥好好休息啊……」

雫看向害怕的穗香，嘆了口氣。

雫認為深雪這段自言自語少了「在我身旁」四個字（換句話說，雫在腦中自行修改成「讓哥哥在我身旁好好休息」），但她說出口的是另一句話。

「不過深雪，我覺得這就是妳哥哥了不起的地方。」

雫趁著搭話探出身體，和穗香換位子。

穗香在後方合掌感謝，不過背對她的雫當然沒看到，深雪也沒有注意到這件事。

深雪沒想到自言自語被別人聽見，無法立刻反應。

雫立刻抓準機會繼續說下去，平常沉默寡言的模樣宛如裝出來的。

「即使在車上等，我們應該也不會有人抱怨，但妳哥哥忠實完成『確認選手上車』的任務。點名確實是不重要的雜事，不過他處理這種無聊的工作也毫不馬虎，即使發生意外狀況，依然像是理所當然般履行職責，要做到這一點並不容易。深雪的哥哥真的很出色。」

雫以正經八百的表情誇張讚賞，使得深雪像是倍感意外地睜大眼睛啞口無言。

能面不改色說出這種肉麻感想，這正是雫的個性。內心出現這個感想的人是穗香。

「……是啊，哥哥真的在奇怪的地方是個大好人。」

深雪好不容易藏起害羞的情緒，冰冷的壓迫感消失了。

穗香躲在雫身後，握拳擺出勝利的姿勢。

◇　◇　◇

人類這種生物除了少數例外，只願意看想看見的事物。

或許該說「對於自己不想看見的事物視而不見」比較正確。

對於生物來說，從五官接收的情報，經常是壞事比好事來得重要。引發不悅的事物會危害己身，儘早發現威脅是生存關鍵。

然而人類會從不想看見的事物移開目光。

比方說，即使知道足以消滅己方的大規模破壞兵器已經確實瞄準過來，直到最後關頭都會無視於這個事實。

基於真正意義遠離生存競爭的先進國家人民，更容易有這樣的傾向。

即使不舉如此誇張的例子，將不想看見的事物視若無睹、當作不存在的事例，在日常生活之中不勝枚舉。

——比方說，亮麗美少女散發的肅殺壓力。

恢復原本文雅氣息的深雪，被男學生們團團包圍。

但他們直到剛才都不敢靠近。

深雪美得令人卻步，所以沒人敢裝熟纏著她，不過一有機會就會向她搭話。做出這種事的主要是一年級學生，偶爾也有二、三年級的學生。

後來摩利終於看不下去，強迫深雪她們三人坐在她後方的座位。

因此，總算得到安寧的深雪，和盡情吐苦水而舒坦的花音，分別坐在前後的靠窗座位，花音身旁是摩利，深雪她們後方找來克人坐鎮，使得車內好不容易恢復平靜（真由美則是睡得香甜，大概是盡情捉弄服部之後滿足了）。

和同性交談很快樂，卻像是缺了某些東西。

抱持相同想法的兩名少女，在窗邊座位心不在焉地眺望流逝的風景。

所以深雪與花音兩人最早發現狀況。

「危險！」

放聲大喊的是花音。

隨著她的聲音，車內所有人幾乎都看向對面車道那一側的窗外。

從對向車道駛來的大型車輛——不過比這輛巴士小，是休閒用的越野車——以傾斜狀態在地面磨出火花。

有人大喊爆胎。

有人激動表示可能是輪胎脫落。

他們的聲音沒有危機感。

高速公路的對向車道是完全分開的道路，並且以堅固的護欄隔離。

基本上，對向車道的事故不可能波及這裡。

對岸的火災在年輕的他們眼中，是看熱鬧振奮精神的場面。

然而只限短暫的時間——直到這一瞬間為止。

某人發出尖叫聲。

或許不只一人。

這也是在所難免。

大型車輛忽然打轉衝撞護欄，不知道基於何種巧合彈到空中飛向這裡。

巴士緊急煞車，所有人一起往前倒。

慘叫聲或許是無視於注意事項，沒綁安全帶的學生發出來的。

巴士停下來了。

幸好沒有直接撞上。

然而掉到路面的車輛，冒著火焰滑向這輛巴士。

「給我震開！」

「消失吧！」

「停下來！」

「唔！」

車上沒有出現恐慌，原本可能應該是值得嘉獎的事情。

但這種狀況反而導致事態惡化。

毫無秩序發動的各種魔法，發揮毫無秩序的事象改寫力，瞬間朝單一物體作用。

這樣將會導致所有魔法相剋，無法避免意外發生。

「笨蛋，快住手！」

摩利立刻察覺這件事。

幸好眾人施展的魔法都還在發動中，尚未完成。

只要所有人將施展到一半的魔法收回，就還有時間採取有意義的防備手段。

必須以強力的魔法瞬間改寫現實。

集結在車上的人們雖是魔法師的幼苗或種子，卻做得到這一點。

然而——要是他們的理智足以聽從摩利的命令，剛才就不會貿然使用魔法。

而且，如果要蓋過先前發動的魔法效果，實現意料中的效果，就必須以更強的魔法力覆寫發動中的魔法——

「十文字！」

摩利呼喚著足以勝任的魔法師。

克人正準備發動魔法。

但摩利從他臉上看見鮮少出現的焦慮神色，幾乎感到絕望。

摩利也明白。

魔法式毫無秩序交疊在這個空間，類似於「演算干擾」發動時的狀況。

即使是克人，也無法同時阻擋火焰與衝撞……

「火焰由我來！」

在窗邊起身的，是一名外型柔美的一年級學生。

她的魔法已經準備就緒。

克人見狀，開始構築護壁的魔法式。

但即使再怎麼天賦異稟，這名一年級學生能在這股想子風暴中有效施展魔法嗎——？

這一瞬間，摩利以為自己產生錯覺。

她是能夠認知魔法的魔法師，卻懷疑自己的知覺。

在深雪即將發動魔法，熊熊燃燒的鋼鐵進逼而來時……

剛才毫無秩序發動的魔法式，瞬間全部消失。

深雪就在這個時機發動魔法，簡直像是早已預料到這件事。

並非是將失火的車輛冰凍，也沒有阻斷空氣害司機窒息（即使如此，司機倖存的機率微乎其微），而是冷卻到常溫瞬間滅火的犀利魔法。

摩利不由得讚嘆她的手法。

同時也證明摩利的魔法知覺能力正常運作。

克人展開的護壁魔法──物體從設定的方向入侵設定區域，就會改寫為靜止狀態的移動系魔法──使得已經化為殘骸的車子變形損毀。聽到撞擊聲響的摩利，從眼前的威脅移開注意力（摩利深信克人的魔法會擋住撞過來的車輛）。

剛才到底發生什麼事？

發動魔法迴避事故時會造成妨礙的殘存魔法式忽然消失，這到底是什麼現象？

難道是真由美的魔法？

摩利立刻驅除這個不經意浮現腦海的想法。

真由美確實能處理魔法式毫無秩序四處飛散的現象。

然而真由美的對抗魔法（用來對抗魔法的魔法）形態，應該是以想子的子彈，將投射出來的複數魔法式同時射穿破壞。

不會像那樣不分青紅皂白，將所有魔法式粉碎得灰飛煙滅。

如果真由美的魔法是精密控管的對空砲火，剛才的魔法（如果是魔法）就是將市區化為一片焦土的地毯式轟炸。一根柱子都不留，鋼筋全部熔解，連地基水泥都震飛，化為完全的荒蕪——就是如此暴力的手段。

在摩利與克人都因為殘存魔法力過於混沌而呆若木雞的場面，深雪卻像是早就知道相剋狀態會消失，毫不猶豫使出魔法。

她知道那個「魔法」來自於誰？

難道，那個魔法是……？

「大家沒事嗎？」

摩利凝視著緊跟在後——如今就停在這輛巴士後方——的工程車，聽到真由美沉穩的聲音才回過神轉身。

「雖然千鈞一髮，但是不用擔心。十文字與深雪學妹的活躍使我們逃過一劫。受傷的人就好好體認安全帶多麼重要吧，在下次機會派得上用場喔。」

真由美打趣說「沒有下次的機會當然最好」還送出一個秋波，使得各處發出笑聲。

所有人擺脫緊張與恐懼的情緒，露出放心的表情。

「十文字，謝謝你，你的手法還是一樣漂亮。」

「不……因為火勢很快撲滅，我才能專心擋下車子。還有，那些胡亂散播在場中的魔法式，是七草消除的？」

聽到克人詢問，真由美眼神游移，滿是尷尬。

「啊～我直到巴士停下來才發現出事……」

這麼說來，真由美直到意外發生之前都在睡覺。

克人也立刻想起這一點，只是眉毛微微起伏一次，沒有落井下石——這間學校人品最好的幹部肯定是克人。

「啊，還有深雪學妹也是。剛才的魔法很漂亮。居然能在那麼短的時間構築絕佳平衡的魔法式，連我們三年級都很難做到。」

克人與摩利也點頭附和真由美這番話。

三人非常清楚，要在那種緊急狀況選擇不會過度的合適魔法，並且適度減少威力，是相當困難的一件事。

真由美讚不絕口，使得深雪臉頰羞紅。

「會長，很榮幸受到您的稱讚。不過，是市原學姊幫忙停下巴士，我才有時間選擇魔法式，否則我也有點害怕自己會在情急之下胡亂出手。市原學姊，謝謝您。」

深雪鄭重行禮道謝，鈴音也默默點頭回應。

坐在深雪前面的花音，隔著椅背轉頭露出愕然的表情。

摩利也藏不住驚訝之意。

聽深雪這麼說就發現，光靠巴士的煞車不可能那麼快就停車。

司機踩下煞車之後，有人使用減速魔法輔助，這種事不難想像。

但摩利只注意到眾人對衝撞車輛使用的魔法，沒有察覺鈴音協助停車的魔法。

在所有人只顧著眼前威脅的時候確認處境，採取確切的應對措施。

魔法精度甚至被評為凌駕摩利等三人的鈴音大展身手立功。除此之外，在沒人察覺的狀況下唯一發現鈴音魔法的深雪，她的才華則是令人畏懼。

「相較之下，妳啊……」

「好痛！摩利學姊，為什麼忽然打我？」

忽然被敲頭的花音含淚抗議。

「少囉唆，花音，妳有資格抱怨嗎？森崎或北山慌得使用魔法導致事情惡化，這是沒辦法的事情，畢竟那些傢伙還是一年級。不過妳這個二年級率先亂陣腳是怎麼回事！」

「嗚嗚，可是我的反應最快，只是沒想到別人會重複使用魔法……」

花音的辯解，使得森崎與雫難為情地低下頭。

此外還有好幾人露出尷尬的表情。

「並不是凡事都越快越好！要稍微看清楚狀況，那種時候基本上要彼此打個招呼，避免相剋吧？何況妳在發生相剋現象時沒有解除魔法，就證明妳失去了冷靜的判斷力。」

「……我錯了，對不起。」

摩利看到花音沮喪的模樣，也沒有進一步責備。

雖然如此訓話，但一般來說若沒有相當的歷練，很難在那種場面維持冷靜的判斷力。考量到這一點，深雪能夠清楚告知由她負責滅火，可說是值得驚訝的事情。

光靠天分做不到這種事。而且天才行事大多喜歡搶鋒頭，反而不擅長這方面的協調。基於這個意義，花音是典型的天才個性。

深雪應該經過某些嚴苛的歷練吧。

她安分等待巴士起步的穩重模樣，和她的經驗相當吻合，也可以說相當不符合。

「這麼說來，司波。」

「是。」

摩利以名字稱呼達也，對深雪則是直呼姓氏。

她基本上都是直呼他人姓氏，只有真由美、花音或風紀委員會部分成員這種特別親近的對象才會叫名字。達也可以說令她抱持著特例的親近感。

「妳知道那些魔法式……不，算了，沒事，妳真的表現得很好。」

「啊？謝謝學姊誇獎。」

摩利原本想問「妳知道那些魔法式，是誰使用對抗魔法消除的嗎？」這個問題。然而問到一半，她遲疑是否應該得到答案。

不知為何，摩利覺得這個答案會對她周圍的「某些事物」造成決定性的創傷。

在窗外，技術團隊的男學生從分乘的工程車下車進行搶救行動。

雖說如此，剛才的越野車不只是猛撞護欄飛到半空中，還冒出那麼大的火焰。駕駛的存活幾乎絕望。

沒有女生在現場幫忙，應該是不想讓她們看見淒慘的焦屍。

即使已經滅火，乙醇燃料再度著火的危險性也不是零。

試著切除車門的三年級學生後方，一名一年級學生設置攝影機進行現場存證。

摩利察覺到自己目光跟隨著他的背影，連忙移開視線。

◇◇◇

事故之後，包括警察問訊，以及協助清理現場至有辦法通行的地步，大約花費了三十分鐘的時間。加上出發的延誤，眾人在中午過後抵達宿舍。

基於競賽性質，活躍於九校戰的選手，後來大多從軍。

軍方為了確保優秀的實戰魔法師來源，在九校戰提供全面協助，除了比賽場地也包括宿舍。原本用來讓視察的文官，或是前來參與國際會議的國外高級將官及隨行人員下榻的飯店，在九校戰期間提供給學生與校方人士包下來使用。

雖然這麼說，也沒到無微不至的程度。

飯店終究是軍方設施，所以沒有專職泊車人員與門房。平常都是管理此地的基地值勤兵負責這些任務，但九校戰是高中生的大會，所以學生得自行搬卸行李。工程車上的大型機器會直接在車上使用，所以不需要搬卸，不過小型工具與ＣＡＤ得拿到房內微調，得搬上推車搬運。

某名一年級的技術團隊成員迅速完成搬卸作業，推著載滿行李的推車前進，身旁則是有女學生面帶笑容談笑跟隨，看到這一幕的服部面色凝重搖了搖頭。

「服部，怎麼了？瞧你一副落魄的樣子。」

他身後傳來一個親切的搭話聲。

「桐原……不，沒那回事。」

服部轉過身，確認這個人果然是如聲音推測的好友，反射性回以沒什麼意義的否定。

「是嗎？至少看起來不像順心如意的表情。」

應該是有所自覺吧。

服部沒有進一步反駁桐原這番話，露出自虐的笑容。

「我有點……失去自信了。」

「拜託，後天就要比賽了，卻在這種時候喪失自信？」

桐原參賽的項目只有第二天的「群球搶分」，但是服部參加第一天、第三天的「衝浪競速」，以及第九天、第十天的「祕碑解碼」。

服部和參加單項競賽的桐原不同，才二年級就是主力選手。

要是他狀況不佳，將會大幅影響團隊戰略。

桐原會慌張也在所難免。

「到底為什麼沮喪？」

桐原認識的服部刑部努力又充滿自信，或許該形容為以努力得到自信。

服部才二年級就擁有全校僅次於三巨頭的頂尖戰鬥能力，這可不是常常聽到流言蜚語所說的只靠天分，雖然因為他態度傲慢——這一點即使是好友也無法辯護——容易遭受誤會，但他的努力程度也是超越天分的頂尖等級。至少就桐原所見是如此。

努力、天分與實績，有這三項要素撐腰，應該不會輕易失去自信才對……

「看來你沒有察覺，真羨慕你……」

「這是怎樣？你拐彎抹角說我笨？」

「沒有啊，但我覺得你很遲鈍。」

「喂！」

服部露出經常被他人誤解的諷刺笑容。

看來稍微恢復原樣了。

服部因為消遣桐原而心情轉好，這使得桐原內心五味雜陳，但他確實得以安心了。

「……這樣不像你吧？到底是什麼事讓你陷入低潮？」

桐原稍微抱著還以顏色的心態如此詢問。

服部也沒有遲鈍到聽不懂好友的笨拙關懷。

「剛才那場事故……」

「啊～當時真是千鈞一髮。」

「對，要是什麼都沒做，應該會有不少人受傷，或許甚至會出人命。」

「但總長他們不是順利解決了嗎？煩惱這種沒有成真的傷亡，是一種『瞎操心』的行徑吧？即使逆向思考也一樣有害心理健康。」

桐原豪爽的發言令服部輕聲一笑。

「桐原，我真的很羨慕你這種放得下的個性，但我不是在思考這種事。」

服部暫時停頓，並且再度微微搖頭。

「……當時，我到最後什麼都做不到。」

「因為在那種狀況貿然出手，可能會導致事情更加無法收拾。我認為光是沒出手，就代表你還維持正常的判斷力。」

桐原這番話是安慰，但不是表面上的安撫。他的指摘基於客觀的事實分析，服部認為他說的一點都沒錯。

即使如此，服部依然面色凝重。

「不過……司波學妹卻展現了正確的對應方式。她依照自己專長的領域確實判斷該分擔的工作，也沒有忘記知會大家。即使產生相剋現象的魔法式沒有在她使用魔法之前忽然消失，她應該也能和十文字總長合力解決事態。」

「當時連渡邊委員長也沒能出手啊。而且司波學妹似乎擅長冷卻系魔法，問題只在於魔法是否適合吧？」

「渡邊學姊擅長的領域偏向對人戰鬥，她在那個場面沒有出手，反倒是自制生效的成果。如果是那種狀況，我能做的事情比較多。」

……不對，不只是魔法力的問題。渡邊學姊瞬間判斷她不該在當時出手，而請十文字總長處理。十文字總長在她出聲之前，就判斷這是自己必須想辦法的場面，預先準備構築魔法式。而且看透當時只靠總長很難迴避危險，沒有慌張使出魔法。司波學妹則是冷靜地判斷自己能做的事，並且出聲統整大家。

問題不單純在於魔法力的強弱，或是能夠使用多麼多元或強力的魔法，不是這種單純的技術問題，而是身為魔法師，是否能在非得使用魔法的場面正確使用魔法——對，問題不在『魔法』的天分，是『魔法師』的天分。她的魔法力確實出類拔萃，單純比實力我八成贏不過她。然而直到發生剛才那件事，我一直沒有很在意這一點。因為魔法師的優劣不是只看魔法力的強弱。不過——不只是魔法的天分，我連魔法師的天分都輸給學妹……當然免不了失去自信。」

服部再度消沉，桐原露出像是「真拿你沒辦法」的表情。

「啊～這是歷練的問題，我覺得那對兄妹在這方面很特別。」

「兄妹？」

評價對象不是「她」而是「那對兄妹」似乎超出服部預料，他不禁疑惑地回問桐原。

「那個哥哥……我猜應該下過殺手。」

「下過殺手？」

服部發出的狐疑聲音隱含驚愕的情緒。

「對，他曾經實際殺過人，而且不只一兩人。」

「……應該不是真正殺人的意思吧？你的意思是他有實戰經驗？」

「他給人的感覺就是這樣……你知道我爸待過海軍的登陸部隊吧？」

「嗯，記得有好幾次在對馬海域交戰的經驗？」

感覺像是唐突轉換話題，但服部沒有質疑，而是附和桐原這番話。

「老爸階級只是下士，不過反過來說，正因為是基層士官，所以經歷過最前線的戰鬥，也認識很多真正衝鋒陷陣以生命抗敵的人。老爸的戰友偶爾會來我家聚餐作樂，他們散發的氣息果然和我們不同。不管是劍術還是射擊，即使再怎麼鍛鍊戰鬥技術或殺傷他人的招式，實際殺過人的士兵和沒殺過人的運動員，殺氣的質依然不同。你知道四月那個事件的來龍去脈嗎？」

再度轉換話題。

「怎麼忽然提這個……聽說是反魔法派恐怖分子幹的好事，恐怖組織則是被十文字家肅清，我只知道這麼多。」

服部對於這種唐突的做法表達不滿，卻未顯煩躁。他直覺理解到這是相關話題。

「這樣啊……那就不能講得太詳細了……總之既然是你，講到這種程度應該無妨。我當時就在肅清恐怖分子的現場，司波兄妹也是。」

「……真的？」

「我能體會你想這麼問的心情，不過是事實。而且當時在現場，我大概看見了司波——那個司波哥哥的本性。」

「本性？」

比起桐原這番話，他話中隱含的些許戰慄，更使得服部反射性回問。

「對，本性，或者是本性的一部分。真的是不得了。性質和那些在前線廝殺活下來的士兵相同，殺氣卻濃密好幾倍，簡直像是把這股殺氣當成大衣披在身上。危險到令我毛骨悚然，甚至質疑這種傢伙為什麼會來念高中。」

桐原嘴裡這麼說，表情看起來一副按捺不住的樣子。

「……年紀這種東西應該無從隱瞞才對。」

服部並不是在故意裝傻。稍微有些偏離重點的這句感想，比他的表情更能表現出他內心所受到的震撼。

「這就代表經驗不等於年齡吧。」

桐原能理解好友受到的震撼，因為他自己也是過來人，所以沒有吐槽服部偏離重點的意見，而是面帶苦笑回答。

服部再度詢問，但這次的語氣有所猶豫。

「……司波學妹也是？」

這份猶豫肯定大多來自「不願相信」的心態。另一方面，桐原似乎沒有產生這種心理——應該是春天交女朋友的重大影響——非常乾脆地回覆朋友的詢問。

「我沒有直接看到妹妹做了什麼，不過那個哥哥會帶她前往打鬥現場，她肯定不是平凡的女生。看她今天那樣就知道美麗的玫瑰帶刺，不只如此，她應該是以銳利爪子與猙獰利喙捕食毒蛇的孔雀吧？想追她簡直是不要命。總之無知也是一種幸福吧？」

桐原這番話的最後兩句不是講給服部聽，而是暗指搭車時圍著深雪的男學生們。

「但我沒想到『那種個性』的服部會說出那種話。」

服部無法完全消化接收的情報而掩不住困惑，桐原朝他投以略帶揶揄的笑容。

「……什麼意思？」

桐原若有含意的笑容令服部心生不滿，以顯然不悅的語氣回問。

即使如此，桐原快樂的笑容絲毫不受影響。

「魔法師的優劣不是只看魔法力的強弱來決定，是嗎？如果會長聽到你親口說出這句話，應該會非常開心吧？」

「唔……！」

服部以銳利的目光瞪向桐原。

但桐原依然一副笑嘻嘻的表情，不，服部的過度反應，令他以更開心的笑容筆直回以視線，反而使得服部轉過頭去。

「不提優劣，但強弱絕對不是只以魔法力來決定。」

服部毫無知會就踏出腳步，企圖將桐原留在原地。但桐原對這種明顯抗拒的態度視若無睹，跟在服部身後繼續說下去。

「花冠與雜草的分類，只不過是入學之前的實技測驗結果。一科生有人突飛猛進，也有人遲遲沒有進展。像是千代田，和去年夏天只靠天分擺架子的狀況相比判若兩人。二科生也一樣，只要沒有自暴自棄，應該也有很多人能變強吧？……不，這不只是預測未來的情況，現在的二科生就有不少『有本事』的傢伙，今年的一年級尤其如此。喔，我可不是因為我輸給了司波家的哥哥才這麼說。」

服部的肩膀猛然顫抖。

桐原見狀心想：「這麼說來，這傢伙也曾經吃過那個傢伙的苦頭。」

「總之，我承認他現在比我強。不過就算那個傢伙強到近乎詐騙，我可不打算永遠認輸。我會不斷鍛鍊自己，在下次比試時獲勝。要是因為現在不如人就放棄，那就永遠是輸家。至今二科生都因為曾經不如人導致現在放棄，所以他們沒有變強。我們也沒必要認同那些傢伙和我們對等。不過反過來說，如果是想變強而且確實變強的人，我們就沒理由瞧不起。」

服部依然沒有回應，不發一語地快步前往自己分到的房間。

桐原聳了聳肩，轉身看向剛才當成話題的那對兄妹。

桐原後方不遠處，司波妹妹嚴肅凝視著哥哥。

桐原見狀不禁心想：「希望沒有再度鬧出什麼麻煩事。」

而且對於自己毫無脈絡可循的思緒露出苦笑。

◇◇◇

桐原的預感以他不樂見的方向，命中他微薄但或許懇切的願望。
「那麼，哥哥的意思是，剛才那個事件不是意外……？」
走在身旁的妹妹蹙眉詢問，推著推車的達也微微點頭回應。
「那輛車的彈跳方式不太自然，調查之後發現正如預料，曾經殘留魔法痕跡。」
達也以在意他人耳目的音量回答，深雪也效法哥哥輕聲細語。
「但我什麼都沒看到……」
這句話表面上是反問，但深雪對哥哥的話語深信不疑。
她從一開始就目擊那場「意外」。
而且直到最後，都沒有感受到對方使用魔法的形跡。
然而哥哥不一樣。深雪只看得見「現在」，哥哥的知覺卻能溯及「過往」。
深雪知道，既然哥哥斷定「曾經殘留」，就表示這件事確實發生。
「當時是使用小規模的魔法，而且是以最小功率瞬間使用，這是無法查出魔法式殘餘想子的高度技術。對方應該是受過專業訓練的祕密活動分子，這種本事被當成棄子真可惜。」

「當成……棄子？」

這句話的不祥含意，使得深雪的聲音比她意圖中還要微弱。

「當時總共使用三次魔法，首先是引發爆胎的魔法，再來是讓車身旋轉的魔法，第三個魔法則是對車身往斜上方施力，將護欄當成跳台讓車子往上飛。

三個魔法都是在車內使用，應該是想隱瞞使用魔法的真相。實際上包括妳在內，現場有許多優秀的魔法師卻沒人察覺。我『當時』也沒有察覺，整個手法真的很漂亮。尤其是最後的術式，術士在車上和車子一同旋轉還能抓準撞上護欄的瞬間，歷練肯定不簡單。」

「那麼，使用魔法的是……」

「行兇的魔法師是駕駛，換句話說，那是自殺攻擊。」

深雪停下腳步低頭。

她的肩膀微微顫抖。

「真卑劣……！」

並不是哀傷，是憤怒的展現。

妹妹未對罪犯抱持錯誤的同情心，而是對下令的主謀表達憤怒，達也見狀滿足點頭。

「罪犯或恐怖分子原本就是卑劣之徒，發號施令的人願意賭命的例子很罕見，從這一點就看得出來。每次都為這種事生氣會沒完沒了。不提這個，我比較在意對方的企圖。」

達也輕拍兩下妹妹的背安撫她，然後再度推動推車前進。

深雪也立刻跟在身後。

——然而走不到十步就再度停下。

坐在牆邊沙發的一名少女揮手示意，短褲加編織涼鞋的健康裸腿大方展露無遺，上半身也是香肩畢露的背心。

達也配合深雪停下腳步一看，打扮得像是誤以為來到某個度假海灘的這名好友，停止揮手從沙發起身。

「一星期不見了，過得好嗎？」

「嗯，還好……話說艾莉卡，妳怎麼會在這裡？」

「當然是來加油囉。」

簡單問候之後，深雪疑惑地提出詢問，艾莉卡則是乾脆回答。

深雪當然預料到是這種答案，也因此無法接受。

「可是後天才比賽啊。」

「嗯，我知道。」

艾莉卡有種惡作劇孩子的個性，傾向於捉弄別人樂在其中，有時候難以切入重點。

「深雪，我先走了。艾莉卡，晚點見。」

達也立刻決定放棄追問，留下深雪她們進入電梯廳，要將載滿機材的推車送到技術團隊工作用的房間。

「啊，嗯，晚點見……慢著，好歹讓我打個招呼吧？」

「對不起，技術團隊的學長姊在等哥哥，所以妳怎麼提早兩天來？」

深雪代替哥哥道歉之後再度詢問。

「今晚是交誼餐會吧？」

「…………」

「…………」

「…………所以呢？」

深雪等待艾莉卡繼續回答，不過感覺似乎等再久，也不會得到完整的說明，不得已深雪只好主動接話。

「我為求謹慎先講一聲，非相關人員禁止參加餐會，即使是學生也一樣。」

「啊，這妳放心，我們是相關人員。」

「啊？妳說……」

「艾莉卡，房間的鑰匙……咦，深雪同學？」

深雪想問的「妳說相關人員是什麼意思？」這句話，被小跑步接近的少女聲音打斷。

「美月，妳也來了？」

「深雪同學，午安……怎麼了？」

聽到深雪詢問的美月，開朗地對她打招呼，但深雪目不轉睛地打量她代替回應，令她不太自在地露出客套笑容。

「……好搶眼。」

「那個……會嗎？」

美月不太放心地俯視自己。她今天穿的是細肩帶外衣加上高過膝蓋不少的裙子。就某些人看來，可能比艾莉卡還要誘人。

深雪的率直感想是「誤以為這裡是什麼避暑勝地嗎？」這樣。

「艾莉卡說穿得太拘謹不太好，所以……」

「這樣啊……」

深雪想說艾莉卡幾句，但看到她佯裝不知情的模樣撇過頭，就覺得說也沒用而放棄。

哥哥應付艾莉卡的時候經常嘆息，深雪如今稍微能體會這份心情。

「美月，我是為妳好，妳還是趕快換衣服比較好。這套衣服很可愛也適合妳，但我覺得時機和場合不符。」

然而深雪不會只以苦笑作結，她的個性比哥哥稍微正經，而且有點不服輸。

「是這樣……嗎？……果然？」

「嗯，應該。」

美月悄悄看向艾莉卡詢問，深雪同樣悄悄朝艾莉卡投以視線，並且點頭回應。

「咦～會嗎～？」

艾莉卡終究沒辦法當作不知情了，心有不滿地提出反駁。

「話說妳剛才提到房間鑰匙，妳們要住這裡？」

……不過這次輪到深雪視若無睹。

「是的。」

美月回答的時候，艾莉卡在旁邊氣沖沖的，但沒有刻意質詢深雪。

艾莉卡在這四個月以來的相處中學習到，這名像是捨不得殺蟲子的美少女，其實個性剛強、毫不留情。

「居然還有空房間……不，更重要的是，飯店居然願意讓妳們入住，這裡明明不是普通人可以住的地方……」

「這方面就靠門路了。」

恢復心情的艾莉卡毫不愧疚地揭曉答案，使得深雪忍不住輕聲一笑。

「不愧是千葉家。」

語氣依然殘留說笑的成分，但深雪絕對不是出言調侃，純粹是打從心底附和此事實。

如同十師族的姓氏包含一到十的數字，百家裡的主流家系例如千代田、五十里，姓氏都有十一以上的數字。數字大小不代表能力強弱，但是姓氏有數字就代表血統較好，可以當成魔法師實力的推測依據之一。像這種姓氏包含數字的魔法師家系，是以「含數家系」這樣的隱語稱呼（這當然不過只是一種推測實力的依據，即使放眼第一高中的學生會，也只有會長真由美一個人屬於「含數家系」）。

而艾莉卡家也是千葉家，換句話說是「含數家系」的百家主流家系之一。

千葉家是專精使用自我加速、自我加重魔法搭配近戰戰技而名聞遐邇的名門。千葉家的特別之處，在於他們不只擅長施展魔法，而且還自成體系，研發出近戰魔法師的培育準則。

如今警察與陸軍步兵部隊的魔法師，據說有一半直接或間接受到千葉家的教導。海軍與空軍也一樣，可能會遭遇近戰場面的部隊，經常委請千葉家派遣教官。

如果只看實戰部隊的門路，千葉家的權勢或許勝過十師族。

「可是沒關係嗎？我以為艾莉卡討厭拿家裡當靠山……」

「我討厭的是別人以『因為我是千葉家的女兒』這種有色眼光看我。門路就該拿來利用，不用才虧大了。」

如果對象不同，這種問答可能會造成劍拔弩張的氣氛，不過可能因為問答的人是深雪與艾莉卡，所以兩人對此毫不在意。

「呵呵，說得也是。那我也得去整理行李了。雖然不知道妳們是哪方面的相關人員，不過就在餐會再見吧。」

在艾莉卡揮手與美月點頭目送之下，深雪走向電梯廳。

「喂，艾莉卡，自己的行李好歹自己拿吧？」

「柴田同學，我幫妳提行李過來了。抱歉我先斬後奏，不過櫃台那邊太多人了。」

走到一半，深雪聽到兩名少年呼喚艾莉卡她們的聲音。

其中一人的聲音很熟悉，另一人則是沒聽過。

所以不是兩名女生，而是兩組男女。

深雪沒有停步或回頭，暗自露出笑容。

◇◇◇

說起來，深雪他們搭乘的巴士，又是為何預定在前兩天中午這種過早的時間抵達呢？

原因是為了參加傍晚舉辦的餐會。

既然是高中生的餐會，當然沒有酒精飲料。即將一分高下的選手們共同參與的無座位自助餐會，宛如一場小型的開幕儀式。歷年來比起和樂的氣氛，緊張感更加引人注目。

「所以我其實很不想參加……」

真由美身為學生會長的這句不當發言，達也決定禮貌地當作沒聽到。

技術團隊屬於後勤人員，卻也是在競技場活動的正規隊員，所以有義務參加餐會。不擅長餐會這種接待場合的達也，其實內心贊成真由美的意見。

參加餐會的統一服裝是各學校的制服，不用煩惱穿著問題是好事，不過借來的西裝式制服實在不合身，提升了抗拒赴宴的心情。

「還是應該買一件新的比較好嗎……？」

大概是微微搖晃身體的動作被發現了。

深雪擔心地蹙眉仰望達也。

「沒事，不要緊。抱歉害妳操心了。」

不只是這番話令達也難為情，這樣簡直看不出誰是哥哥（姊姊），這是所有人都要參加的官方活動，不應該抱怨不擅長或是不喜歡。

「不，請哥哥千萬別這麼說。」

大概是從達也細微的表情變化，看出他已將憂鬱的心情一掃而空吧。

深雪開心地微笑。

「好了，那邊的兄妹，禁止打情罵俏。」

若有含意的風涼話，使得達也揚起目光一看——嚴格來說，必須將揚起的目光再度下移——真由美忍住笑意看著達也他們。

「居然說打情罵俏……這是怎樣？」

達也在八卦網站看過，某些少女罹患一種疾病，會將世間所有異性關係解釋為男女之情，自己身邊居然實際有這種患者，說真的，達也不敢領教。

不過真由美應該只是老樣子，想消遣他而已吧。

達也早就明白不會得到正經的回應，還是姑且以視線催促真由美回答。

不過真由美的目光不是投向達也，而是看向他的身旁。

她一副隨時要笑出來的模樣，達也沿著她的視線一看……

「深雪……妳為什麼在這時候害羞？」

妹妹羞澀地低著頭。

「各位，我們走吧。」

真由美收起剛才的消極態度，不知為何改以愉快的表情催促眾人。

達也莫名覺得自己像是被當成轉換心情的工具而無法釋懷，不過看到真由美腳步變得輕盈的背影，就有種「唉，算了」的想法。

◇◇◇

參加九校戰的人員，光是選手就有三百六十名，加上後勤人員則超過四百名。

表面上要求全員參加餐會，但肯定有不少人以各種理由缺席。

即使如此，也是參加人數高達三四百人的大規模交誼會。

會場必然得要很大，飯店也需要許多工作人員。

光靠飯店的專屬人員與基地的支援大概應付不來，這是很容易推測的狀況。明顯是來打工的年輕人穿著服務生的服裝在會場來回，也是可以令人接受的事情。

不過——要是在其中發現熟人的身影，就不得不感到驚訝了。

簡短的宴會致詞結束之後——感謝這場演講並非無聊到只有冗長這個優點——達也立刻前去取餐，此時身後傳來一個聲音。

隨著「您需不需要飲料呢？」這個熟悉的聲音轉身一看，眼前出現艾莉卡單手托著裝有飲料的托盤的身影。

「原來相關人員是這麼回事啊……」

「啊，你聽深雪說過？嚇了一跳嗎？」

「……有。」

艾莉卡開心露出笑容，達也沒有餘力思考機靈的反擊方式，只能點頭回應。

「真虧妳居然能潛入這裡……不對，這種程度是理所當然吧。」

畢竟是這樣的地方。

即使會雇用日薪工讀生，這裡也不會輕易雇用高中生。

此外還有年齡限制。即使這次的餐會沒有酒精飲料，也不會因此放寬條件。事實上，在會場穿梭的服務生與女侍，看起來大多二十歲以上。

或許該說不愧是千葉家吧。

但她似乎把門路用錯地方了。

「不過話說回來……」

「嗯？怎麼了？」

「沒事……」

達也語氣含糊，不像是平常的他。

在當事人面前，終究不方便說出「不過話說回來，妳變得真多」這種話。

艾莉卡應該也明白自己的年齡不太妙。

她的妝化得相當成熟。

即使這麼近距離看她，也和其他女侍差不多年紀。

艾莉卡平常給人的印象，是和年紀相符的活潑美少女，不過身材纖細修長的她，也很適合成熟的妝扮。

（只有她……？）

達也不經意覺得自己的思緒有股不協調感。

艾莉卡並非隻身前來。

應該還有美月陪同。

美月不喜歡人多的地方，很難說她適合接待客人，這樣的她是否能勝任餐會女侍呢？

「嗨，艾莉卡，妳這身打扮好可愛，原來相關人員是這麼一回事。」

深雪加入對話，剛好填補達也沉默造成的時間空檔。

「就是這麼回事。怎樣，可愛吧？不過達也同學完全不肯稱讚。」

艾莉卡左右轉動身體，讓維多利亞套裝風格的服務生制服短裙輕盈地飄動，同時語帶不滿地如此說著。

話鋒忽然指向達也，使得達也以天生靈活的腦袋立刻試圖反擊，但深雪搶先一步。

「艾莉卡，向哥哥要求這種事也沒用喔。」

深雪笑著搖了搖頭，比起達也，反倒是艾莉卡露出意外的眼神凝視她。

深雪這番發言不是袒護達也而是否定，出乎艾莉卡的意料。

——不過，這是艾莉卡太早下定論。

「哥哥不會被女生的服裝這種表面的性質影響，而是確實欣賞我們的內在，所以對這種場合限定的服務生制服沒興趣。」

達也認為深雪的評價偏高又偏低。

關於這次的狀況，達也只是在意其他事情——也就是美月，所以沒有注意到艾莉卡的服裝。他還是會貼心稱讚女性的穿著，要是對方穿得過於清涼，也會不知道該看哪裡。

——不對，在這種場合，問題或許不在衣服，而是衣服底下的個性。

「噢，原來如此，達也同學對扮裝沒興趣啊。」

「這是扮裝？」

「我覺得不是，不過看在男生眼裡好像是這樣。」

兩名少女的對話把說不出真心話的達也扔在一旁，逕自發展下去。

「妳說的男生是西城同學？」

「那傢伙連這種程度的意見都說不出來啦。說這是扮裝的人是Miki。不過我已經有好好修理他一頓了。」

最後那句危險的話語，清楚留在達也的耳中。

但深雪似乎對此不太在意。

「Miki？」

交談對象理所當然般說出這個完全陌生的專有名詞，深雪會比較在意或許很合理。

「……是誰？」

面對深雪的詢問，令艾莉卡露出「啊」的表情。

「對喔，深雪不知道。」

艾莉卡輕聲說完，還來不及叫住就跑開了。

「身手真好，看來她的平衡感非常優秀……」

看到艾莉卡單手托著托盤，沒有灑出飲料跑步離開，達也著實佩服。

深雪心想這個意見有點脫線，但她說出口的是更加無礙的話語。

「到底是怎麼回事？」

其實深雪沒有期待得到答案。

只是忽然跟不上話題，為了接話才隨口發問。

然而超乎預料，哥哥回以明確的答案。

「她應該是去叫幹比古。

吉田幹比古，妳應該知道這個名字吧？」
「是哥哥的同班同學吧？」
這個名字在期末考名列前茅造成話題，深雪也清楚記得。
「他和艾莉卡從小一起長大。深雪還沒見過幹比古，她應該是想引介？」
原來如此，確實像是艾莉卡會做的事。
包括二話不說忽然跑掉的舉動。
「深雪，妳在這裡啊。」
「達也同學也在一起。」
兄妹不經意看向艾莉卡消失的方向，此時輪到兩名女學生前來搭話。
「雫，妳特地來找我？」
「穗香，雫……妳們也總是在一起。」
這麼說來，就達也所見，她們兩人似乎總是共同行動，所以這個問題只是基於好奇心，沒有特別深刻的意思。
「因為我們是朋友，也沒有理由分頭行動。」
「說得也是。」
雫毫不害臊回以這個答案，令達也覺得問了笨問題而露出苦笑。

達也從上個月開始直呼兩人的名字。

強烈「要求」這麼做的人是穗香，不過以達也的立場來看，比較像是輸給了雫施加的無言壓力而接受。

「其他人呢？」

詢問的是深雪。

但她的語氣不太起勁。

「在那裡。」

朝著穗香指的方向看去，一群男學生連忙移開目光。

同屬代表隊的一年級女生也僵在相同的地方。

「應該是想接近深雪，卻因為達也同學在旁邊才不敢接近吧。」

「這是怎樣，把我當成看門狗……？」

雫的推測，令達也發出無奈的聲音。

說中的機率很高，所以也沒辦法一笑置之。

「大家肯定是不知道如何和達也同學交流。」

穗香這番話是安慰，但達也認為很有可能。

他自覺到自己正是「異類」。

原本應該由達也主動接近他人，但……

「荒唐，明明都是第一高中的學生，而且現在同為代表隊成員……」

勢如破竹如此斷言的聲音另有他人。

「千代田學姊。」

花音單手拿著玻璃杯（當然是無酒精飲料）加入達也等人。

同樣拿著杯子的五十里也跟在她身後。

「花音，明知如此，身體卻不聽使喚，這就是人心。」

「啟，只有某些場合允許這麼任性喔。」

花音與五十里以名字稱呼彼此。

他們畢竟已經訂婚，這麼做或許理所當然至極。

「兩位的論點都很正確，但目前有個更簡單的解決方法。」

達也猜測這兩位或許愛管閒事，但他覺得要是為了這種事爭論，自己也不會愉快。

達也不忍妨礙情侶談心，試著盡快解決現狀。

「深雪，去大家那邊吧，團隊合作很重要。」

「可是哥哥……」

「晚點再來我房間，我的室友只有機材。」

基本上，選手與工作人員都是雙人房，但達也是唯一的一年級工作人員暨二科生，因此真由美以「這樣就不用費心」以及「負責看管機材」的名目，分配一間雙床雙人房（單人住雙人房）給達也住。

「穗香和雫也一樣，方便的話晚點再聊。」

深雪似乎依然有所不滿，但她很清楚達也為何說出這種話。

「……明白了。那麼哥哥，晚點再去找您。」

「等等再讓我們去打擾吧。」

「晚點見。」

深雪、穗香與雫依序回答，笑著向三人揮手道別的達也，感受到有一股不高興的視線朝向自己，而轉過身來。

「好成熟的應對，但我覺得只是把問題延後耶。」

達也與花音的關係，並沒有超過面識的範疇。

花音沒道理對達也的人際關係插嘴，但是達也知道花音這番話是出自於俠義心腸，所以也決定正經回應。

「延後就行了。因為這個問題不需要立刻解決，而且時間能解決某種程度的問題。」

「這……」

花音就這麼說不出話，投以不甘心的眼神，看來這位高年級少女相當不服輸。

「花音，司波學弟說得沒錯，世上有些事情並不是越快解決越好。」

「不過，你這樣確實少了一些年輕的氣息。」

五十里的發言不是幫達也說話而是打圓場，卻因為有人闖入對話而搞砸。

「摩利學姊。」

對於新加入話題的摩利，達也沒有反駁，只是簡單點頭示意。

「五十里，中条在找你。」

而摩利似乎早將達也這個反應當成預定內的話題插曲，立刻就說明來意。看來她不只是為了消遣而來。

「不好意思，那麼中条同學在哪裡？」

「一號工程車。來賓快要致詞了，快點完成事情把中条拖來會場。其他不重要的來賓暫且不提，但要是在宗師致詞時缺席，傳出去很難聽。」

「說得也是，我明白了。」

「摩利學姊，恕我們告辭。」

五十里依照指示快步離開會場，花音宛如理所當然般跟著他走。摩利目送兩人之後，重新轉身面對達也。

「看來尺寸剛好。」

「不過腋下有點緊。」

摩利看著達也所穿的西裝式制服詢問，達也同樣看向自己的身體回答。

「沒辦法，這是備用制服。即使尺寸相同，也沒辦法顧慮到體型的細部差異。要是穿更大的尺寸，腰圍會大到很難看。」

「說得也是，這也沒辦法。」

摩利的話語略帶苦笑的感覺，語氣也像是聳肩而出——不過沒有真的擺出這種動作——達也則是如此附和。

「買件新的不是比較好？」

摩利的聲音沒有惡意。

「買新的西裝式制服卻只穿兩次，這樣太浪費了。如果是布製徽章，只要在穿的時候拿掉就好，不過這是刺繡……」

達也如此說著，低頭稍微瞪向自己的左胸。

上面繡著八枚花瓣的徽章。

和別校學生的交誼場合，必須要從正面看得到校徽，才易於辨識——達也被這種說法逼得穿上這件制服。

「不一定只有兩次喔。秋季有論文競賽，而且無法保證你不會晉升一科。」

摩利掛著笑容說出這番話，但眼神頗為認真。

達也板著臉回答：

「即使獲選參加論文競賽，穿自己的制服應該也無妨。而且我不可能晉升一科，至今沒有這樣的規定與前例。」

達也這番話使得摩利笑出聲音。

「前例？你現在的立場就是史無前例吧？你這樣的二科生史無前例，所以不能只因為沒有前例就否定可能性，這種說法不成根據。與其說沒有前例，你更應該成為『前例』，為今後像你這樣的學弟妹鋪路。」

「…………」

看到達也一副有苦難言的表情，摩利再度開心地笑了。

「那麼，我去找別校幹部聊一聊，要不要一起來？」

「……不用了，艾莉卡應該會來找我。」

達也提到艾莉卡的瞬間，摩利的眼中閃過一絲動搖。

今後把這件事當成還以顏色的題材吧？達也腦海掠過這樣的想法，不過兩人的淵源有點深，不太適合用來開玩笑。

達也默默目送摩利離去。

「咦？深雪呢？」

正如達也的預料，艾莉卡帶著幹比古回來了。

「我讓她去同學那裡，晚點她會來我房間，到時候再介紹。」

「啊，嗯。」

達也這番話前半是對艾莉卡說，後半是對幹比古說。

幹比古的反應與其說是遺憾，更像是鬆了口氣。

「……我不會勉強喔。」

「……啊？」

似乎沒有立刻察覺達也在向他說話。

所以幹比古的回應慢了半拍。

「慢著，不是那樣！我確實有點緊張，不過……」

「好討厭喔～男生就是愛在美女面前耍帥。」

「艾莉卡也夠漂亮了，尤其是今天。」

「咦？等一下，討厭啦……」

「所以？」

對於前來消遣的艾莉卡，達也以其人之道還制其人之身，然後催促幹比古說下去。

「達也，你真是……沒有啦，初次見面卻穿這種衣服，我有點不好意思。」

幹比古欲言又止，接著以一副疲倦的樣子搖頭回答問題。

達也聽到這番話，重新審視幹比古與艾莉卡的服裝。

幹比古的服裝是白襯衫、黑色蝴蝶領結與黑背心。

艾莉卡的服裝是裙襬飄揚展開的黑色連身服加白色圍裙，戴著白色頭飾。

簡單來說，不是執事與侍女，而是侍從與侍女。

「我不認為這身打扮很奇怪啊，飯店從業人員都是這樣吧？」

在場內來回的服務生，服裝都和幹比古相同。

「看吧，Miki自我意識太強了。」

「我叫作幹比古。」

從他們的語氣與表情就窺視得見，兩人至今反覆相同的互動無數次。

看來，幹比古似乎非常不喜歡自己現在的穿著。大概是他出身於歷史悠久的家系，對於打扮成侍從有所抗拒。

「話說回來，另外兩人呢？」

達也很想知道他們為何會在這種地方打工，但還是決定不要過問。

「你覺得雷歐能勝任待客工作嗎？」

「他應該還是懂得拿捏這種程度的分寸吧……」

達也試著低調為朋友辯護，但艾莉卡隨時會笑出來的表情沒有改變。

「美月也說她不喜歡這身打扮，或許和Miki意氣相投？」

「我叫作幹比古！」

「是是是～」

幹比古相當不悅地要求訂正，艾莉卡卻只是隨口回應，就將視線移回達也身上。

「基於這個原因，他們兩人都負責後勤工作。雷歐在廚房做粗活，美月負責洗碗盤。」

達也不知道究竟是「基於哪個原因」，卻能理解艾莉卡想說的意思。應該吧。

「因為他們兩人都擅長操作機械。」

「是啊，兩人都不可貌相。」

現在這個時代，無論是倉庫貨物進出或是餐具清洗，幾乎都用不到人力。

包括相當細節的部分，機械都能代替人力負責。

簡單來說，他們兩人在後面操作廚房用的自動化機械。

「我原本應該也是後勤，為什麼忽然叫我到外場？」

不過可能是幹比古和達也不同，身為當事人的他無法理解，應該說無法接受。

「是程序出了一點差錯，我不是說明好幾次了嗎？」

「這不算是說明吧！」

「好了好了，不要吵。即使只是打工，但我們正在工作。看，那邊的盤子空了。」

「……艾莉卡，晚點再找妳算帳。」

幹比古扔下這句話走向餐桌，但是這樣的放話聽在達也耳裡不太像是「當真的」。

「明明是Miki自己忘記……」

艾莉卡無奈地以這句話目送，從她的聲音與表情感覺不到其他的情緒。

然而達也認為，這不是艾莉卡全部的真心話。

「……我不知道有什麼隱情，但是可以稍微手下留情吧？」

艾莉卡似乎沒有即時聽懂達也的意思，停頓好一段時間才回答。

「……沒什麼天大的隱情就是了。不過也對，我這樣也有點像是在亂發脾氣吧。明明知道Miki不擅長這種事，我卻……」

「想故意惹他生氣？」

「唔～算嗎？我確實覺得他過於拐彎抹角，看到這樣的他就會嫌煩。可以體諒他為何無法率直露出笑容，卻不認同他執著到忘記如何憤怒……那已經是執迷不悟的程度了。」

「妳好善良。」

「別這樣。」

達也只是隨口說說附和，沒有其他意思，但艾莉卡的抗拒反應激烈得出乎預料。

「我剛才不是說亂發脾氣嗎？我和Miki現在位於這裡，都不是基於自己的意思，是家長強迫的結果。即使我看起來善良，也只不過是同病相憐。」

從她頑固的態度，隱約可窺見頑固的心。

「……詳情我不會過問。何況得到答案也沒用，我會忘掉剛才那番話。」

達也沒有嘗試解開這個心結。

「抱歉，就請你別再過問吧……那個，達也同學。」

艾莉卡沒有計較達也為何不安慰她。

「什麼事？」

「達也同學……真冷漠。」

語氣和字面相反，沒有責備的意思。

「……話題轉得好突然。」

「不過，我很感謝你這份冷漠……吧。不會太過溫柔，所以能夠放心向你吐苦水。沒有同情我，所以不會丟臉……謝謝你。」

最後一句話的聲音，細微到幾乎聽不見。

達也看著艾莉卡逃也似地前往附近餐桌的背影，心想：人都有些屬於自己的煩惱呢。

總數四百人的無座位自助餐會，擺放料理的餐桌當然不能只在中央準備一張。占據飯店整層頂樓的宴會廳，兩側牆邊以及正中央的前、中、後各三張，總共擺了九張大餐桌。用來填飽年輕人肚子的料理接連上桌補充。

歷年來，都是各校學生自行聚集在同一張餐桌旁。

不過，小角色（？）可以只顧著大吃大喝，但是各校幹部沒這麼輕鬆。

深雪在真由美示意之下和班上同學道別，跟學生會成員同行。

在真由美與鈴音和別校學生會幹部打招呼——並且進行黑心情報戰——的時候，深雪在兩人身後悄悄凝視著目送艾莉卡的哥哥。

沒有發出聲音，也沒有做出表情，只在心中暗自嘆息。

深雪推崇達也勝過所有人（不是深雪對達也的推崇勝過所有人，是推崇達也優於所有人），她不認為哥哥是完人——但還是認定哥哥是某種程度的超人。

深雪認為哥哥的缺點不算少。

其中一項缺點，就是無法相信別人表達的好感。

多少有部分原因在於他過度遲鈍，沒能理解他人的好感。

不過更嚴重的是，達也會打從心底質疑別人為何對他抱持好感。

就某種意義來說也無可奈何。

因為親生父母不只沒有對達也灌溉名為「愛情」的極致善意，還親手從他的內心剝奪了「愛情」本身。

深雪明白，哥哥會回應她的愛情，簡直是一項奇蹟。

即使如此，看到可愛的學友（即使在深雪眼中，艾莉卡也是不折不扣的美少女）展現近乎愛戀──深雪認為或許是「戀情」──的好感，哥哥還是以理性沉著的態度目送，使得深雪比起安心更感到心酸。

深雪認為，哥哥應該連她凝視的目光都沒有察覺。

或許有察覺到她的視線。

但是達也肯定並未想像深雪抱持何種心意──想到這裡，深雪更加哀傷。

而且逐漸火大。

──這麼一來，非得要好好教訓幾句才能消氣。

——哥哥過於遲鈍的個性，肯定會成為建立圓滑人際關係的絆腳石。

——是的，這無疑是為了哥哥，愛之深責之切。

深雪在宛如雕像的文雅笑容底下，做出這樣的決心。

……她不可能沒有察覺到周圍凝視她的視線，或許沒人理解真正的她。

真由美她們正以（表面上的）笑容開懷暢談的對象，是第一高中視為最強勁敵的第三高中學生會成員。

第三高中的一年級學生，在後方竊竊私語。

如果他們是在聆聽學長姊的情報戰勤於分析戰力，那就不愧是校風尚武的第三高中，高年級學生或許會感動落淚，然而……

「一条你看，那個女生是不是超正？」

「居然用超正來形容……你是哪個年代的高中生啊？」

「少囉唆，又沒問你。一条，怎麼樣，你覺得呢？」

「興奮什麼啊……沒用的，那種美少女高不可攀到極點，不可能和你打交道。」

「你真的很囉唆，就算我不可能，一条或許就有機會吧？因為一条有長相有實力有智慧，還是十師族家系的繼承人，這樣我們好歹也有機會一親芳澤吧？」

「居然意氣風發地講這麼丟臉的話……」

實際上，他們在進行這樣的對話——不過，很像高中生的風格。

「將輝，怎麼了？」

只不過，位於人群中心的男學生並沒有回應熱烈討論的同伴們，而是專注地凝視著造成話題的女學生。

與其說戴著迷人的面具，英挺的氣息更加強烈，很適合「年輕武者風格的俊美男性」這種復古方式形容他的容貌。接近一八〇公分的身高加上寬厚的肩膀、緊實的腰部與修長的雙腿……第三高中一年級學生一条將輝確實如隊友所說，外型容易受到女性的青睞。

「……將輝？」

將輝以疑惑的表情看向叫他的人。對方同樣身為第三高中一年級，是名體格不高卻鍛鍊結實的男學生。

「……喬治，你知道她是誰嗎？」

「喬治」只是綽號，外表完全是黃種人，本名吉祥寺真紅郎也是純日式風格。這名學生聽到將輝的詢問，不經思索就立刻回答。（註：日文「祥寺」音近「喬治」）

「嗯？噢，我想你看制服應該就知道，她是第一高中的一年級。姓名是司波深雪，參賽項目是『冰柱攻防』與『精靈之舞』，似乎是第一高中一年級的王牌。」

「呃，所謂的才貌雙全？」

一条將輝無視於誇張向後仰的隊友，不自覺輕聲低語。

「司波深雪嗎……」

這個聲音，使得喚為喬治的這名男學生，投以意外又好奇的視線。

「將輝居然對女生感興趣，很稀奇吧？」

其他學生們出聲贊同。

「聽你這麼說，確實如此。」

「以一条的條件，女生總是會主動接近，用不著勤於追求吧？」

「不曉得多少人羨煞這個傢伙。」

周圍逐漸成為「沒異性緣的男生亂發脾氣」的樣貌，但將輝沉默沒有回應。

只在不會太明顯的狀況下，不時移開視線凝視深雪。

他的視線蘊含著不平凡的熱度。

來賓開始致詞時，成為本日主角的不經世事高中生們，停止用餐動作並中斷談笑，以過度正經的態度聆聽大人們說話——也可能只是假裝聆聽。

艾莉卡回到工作崗位之後，沒人前來搭話的達也，總算擺脫閒著沒事的狀況。

光是瞻仰接連出現在臺上的魔法界名人，就是打發時間的好方法。

有些人第一次看見，也有些人只在影片看過。

此外當然也有當面見過的人，或是曾經在相同的室內同席，只是沒有交談過的人。

其中最令達也注目的，是被尊稱為「宗師」的十師族長老。

九島烈。

他是在這個二十一世紀的日本確立十師族的序列，直到大約二十年前，都被譽為世界最強的魔法師之一的人物。

這名老人維持最強名號退出最前線之後，就幾乎不曾出現在公眾場合，卻不知為何只會每年在九校戰露面，這一點眾所皆知。

達也同樣沒有當面見過他，只有在影片看過。

達也在自己心中，發現一股宛如直接見到歷史人物的興奮情緒。

來賓們激勵或訓示的致詞順利進行，終於輪到九島老者了。

年齡應該差不多將近九十歲。

曾經譽為最強的魔法力，至今還殘留多少？

還保有使用魔法的體力嗎？

在達也如此心想時，司儀宣告老者的姓名。

不只是達也，會場所有高中生都屏息等待九島老者上臺。

現身的這名人物，使得達也不禁忘記吐氣。

出現在柔和聚光燈底下的人，是身穿宴會禮服，將頭髮染成金色的年輕女性。

騷動的氣氛傳遍全場。

不只是達也受到衝擊。

過度意外的事態，使得場中議論紛紛。

上臺的不是九島老者嗎？

為什麼由如此年輕的女性代為現身？

難道是發生某些狀況，才會派她代為致詞？

（——不，不對。）

達也終於察覺真相。

出現在臺上的人，不只是這名女性。

她身後站著一名老人。

眾人只是被外型搶眼的年輕美女吸引注意力。

（──精神干涉魔法。）

老者恐怕發動了覆蓋整個會場的大規模魔法。

準備顯眼事物轉移他人的注意力，這種「改變」細微得稱不上是事象改變，是不用做任何事就自然發生的「現象」。

這是規模大到足以對所有人同時產生效果，卻微弱得難以察覺的魔法。

（這就是當年曾被譽為最強……不，是被譽為「極致」又「最巧」的「詭術士」──九島烈的魔法……）

或許是察覺達也的凝視。

女性身後的老者咧嘴一笑。

那是宛如少年惡作劇成功的笑容。

身穿禮服的女性，聽到老者低語之後站到旁邊。

聚光燈打在老者身上，場中一片譁然。

幾乎所有人都以為九島老者忽然憑空出現吧。

老人的雙眼再度看向達也。

達也低調以目光回禮。

老者的眼睛展現非常開心的笑意。

「首先，抱歉讓各位陪我玩這個胡鬧的把戲。」

即使除去麥克風的因素，他的聲音依然年輕洪亮得不像高齡將近九十歲。

「剛才是小小的餘興節目，與其說魔法更像魔術，不過就我所見，只有五人察覺這個戲法的真相，換句話說……」

許多高中生深感興趣聆聽這位老者表達的意思與意圖。

「如果我是企圖消滅你們的恐怖分子，假裝成來賓使用毒氣或炸彈攻擊，只有五人能夠展開行動阻止我，就是這麼回事。」

老人的語氣沒有特別加入強調或斥責之意。

然而會場覆蓋著和至今不同種類的寂靜。

「學習魔法的各位年輕人。

魔法是手段，魔法本身並不是目的。

我設計這種惡作劇的把戲，是希望各位回想起這一點。

我剛才使用的魔法規模很大，強度卻極低。

若從魔法力的標準評定，只是低等魔法。

但是各位受到這種弱小魔法迷惑，明知我會出現在這裡，還是沒有認知到我的存在。

磨練魔法實力當然很重要。

必須努力提升魔法力，絕對不能鬆懈。

然而光是這樣並不足夠，我希望各位將這一點銘記在心。

搞錯使用方法的大魔法，比不上精心設計使用方法的小魔法。

請各位記住，後天開始的九校戰是較量魔法的戰場，更是較量魔法使用方式的戰場。

學習魔法的各位年輕人。

我期待各位將會展現什麼樣的巧思。」

所有聽眾拍手回應。

不過很遺憾，沒有達到滿堂彩的程度。

在滿心疑惑地鼓掌的同年代青少年之中，達也同樣在鼓掌。但他和其他少年少女不同，一直靜靜地展露笑容。

魔法的使用方式比魔法的等級還要重要，這種想法是對等級至上的現代魔法社會提出異議。魔法的價值取決於使用方式，意味著只把魔法視為一項獨立的工具。

這名老魔法師位居國內魔法師社會的頂點，卻建議眾人違抗現代魔法社會的原則，這種態度換個角度來看不負責任，因為他的影響力足以改變現代魔法社會的原則。

如果九島老者的演講只是嘴裡說說，達也應該也會反感，然而這位老者以淺顯易懂的方式實際演練，他以達也學不來的高超手法，將魔法當成道具靈活運用。

——這就是「宗師」嗎……

九重八雲、風間玄信，以及這位九島烈，這個國家依然有達也必須學習的魔法師。此外肯定還有許多值得學習的對象，只是達也不知道而已。這是在ＦＬＴ研究室學不到的事情。

沒想到就讀高中出乎意料地不會無聊。

達也此時如此心想。

◇　◇　◇

交誼餐會在兩天前舉辦，是為了保留前一天充分休養。

技術團隊或作戰團隊忙著進行最後衝刺，不過參賽選手則是以各自的方式養精蓄銳，準備明天即將開始的戰役。

話是這麼說，但一年級是在大會第四天上場，現階段興奮與高亢的心情依然勝於緊張，若是從年齡考量，他們難免會當成和同學一同出遊而不禁玩鬧。

用過晚餐之後，深雪、穗香與雫三人今晚也來到達也房間玩，但是達也正忙於調整啟動式，所以她們早早就回到自己房間。正規賽和新人賽的比賽行程表不同，因此一年級都是同年級兩人共住一個房間。穗香與雫同房，深雪與C班名為瀧川和實的少女同房。不過和實的個性傾向於運動社團風格，經常和社團學長姊共同行動，所以深雪也大多待在穗香她們的房間。

時鐘的短針（這間飯店不知為何都是三針式掛鐘）即將指向羅馬數字的「X」，等待明天參賽的高年級選手應該大多已經就寢。正因為明白這點，不只是深雪她們三人，其他隊友或其他學校的一年級學生，也沒人毫無分寸、大聲喧譁。即使如此，年輕的她們精力過於充沛，無法像高年級學生一樣進入夢鄉。

三名女孩聚在一起熬夜會做的事，當然就是聊天。

其中當然有例外。從外在印象來看，深雪與雫似乎就屬於這樣的「例外」，但她們兩人其實意外地「平凡」。

最近的話題當然是九校戰，女孩的私房話題可不只是時尚與戀愛，不過切入點依然容易追著流行走，這也在所難免。

如前面所述，時間即將來到晚間十點，不過飯店沒有熄燈時間。因此即使傳來敲門聲，也不需要焦急慌張或存疑。

「啊，我去應門。」

敲門聲使得三人同時起身，最靠近門的穗香勸阻了另外兩人。

「晚安～」

「咦，艾咪還有各位，怎麼了？」

從門後現身的人，是紅髮散發紅寶石光澤，引人注目的嬌小少女。她是深雪等人的隊友，名為明智英美。身後則是她的四名同學。換句話說，第一高中新人賽女子組的成員幾乎到齊。

「嗯，那個，這裡有溫泉喔。」

「……抱歉，請講得淺顯一點。」

穗香聽不懂她開心告知的這番話想表達什麼意思。

「這麼說來，這間飯店的地底是人工溫泉。」

不過深雪似乎明白英美的意思。

「對，不愧是深雪，真聰明！」

「……對不起，妳這麼說我也沒有很高興。」

英美毫無惡意，但是被她悠閒的聲音稱讚（？），深雪不知為何頭有點痛。

深雪按著太陽穴，英美則是一副「嗯？」的樣子歪過腦袋。

「沒事，別在意。所以溫泉怎麼了？」

在深雪催促之下，英美露出純真的笑容。

「嗯，所以啊，我們一起去泡溫泉吧！」

英美突如其來——就深雪聽來是如此——的這番話，使得深雪與穗香轉頭相視。

穗香似乎和深雪有同感。

「可以嗎？這裡是軍方設施耶。」

不過代表三人詢問英美的，是位於最後面的雫。

這裡不是普通飯店，是國防軍隊演習場的附屬設施。除了預先說明可以使用的設施，其他地方甚至禁止進入才對。

「我試著去拜託，結果獲准了。可以用到十一點。」

英美輕易否定雫的擔憂。

「不愧是艾咪。」

穗香不禁無奈地輕聲說著。

「有說才有機會，對吧！」

可惜對於得意洋洋回應的英美完全無效。

「不過，記得在這裡泡溫泉要穿泳裝啊。我沒帶泳裝。」

「這也沒問題，飯店會連同毛巾借我們泡澡服。」

即使深雪提出具體的問題，英美也早就俐落地安排解決了。

準備就緒到這種程度，深雪她們三人也沒有理由拒絕。老實說三人都對溫泉——即使是人工打造的——感興趣。

「那就容我們同行了。我回房拿衣服，妳們先去吧。」

英美聽到深雪的回答開心點頭。

「ＯＫ，不用太急沒關係。」

深雪輕輕舉手致意，和隊友暫時道別。

地底大浴場（人工溫泉）由第一高中一年級女生包場。

不是近乎包場，也不是沒有其他房客在使用，這裡十點到十一點真的由她們包場。

大浴場類似團體使用的澡堂，原本就以這種方式運作。

不過，這座地下人工溫泉雖然號稱大浴場，實際上最多只能容納十人左右。這座溫泉原本是為了治療演習造成的肌肉關節痠痛，將流經飯店地底的鹼性冷泉加熱而成的療養設施，主要使用者是高級軍官（而且是中年以上的將官），沒有想過提供給眾多遊客作為休閒設施。由於只用來在醫生指定的時間泡湯，所以得在前方的淋浴區清洗身體，再穿上泳裝或泡澡服入內。

——不過除了她們，似乎沒有其他團體申請使用。

女性泡澡服直截了當來說就是「沒有褲子，長達大腿的純白短褂」。改為形容成「不使用腰帶的迷你裙長度浴衣」或許比較有情調吧？毫無帶子固定的寬鬆設計很適合用來泡澡，不過穿起來比泳裝更加沒有安心感。

「哇……」

「怎……怎麼了？」

穿這種衣服會害羞得不敢展露在異性面前，但這裡都是女生，而且是頗能交心的隊友。不過英美發出的嘆息聲，令穗香感受到像是被男性看到的羞恥與警戒。

她不禁合起前襟緊握。

英美的雙眼肯定投向那個部位——穗香的胸部。

「好意外，穗香身材真好～」

英美緩緩前進。

穗香不斷後退。

背部很快就碰到浴槽牆壁。

「穗香。」

「什麼事？」

英美釋放的危險氣息，使得穗香的聲音近乎慘叫。

「我可以扒開來看看嗎？」

「當然不可以！」

英美的眼睛在笑，很明顯是在胡鬧。但問題在於她不會把胡鬧只當成玩笑作結。

穗香環視澡堂求助。隊友們不是泡在浴池，就是坐在浴池邊緣泡腳。所有人都和英美一樣眼帶笑意，只有一個人例外。

「有什麼關係，反正穗香的胸部很大。」

「是這個問題嗎！」

英美的眼睛依然在笑，但穗香看到她眼中蘊藏著不會只以玩笑作結的懾人光芒。

「雫，快救我！」

穗香忍不住朝著「唯一的例外」雫求助。

雫緩緩起身。

「沒關係吧？」

她說完這句話就走出浴池。

「為什麼！」

好友的背叛，令穗香悲痛吶喊。

雫一瞬間以悲傷的眼神俯視自己的胸部。

「反正穗香的胸部很大。」

她留下這句斷罪的話語，進入單人三溫暖室。

澡堂響起穗香的慘叫聲。

（到底在吵什麼？）

深雪對澡堂傳來嘩啦啦的拍水聲感到不解，同時再度淋浴。她已經在房間浴室洗去汗水與塵埃，但還是循規蹈矩，使用別名「洗人機」的全自動淋浴設施清洗身體（頸部以下）換上泡澡服。以毛巾確實固定長長的秀髮，進入總算平息騷動的澡堂。就在這個時候，浴池裡的隊友視線同時集中在深雪的肢體。

「怎……怎麼了？」

深雪不由得退縮停下腳步詢問，卻沒人回答她。

注視她的視線總數也沒變。

「各位，不可以，深雪性向很正常！」

穗香不知為何以悲壯的表情從浴池起身，以這句話打破不自然的沉默。

「穗香？」

穗香講得太簡略，深雪似乎聽不懂話中含意。

「哎呀～抱歉抱歉，不小心就看得入神了。」

位於最角落，坐在浴池邊緣，名為里美昴的D班少女，以近乎紳士的少年語氣說出這句話，使得深雪總算明白穗香想講什麼，也明白剛才投過來的視線代表什麼意思。

「等一下……我們都是女生，講這什麼話？」

深雪慌張說著，將短短的衣襬往下拉到大腿內側。這個動作，使得澡堂再度被莫名緊張的沉默所籠罩著。

淋浴之後留在肌膚的水氣與浴池冒出的蒸氣，使得單薄的泡澡服緊貼身體，清楚凸顯出深雪的女性線條，其中也包括胸前充滿彈力的雙峰。

前襟露出微微染成淡櫻色的胸口。

從短短的衣角修長延伸，白得眩目、無可挑剔的美麗腳線。

尤其以深雪的狀況，相較於一絲不掛，裸露程度遠低於泳裝的泡澡服，更能醞釀出一股強烈的嬌豔魅力。

「……都是女生，嗯，這我明白，但……」

「不過該怎麼說……看到深雪就覺得性別不是問題。」

眾人深有所感如此低語。

「真是的！捉弄人也適可而止吧。」

深雪在這種狀況勇敢踏入浴池。

在緊盯著不放的視線之中，文雅地屈膝泡入浴池。

側坐讓水面來到頸子的高度時，前襟隨著水流晃動，剎那間，深雪的後頸大幅展露。

不知道從哪裡傳來感嘆聲。

並非開玩笑也不是胡鬧的詭異氣氛。

要是持續這種狀態，深雪的貞操可能會有危機。

「深雪，我站在妳這邊！」

幸好穗香激起水波坐在深雪身旁，打斷眾人宛如蛛網捕捉蝴蝶的視線。

「再不適可而止，這裡所有人都會落得泡冰水澡的下場喔！」

隊友們聽到這番話的同時，忽然擺出嚴肅的表情，轉頭不再看向深雪。

即使眼睛看著其他地方，意識依然受到深雪吸引。

場中明明有這麼多妙齡少女，卻沒人開口說話。

另一方面，深雪很想對穗香這番話提出異議，卻覺得要是貿然表示「我不會做這種事」似乎會破壞這種危險的均衡，因此還是不發一語。

「……怎麼了？」

待在單人三溫暖室所以沒看到剛才那一幕的雫，對浴室這股尷尬氣氛提出純樸的詢問。

或許是有人詢問而自省，少女們終於恢復正常。

少女們一旦恢復原本的步調，澡堂就充滿熱鬧的談笑聲。

女孩會聊的話題，不只是時尚與戀愛。

不過時尚與戀愛確實是她們愛聊的主題。

泡澡閒聊的話題，自然演變成昨天交誼餐會見到的男性。對象主要是「男生」，卻包括「男人」與少部分的「大叔」。講好聽點是她們欣賞的對象範圍多元又包容，但坦白說是這樣：

「——所以啊，飲料吧臺的那位酒保先生，是一位很迷人的大叔。」

「唔哇……那位明顯超過四十歲吧。興趣居然是中年大叔，妳的人生完囉……」

「請說迷人的紳士才對。高中生在我眼中都是幼稚的孩子，有種完全不可靠的感覺。」

「會嗎～？我不認為同年紀的男生都不可靠，只是妳倒楣遇不到好對象吧？」

「就是說啊，五十里學長看起來就很有包容力吧？最重要的是他看起來人很好。」

「喜歡一個有女朋友的對象，我覺得只會更空虛吧？而且以五十里學長的狀況，他的女朋友還更進一步成為未婚妻了。」

「說到可靠，非十文字學長莫屬？」

「不行啦，十文字學長就是太可靠了。不只看起來可靠，他還是十師族的繼承人。」

「說到十師族的繼承人，第三高中就有一条家的繼承人吧？」

「啊，我有看到，那個男生挺不錯的。」

「嗯，雖然男生不能只看外表，但如果外表也好看當然更沒話說。」

……就像這樣。

此時英美忽然把話鋒轉向浴池角落，正在消除（精神）疲勞的深雪。

「說到第三高中的一条，他一直用火熱的視線看深雪喔。」

英美說話的對象是深雪，但深雪無法回應她這番話。

「咦，是嗎？」

「難道是一見鍾情？」

「既然是深雪就有可能。」

「應該說，沒對深雪一見鍾情的男生才奇怪吧？」

「搞不好他們早就認識。」

眾人發出開心的尖叫聲。

「深雪，實際上呢？」

沒有應和這聲尖叫的雫，以正經八百的語氣——雫的語氣缺乏抑揚頓挫，即使本人沒那個意思，聽起來也正經八百——詢問深雪。

深雪對此的回應是：

「……容我正經回答，我只有從照片看過一条同學，甚至沒發現他在會場的哪裡。」

要說是過分也好冷酷也罷，第三高中光是聽到深雪這番回答，戰力八成就會大打折扣。滿心期待的少女們聽到這個回答之後，全部感到卻步。

不過，到處都有這種毫不放棄的人。

「既然這樣，深雪喜歡什麼樣的男生？果然是哥哥那樣的男生？」

對昴的問題起反應的不是深雪，是穗香。她身體瞬間緊繃，只有坐在她身旁的雫察覺。

深雪一副極為平靜的態度，不只是平靜，甚至浮現無言以對的表情回答昴。

「我不知道妳抱持著什麼樣的期待……但我和哥哥是親兄妹啊，所以我未曾將哥哥視為戀愛對象。何況我不認為世上還有其他人和哥哥一樣。」

聽到深雪的回答，昴與英美明顯露出失望的神色（昴看起來有點裝模作樣）。

接下來就沒人繼續詢問深雪與達也的關係。

然而，在現在的浴池裡，有兩名少女沒有全盤接受深雪的答案。

穗香與雫從深雪的語氣，感覺到「未曾將哥哥視為戀愛對象」這句話以外的情感。

◇　◇　◇

達也讓深雪她們回房之後——不過三人後來和隊友在地下人工溫泉拿他當成閒聊話題——待

「司波學弟，也差不多該告一段落了。」

聽到這句話的達也環視四周，發現車上只剩下他與另外一人。

「原來這麼晚了。」

時間差不多將近凌晨。

五十里露出性別不明的笑容，點頭回應達也這番話（題外話，五十里的便服與髮型都是中性風格，所以達也懷疑這位學長刻意打扮成不像男性的外型）。

「司波學弟負責的選手都是第四天之後上場，我覺得最好不要一開始就繃得太緊。」

「說得也是。」

達也負責的是一年級女子組精速射擊、冰柱攻防、幻境摘星這三項競賽。這是深雪她們的希望，也是一年級男生（主要是森崎）抗拒的結果（深雪參賽的項目是冰柱攻防與幻境摘星，穗香是衝浪競速與幻境摘星，雫是精速射擊與冰柱攻防）。

一年級的競賽——新人賽在第四天到第八天舉行。

相較於明天就有負責選手參賽的後勤人員，達也確實比較從容。

花音只有第二、第三天的冰柱攻防要上場，但五十里還有負責明天出場的選手。

「那麼學長，我先告辭了。」

達也刻意沒有邀請五十里一起收工，獨自離開工程車。

盛夏的夜晚，即使已經進入深夜，氣溫也沒有明顯降低。

只穿一件T恤散步剛剛好。

沒有立刻回房，而是以輕便穿著在飯店周圍閒逛的達也，察覺到莫名緊張的氣息。

有人屏息觀察周圍，就是這樣的氣息。

達也最初以為是小偷，卻立刻排除這種想法。

想隱藏卻無法完全隱藏的這股氣息，是更加暴力好戰的類型。

達也解放知覺，連結情報體次元——包含萬物情報體的巨大情報體。

（共有三人，位置在……飯店周遭偽裝成樹籬的圍欄旁。）

三人各自攜帶手槍與小型炸彈。

即使他們位於飯店用地外側，也已經進入軍方管制區，這座基地的戒備絕對沒有鬆懈。會以哨兵與機械監視，發現入侵者就立刻驅除，對於武裝分子尤其不留情。

對方是突破警備網入侵的歹徒，而且還準備了炸彈。

即使手邊沒有CAD，也不能放任這種危險的傢伙。

達也無聲無息起步奔跑。

他的知覺，捕捉到一名同樣朝可疑人物接近的朋友。

不輸給達也的潛行身手。

依照最初的位置，雖然兩人同樣前去接觸可疑人物——但幹比古比較快。

達也一邊奔跑，一邊構築支援術式。

他的魔法能力特化為只能使用特定魔法，即使沒有ＣＡＤ，只要使用的是特定魔法，無論速度、精確度與威力，都和其他魔法師使用ＣＡＤ的狀況相等。

幹比古準備施展魔法。

他沒有使用ＣＡＤ。

透過情報體次元的知覺傳輸給達也的情報不是影像，而是概念。

幹比古取出三張短籤——應該是符咒。

幹比古想使用的不是現代魔法，是古式魔法。

在達也「認知」之前，想子就沿著幹比古的手注入符咒構築術式。

現代魔法和古式魔法的基本構造完全相同，都是干涉「存在」附屬的「情報」，進一步藉以改寫「事象」。

只是干涉的方法與形式不同。

幹比古發動的魔法系統，並不是在魔法演算領域構築干涉用的情報體（也就是魔法式），而是分成三階段進行：在手上的符咒追加情報作為媒介，將脫離「物質」漂浮於情報體次元海的「獨立化為非物質存在的情報體」納入操控，藉以改寫現實的事象。

相較於直接改寫伴隨著事象的情報體，也就是個別情報體的現代魔法，這種魔法系統的速度與自由度較差，優點則是不容易受到改變事象時的抵抗。如果是限定範圍的事象修改，比起現代魔法，可以用更少的力量得到大規模的效果。

能夠分析魔法式的達也，短短一瞬間就能理解這麼多。

而且他在幹比古的術式感覺到焦躁。

（這樣會來不及。）

幹比古使用的魔法有許多無謂的迂迴路徑，造成的施法延遲將會長到無法忽視。

達也將「分解」的準心設定在歹徒手中的槍。

幹比古之所以察覺到危險的氣息，是因為他正在進行魔法訓練。

這裡是飯店庭園的深處。

他在遠離建築物，環繞著飯店土地的圍籬附近找到了一塊杳無人煙的區域，開始進行每天要做的「修行」。

「精靈」是一種遠離個別事象，化為「風、水、火、土」這種抽象「概念」的聚合體。神祇

（精靈魔法）的基礎訓練，就是要和這些精靈的知覺同步。

以現代魔法學來解釋，精靈是脫離實體，漂浮在情報之海的情報體。

隨著概念本身移動到情報世界，以概念表現而成的能量聚合起來，移動到現實世界。

據說已經有方法可以觀測到這種「非物質個體」。

不過幹比古像這樣和「精靈」接觸，就能確實感受到它們「存在」於這個世界。

不是基於理論，而是實際的感覺。

對於幹比古來說，精靈確實位於此處，是擁有意識的存在。像這樣進行接觸，精靈就是一種能夠告訴幹比古各種「見聞」的「物體」。

幹比古剛開始進行同步訓練，就「得知」飯店外圍有人。

原本以為只是外出辦事的人或是巡邏兵，所以沒有在意。

然而精靈反覆告知這件事，使得幹比古認為這或許是警告。

他以同步訓練的應用型，朝著精靈告知的方向伸出知覺之線。

線捕捉到的是「惡意」。

幹比古表情緊張得緊繃。

一時之間，他猶豫要找人幫忙還是自行處理。

幹比古無法斷言現在的自己足以確實壓制任何對手。雖然心有不甘，但他沒有這種自信。因此他咬著嘴唇，認為應該回到飯店通知警備部隊。

然而感性對理性的決定提出異議。

理性以外的某種東西告訴他，這樣會來不及。

從體內誕生的焦躁情緒，似乎是精靈要他「盡快行動」的警告。

幹比古不是回到飯店，而是跑向「惡意」。

有所擔心。

他擔心要是對方攜帶槍械武裝，現在的自己是否足以應付。

鮮少魔法師能在極近距離交戰時勝過手槍。

要是有掩蔽物，不受物理屏障妨礙的魔法較為有利。

在掩蔽物派不上用場的狀況，魔法師很難應付只要按下扳機就能開槍的速度。

然而幹比古將這種合理的擔憂視為怯懦，排除在思緒之外。

昨天的事情掠過腦海。

幹比古被迫做這種服務生小弟的工作，是父親的指示。

艾莉卡說是程序出差錯，但是幹比古知道真相。

——去看看你原本應該列席的地方吧。

前天晚上，父親對他說出這句話。

擔任服務生小弟，是實現這個目標的手段。

或許幹比古的父親要他看看那些站上風光舞台的同年紀學子，作為一種當頭棒喝。

或許想促使他發憤圖強。

然而這句話與這種做法成為屈辱，盤踞在幹比古的心中。

這時候的幹比古，或許想證明「自己並非無能」。

該地點只有零星的照明，不過幹比古家系的修行，也包括在黑暗中行動的訓練。

即使只有星光，也不會構成任何阻礙。

接近到惡意已經明確轉為人類氣息的距離時，幹比古取出符咒。

三名歹徒，需要三張符咒。

對方應該也察覺到幹比古了。

朝幹比古釋放的惡意與敵意，令他確定這三人是歹徒。

無法猶豫。

敵意已經轉換為殺意。

猶豫將會失敗。

確認對方身分並非當務之急。

幹比古在符咒灌輸魔力，施展出法術。

幹比古手邊出現閃光，歹徒頭上逐漸聚集起電子，宛如相互呼應。

電擊不到一秒就會襲擊歹徒。

然而按扳機所需的時間不到半秒。

達也瞬間做出這些判斷，發動預先準備好的「分解」魔法。

三名歹徒手上的三把手槍，依照個別情報體的改變而解體散落。

緊接著——

半空中的小型雷電擊倒三名歹徒。

「是誰！」

幹比古厲聲詢問的對象，並不是倒在圍籬外尚未現身的敵人，而是從他身後趕來支援自己的魔法師。

幹比古理解了。

他的魔法原本會來不及。

之所以沒有受傷，是因為其他魔法師出手支援。

這場實戰逼他承認，自己的魔法已經失去往昔的速度。

「是我。」

「達也？」

從氣息就感覺得到幹比古內心受到打擊。

然而達也只是簡短回應，沒有停下腳步，在圍籬前方往上跳。以自我加重術式進行負向加重，翻越超過兩公尺高的圍籬。

幹比古呆呆目送他離去，在回過神之後取出新的符咒，同樣使用自我加重術式。

幹比古在圍籬對面落地時，達也單腳跪在倒地的歹徒旁邊。

「達也？」

這兩個字包含各方面的詢問。

連幹比古自己都不清楚究竟想問什麼。

「沒死，技術真好。」

達也似乎以為他在詢問歹徒狀況，也可能是在某種程度看穿幹比古的混亂，選了一個最無關緊要的方式解釋。

「啊？」

幹比古無法理解達也為何稱讚他。

他自虐地認為，原本應該是自己被打倒。

「從看不見狀況的位置，對複數目標進行精準的遠距離攻擊，而且是以逮捕為目的，沒有造成對方致命傷，一招剝奪行動能力，這是最佳戰果。」

達也的語氣冷靜得可以形容為冷酷，光是聽在耳裡就知道不是客套話或安慰。

幹比古無法相信的不是達也，是自己。

「……但我的魔法原本來不及，要是沒有達也的支援，我就會中槍。」

從幹比古口中說出來的，是超越自制的自嘲話語。

「真蠢。」

「……啊？」

然而達也劈頭責罵，使得幹比古無法繼續出言自虐。

「『要是沒有支援』只是假設，你的魔法成功逮捕歹徒，這是唯一的事實。」

「…………」

達也毫不留情的責罵與指摘，使得幹比古大吃一驚。

「實際上有我支援，你的魔法也確實來得及奏效，什麼叫作『原本』？幹比古，你到底認為原本應該是什麼樣子？」

「這……」

「無論對方有多少人，無論對方再怎麼幹練，都不需要任何人支援就能勝利。你該不會是以這種條件當基準吧？」

幹比古感受到一股心臟反轉的衝擊。

他也明白達也所說的「基準」多麼荒唐。

然而自己內心深處，真的沒想過類似達也指摘的這種事？

「真是的……我刻意再說一次。幹比古，你很蠢。」

「達也……」

「為何否定自己到這種程度？

為何貶低自己到這種程度？

什麼事讓你如此不滿？」

「……就算說出來，達也一樣不會懂。這種事說了也沒用。」

「或許不會沒用。」

幹比古以反駁築起高牆逃進後方，達也卻以話語的攻城槌粉碎。

「啊……？」

這次幹比古真的啞口無言，達也則是以銳利如箭的視線射穿他。

「幹比古，你在意的是魔法發動速度吧？」

「……聽艾莉卡說的？」

「不。」

「……那你為何知道？」

「你的術式太冗贅了。」

「……你說什麼？」

「我的意思是，問題不在於你自己的能力，在於你使用的術式本身。這就是你無法隨心所欲發動魔法的原因。」

「你為什麼知道這種事！」

幹比古放聲大喊。

因為過度混亂。

因為過度憤慨。

他所使用的術式，是吉田家經年累月，積極吸收古式魔法的傳統與現代魔法的成果，不斷改良而成的。

達也只看過一兩次就認定是瑕疵品，使得幹比古憤慨。

一直當成逃避責任的妄想而否定，至今視而不見的疑念被達也說中，使幹比古混亂。

「我就是知道。但你不用勉強自己相信我。」

不過達也以冷靜的語氣回應幹比古的怒斥，使得幹比古說出更加動搖的話語。

「……你說什麼？」

幹比古使用與剛才相同的問句，但這次的語氣與剛才不同。

「我只要用『看的』就能理解魔法構造，用看的就能讀取啟動式的技術內容，進一步進行魔法式的分析。」

達也回以這個難以相信的答案。

幹比古的混亂至此達到頂點。

他沒聽過哪個魔法師做得到這種事，要是這種特異能力真的存在，現代魔法學面臨的難題將會解決一半。

「……你不用勉強自己相信我。」

達也再度扔下這句話。

幹比古感覺聽到「接下來是你自己的問題」這樣的弦外之音。

「這個話題今天到此為止。不提這個，得先處理這些傢伙。我留下來看著，可以請你找警衛過來嗎？還是由我去找？」

老實說，幹比古目前的心理狀態，無法思考達也的「告白」是真是假，這個轉移話題的提議令他求之不得。

「啊，我去找吧。」

「明白了，我在這裡等。」

幹比古再度發動「跳躍」術式，消失在圍籬的另一頭。

另一方面，達也稍微思考該如何限制歹徒的行動之後，決定將他們埋起來。使用「分解」會把回填的土也消除，所以必須分別使用「分離」與「移動」魔法。雖然不以CAD進行這項作業很辛苦，不過和剛才的「跳躍」一樣，這種單純的術式，達也已經將整個魔法式記在腦中，只要是逐次發動而不是同時發動，在實行方面不成問題。

說來諷刺，人工打造的虛擬魔法演算領域位於意識領域有一項優點，那就是可以直接使用完整記在腦中的魔法式。

（我好奸詐。）

抱持著受害者意識，卻將其當成方便的工具使用。

達也對毫無節操的自己露出自嘲的笑容，準備發動魔法。

——但是沒這個必要了。

熟人的氣息接近過來，使得達也中斷魔法。

沒等多久，對方就主動搭話。

「特尉，剛才的建言真不留情啊。」

「少校，您聽到了？」

達也沒有察覺到風間在偷聽。

然而這種事不足為奇。

風間接受九重八雲指導的時間遠勝達也，是九重門下的第一高徒。沒有連結情報體次元的達也，很難察覺風間的氣息。

達也簡單敬禮致意，風間咧嘴回禮。

「總是對他人漠不關心的特尉，很難得做出這種事吧？」

「您說在下『漠不關心』似乎太過分了。」

「還是說感同身受？那名少年似乎和貴官抱持相同的煩惱。」

「在下早已從那種等級的煩惱畢業了。」

「換句話說，你是過來人？」

「……這些人可以麻煩您處理嗎？」

風間露出壞心眼的笑容毫不留情追擊，失去退路的達也好不容易轉移話題。

「交給我吧，基地司令部那邊由我來說明。」

但風間也明白繼續追問沒有意義。

他收起笑容，嚴肅地朝達也點頭示意。

「勞煩您了。」

「不用在意，貴官也一樣做了預料以外的工作。」

「好的。不過這些傢伙究竟有何目的？」

「天曉得，我們的工作不是應付罪犯……但他們的積極程度超乎預料，實力也超乎想像。達也，務必小心無妄之災。」

「是，謝謝您的關心。」

「明天中午再慢慢聊吧。」

「說得也是，那麼恕在下告辭。」

「嗯，再見。」

兩人從長官與部屬的表情，改為師兄弟暨好友的表情告別。

達也出乎意料進行深夜勞動的隔天。

九校戰若無其事地揭幕了。

這十天光是直接進場的觀眾合計就有十萬人。即使在交通如此不便的地方舉行，每天平均依然有一萬人前來觀戰，收看轉播的觀眾至少也超過一百倍。

雖然人數比不上進行職業比賽的高人氣運動項目，還是有這麼多人關切這場大會——即使如此，昨天晚上的那件事，除了當事人幾乎無人知曉。

選手們都擁有一流的魔法力，但還是高中生。

歹徒襲擊事件完全以未遂收場，軍方判斷不應該影響選手，所以決定保密。

開幕儀式與其說華麗，規律的印象更加明顯。魔法競賽本身非常花俏，所以不需要將儀式舉辦得高貴華美，也沒有冗長的來賓致詞，依序演奏九校的校歌之後立刻進行競賽。

今天起為期十天，男女各五項競賽的正式戰，以及男女各五項競賽的新人戰，合計二十個項目的魔法競技賽開幕了。

第一天的競賽項目是「精速射擊」的預賽與決賽，以及「衝浪競速」的預賽。賽程表的差異，反映兩項競賽所需時間的差異。

「哥哥，會長要上場參賽了。」

「主力從第一項目就登場啊，記得渡邊學姊的預賽是第三場？」

「是的。」

達也他們前往精速射擊賽場欣賞真由美的比賽。從左邊依序是雫、穗香、達也與深雪，他們不在會場裡的參賽選手區，而是坐在一般觀眾席。

「精速射擊」是以魔法破壞三十公尺遠的飛靶，在限制時間之內比賽破壞的飛靶數。關鍵在於要如何精準快速射出魔法，這就是「精速射擊」這個競賽名稱的由來。

比賽分成兩種形式。

預賽是計算限時五分鐘之內破壞的標靶數，依照個人得分排名。

預賽同時使用四個射擊場地進行六次比賽，前八名進入八強戰。

順帶一提，能夠參賽的選手共二十四名。

九校各報名三人就有二十七名選手，不過有三所學校會依照去年該項目的排名刪減額度，只能派兩人參賽。

這是除了「祕碑解碼」之外，所有競賽項目的共通規定。

八強戰之後是對戰型式。

場中會有紅白飛靶各一百個，以自己所屬顏色飛靶的破壞數量分勝負。

「預賽可以選擇使用破壞力高的魔法，一鼓作氣破壞複數標靶，不過八強戰之後就要求精密瞄準的射擊能力。」

達也說得雫頻頻點頭回應，雫是這些人之中，唯一參加精速射擊新人賽的選手。

「因此一般來說，預賽和決賽的淘汰賽會使用不同的魔法……」

「不過七草會長因為預賽和決賽使用相同戰法而聞名。」

達也說到一半，被坐在後方的少女搶話。

「艾莉卡。」

「嗨，達也同學。」

「喲。」

「早啊。」

「達也同學、深雪同學、穗香同學、雫同學，各位早安。」

坐在達也他們後排的人們，從右邊依序是雷歐、艾莉卡、美月與幹比古（不過打招呼的順序是艾莉卡、雷歐、幹比古、美月）。

之所以剛好有四人份的空位，是因為他們坐在靠近最後排的位置。

「更前面不是還有空位？」

「因為我看到達也同學一群人在這裡，而且這項競賽要坐遠一點才看得清楚吧？」

「也是。」

觀眾席是越後排越高的階梯構造。

這是擊落高速飛靶的競賽，所以坐在最前排區域觀戰的觀眾，視力必須和選手一樣好。

即使如此，觀眾還是努力往前擠，原因在於——

「都是因為笨男生有夠多的。」

艾莉卡以不像是開玩笑的輕蔑語氣斷言。

「看來年齡層不只是青少年。」

達也以挖苦的語氣回應。

也就是說，基於這個原因，這項競賽的前排觀戰區座無虛席。

「就是所謂的『姊姊大人～』這樣？真令人嘆息。」

「別這麼說，或許確實有近看的價值。即使是每天幾乎都會和會長見面的我，也覺得現在的她判若兩人。」

「唔哇！深雪，怎麼辦？妳哥哥移情別戀了！」

艾莉卡的妄言，使得達也與深雪都只有露出苦笑。

他們正在討論的事情則是……

「『妖精狙擊手』嗎，這個稱號好適合。」

「會長本人似乎不喜歡，最好別在她面前這麼稱呼。」

達也如此叮嚀之後，穗香縮起脖子。

青少年與少女們集中在前排，是為了欣賞第一射擊場裡等待比賽開始的真由美。

真由美在豐盈的大波浪長髮戴上保護耳朵的護具，並且戴上透明護目鏡，隊服是彈性材質長褲，以及會誤認為迷你連身洋裝的束腰立領上衣。搭配精速射擊規定使用的步槍型演算裝置，絕妙融合可愛與英挺的氣息，宛如近未來電影的女主角。

「甚至有人以會長當題材創作同人誌……」

美月輕聲說出這番話，大概是這副打扮喚醒她的記憶吧。

「……我第一次聽說。」

不過這件事出乎眾人預料，連艾莉卡也好不容易及時做出這個反應。

「……美月，妳基於什麼樣的來龍去脈知道這種事？如果妳有這方面的『嗜好』，我就得重新審視我們的友誼了。」

看來深雪也和艾莉卡想像著同一件事。聽起來不像開玩笑的聲音，裡頭似乎隱藏著大約一成的認真態度。

「咦咦？沒有啦，我沒有那種嗜好！」

不過內心最受震撼的是美月本人。

「要開始了。」

美月察覺到她們的想法而慌張失措，卻因為達也一句話就驚覺不對沉默下來。

觀眾席鴉雀無聲。

參賽選手戴著耳罩，觀眾稍微喧鬧也不會影響選手，不過這是禮儀問題。

選手們架起細長、宛如單發步槍，就某種角度看起來也像是手杖的競賽用CAD，她們的專注與魄力，使得寂靜的觀眾席激起一陣緊張的漣漪。

開始的訊號燈亮起。

標靶隨著輕快的發射聲飛越天空。

「好快……！」

雫不由得發出的細語，是形容標靶的飛翔速度？

——抑或是真由美擊碎標靶的魔法？

真由美沒有傾首，站得筆直架起CAD。

這個競賽本來就不是從槍身射出子彈，所以不必讓視線對著準星，CAD從一開始就沒有槍她的站姿與其說是舉槍，更像是舉弓的架式。

標靶接連以不規則的間隔射出。

數量是五分鐘共一百個。

平均起來，每三秒發射一個。

和實彈射擊相比，光是平均頻率就快得異常，而且有時候是連續發射，有時候是間隔十秒，有時候五六個標靶同時飛上天空。

真由美毫不遺漏，將所有的標靶「各個」擊破。

五分鐘的競賽時間轉眼結束。

「……竟然滿分。」

真由美將護目鏡與耳罩取下，面帶笑容地回應觀眾席的掌聲。達也看著她，宛如像是無言以對般低語著。

「是乾冰形成的次音速子彈吧？」

深雪一邊鼓掌一邊詢問，達也面帶笑容點了點頭。

「沒錯，妳居然看得出來。」

「……這種小事，連我都看得出來……」

艾莉卡不滿吐槽，使得達也露出苦笑。

「也對，同樣的魔法看一百次當然會知道。」

有人愧疚移開目光（大概是沒看出來吧），但達也決定當作沒看到。

「一百次？完全沒有落空？」

穗香老實露出驚訝的表情詢問達也，可能是她的個性比較坦率。

「對，值得驚訝的不是魔法發動速度與反覆次數，而是精準度。即使併用知覺系魔法，依然必須以自己的大腦處理接收的情報。不知道是累積足夠的多重演算經驗，還是天賦異稟……十師族直系後代並非浪得虛名。」

「會長有併用知覺系魔法？」

美月如此驚呼，不過這次露出相同表情的人比較多。

「遠距透視系知覺魔法『多重觀測』，並不是觀看非物質個體或情報體，而是從多重角度認知實體物質，類似視覺上的多元雷達。會長平常就經常使用這種魔法啊。」

達也以眼神詢問「沒發現嗎？」美月搖了搖頭。

「全校集會的時候，她就以這個魔法『監視』每個角落，這是相當罕見的技能……不覺得那種射擊光靠肉眼不可能辦到嗎？」

「確實不可能。」

雫立刻回應，她欣賞競賽時應該是設身處地，考量自己站在射擊場的狀況。

「不過啊，會長是將空氣分子的運動減速製作乾冰，再將其加速到次音速，還併用知覺魔法吧？維持知覺魔法運作，又將減速與加速魔法反覆一百次，會長的魔法力真好。」

雷歐這時候提到的「魔法力」不是實技測驗的「魔法力」，而是在通俗意義裡，用來反覆施展魔法的體力。

魔法並不是消耗能量的運動，這一點經常有人誤會。

並不是消耗物理能量改變事象，是以修改情報的方式改變事象。

想要修改情報，就必須以想子組成魔法式施展，因此施展魔法的次數會依照魔法式規模不同而受限。雷歐在這裡提到的「魔法力」，若要以類似的東西來譬喻，比較像精神上的體力。

「會長的射擊魔法是『乾冰雹暴』的變化型，原型的『乾冰雹暴』是高效率魔法，以會長的魔法技能別說用一百次，應該能用上千次吧。」

達也對真由美讚不絕口，使得深雪她們一科生露出複雜的表情。

她們也認為真由美的魔法力很厲害，不過在魔法方面相當嚴格的達也毫不保留如此稱讚，難免令她們心生嫉妒。

然而雷歐關心的似乎是另一件事。

「咦，可是要在這種盛夏氣溫製作乾冰，又要加速到次音速，應該會需要不少能量啊。即使能量守恆定理不適用於魔法，以這麼少的魔法負擔卻能造成明顯的事象改變，就算是出自達也口中，我還是沒辦法立刻相信。」

「雖然不適用，但並非毫無關連。」

達也起身準備前往「衝浪競速」的會場，並且回以像是啞謎的答案。

「這是什麼意思？」

雷歐像是追著達也起身，再度詢問。

「魔法是一種改變事象的技術，不會受到能量守恆定理的束縛。但是被改變的目標物，並不會跟著脫離能量守恆定理。比方說，要是不使用狀態維持的術式就加速物體，受加速的物體會冷卻；要是不使用速度維持的術式就加熱移動中的物體，該物體的移動速度會降低。世間普及的魔法式，對於不想改變的要素，一定會加入維持現狀的敘述式，所以沒什麼機會注意到這點。

物理法則這東西相當強固，即使受到魔法這種不講理的外力干涉，復原力也會為了讓結果合情合理而進行作用。所以反過來說，沒有違背能量守恆定理構築而成的魔法，依照物理法則屬於『自然』現象，從魔法角度來看，這種魔法只要以極少干涉力就能實行。

應該明白了吧？製作乾冰加速的魔法，是以『將製作乾冰時奪取的分子動能轉換為固體動能』這種架構欺騙物理法則。雖然這是反轉熵的做法，是大自然絕對不可能產生的現象，不過比起單純製作乾冰，製作乾冰並加速的魔法，在熱力學更能得到合理的解釋。」

「……總覺得像是被巧妙騙過了。」

「雷歐，魔法是一種『巧妙欺騙世界』的技術，最好記住這一點。」

「換句話說，我們魔法師是和世界為敵的騙徒？」

「越強的魔法師，就是越邪惡的騙徒。」

達也算是相當認真地在說明這件事，不過艾莉卡與雫隨後補充的這番調侃，使得達也只能夠微笑以對。

◇　◇　◇

「衝浪競速」是以長一六五公分、寬五十一公分的紡錘型踏板跑完人工水道的競速賽。踏板沒有任何動力，選手必須使用魔法抵達終點。途中禁止對其他選手的身體與踏板攻擊，不過規則允許選手對水面施展魔法。

比賽用的水道沒有統一規格，這項競賽原本是海軍設計用來訓練魔法師的方法，以使用魔法為大前提，所以不可能在世間普及到需要訂立統一規格。

九校戰的衝浪競速賽程，是環繞全長三公里的人工水道三圈，水道有直線與急轉彎，還有上坡與瀑布落差。

男女各有一條比賽水道，但沒有難度差別。

預賽每輪由四名選手參加共六場，準決賽每場由三名選手參加共兩場，淘汰的四名選手爭奪第三名，決賽則是一對一舉行。

平均比賽時間為十五分鐘。

最高速度超過三十節——大約達到時速五十五～六十公里。選手只站在一枚踏板上，沒有任何防風裝備。和某些能順風爭取速度的航行競賽不同，必須正面逆風前進。光是承受風壓就相當消耗選手體力。

「女生參加這項競賽很吃力。穗香，身體狀況的管理沒問題嗎？」

「沒問題。經過了達也同學指點之後，我一直在進行體能訓練。獲選參賽之後，也有延長睡眠時間。」

和這次的九校戰無關，達也剛認識穗香就擔心她體力不夠，建議她不只是接受魔法訓練，也要積極鍛鍊體能。達也只是在日常對話隨口建議，但穗香當真的程度出乎意料。

「穗香也練出不少肌肉了。」

「討厭，深雪，別這樣啦。我可不想當健美小姐。」

兩側進行的對話，使得達也不由得笑出聲音。

「妳看……達也同學都笑了。」

「他只是因為穗香的講法很奇怪才笑的。」

「連雫都這麼說……算了，反正我就是被排擠嘛。我和妳們兩人不一樣，達也同學都不肯照顧我的比賽。」

穗香忽然鬧彆扭，使得達也困惑得笑不出來。

矛頭為什麼會在這時候指過來？

「……在『幻境摘星』這個項目，我會負責穗香的調整工作。」

總之達也只對她類似藉口的部分提出反駁。

然而……

「『衝浪競速』就不是吧？明明深雪與雫兩項競賽都由達也同學負責……」

似乎造成反效果了。

「……相對的，我有陪妳練習，也和妳一起擬定作戰，絕對沒有排擠妳……」

辯解的達也逐漸覺得自己陷入泥淖，終於開始結巴。

「達也同學，穗香同學不是那個意思。」

美月見狀插嘴，聽起來不太像是看不過去的發言。

「哥哥……我覺得您稍微遲鈍過頭了。」

繼美月之後，深雪如此說著。

「發現達也同學意外的弱點了。」

再來是艾莉卡。

「大木頭？」

雫也一起指責達也。

達也受到女方集中轟炸，不得已啞口無言。總覺得她們蠻橫不講理，但有些時候確實無法以理論反駁。

男方陣營也沒有火力支援。

直到比賽開始，達也陷入只能不斷忍耐的困境。

◇◇◇

水道整備完成，選手準備就定位時，達也總算得以解脫。

他在途中就理解深雪她們想表達的意思。

然而能否理解對方的主張，和能否對應完全是兩回事。

今後必須更加地謹慎，避免無謂多嘴——達也暗自下定這種消極決心，看向漂浮在起跑線的四名選手。

由於是水上賽道，所以沒有畫線（想畫也不能畫）。

四人並排在有點擠的水道上，摩利位居中央。

其他選手單腳或雙腳跪地準備衝刺，只有摩利站得筆直。

這幅光景主要反映出選手平衡感的差異，不過換個方式來看，她宛如令其他選手稱臣的女王大人（不是女王，是女王『大人』）。

「唔哇，那女人還是一樣囂張……」

達也聽到艾莉卡的細語，不禁覺得她「還是一樣」展露敵意。

但他剛下定決心「避免無謂多嘴」，所以沒有說出口。

坐在艾莉卡兩旁的雷歐與美月似乎也當作沒聽到。

空中飛船懸吊的大型螢幕，顯示四名選手的特寫。

只有摩利露出無懼一切的笑容。

達也心想，她確實是飾演反派的類型。

不過女高中生的多數派意見不同。

介紹選手的廣播提到摩利的名字那一瞬間，觀眾席──尤其是最前排附近──被桃色尖叫所撼動不已。

摩利舉手回應歡呼聲，使得尖叫的音量更大。

「……看來我們家的學姊們，有一群莫名死忠的粉絲。」

比起支持真由美的少年們，這群人的瘋狂程度高出好幾級。

「渡邊學姊很帥氣，我能體會。」

深雪完全以旁觀者的語氣附和。其實經過這次的九校戰之後，深雪將會得到勝於真由美的男性粉絲與勝於摩利的女性粉絲，不問性別得到許多死忠支持者。要是她預知自己的未來，應該會對於摩利隱藏在笑容底下對於過度死忠支持者的想法有所共鳴，但現在她完全置身事外。

「衝浪競速」是盛夏的水上競賽，但選手身上穿的並不是泳裝。

完全貼合身體的緊身衣，印著鮮豔顯眼的各校校徽。

摩利站在水面上，綁著頭帶的直短髮隨風搖曳的樣子，宛如青少年騎士小說的插圖。

艾莉卡應該有聽到深雪這番話，但她沒有刻意反駁。

『預備……』

擴音器傳出口令。

槍聲響起，比賽開始了。

「自爆戰術？」

艾莉卡詫異低語。

達也同樣詫異得啞口無言。

比賽剛開始，第四高中的選手就忽然轟炸後方水面。

大概是企圖製造波浪，以衝浪訣竅產生推進力，同時干擾其他的選手，然而……

「啊，穩住了。」

製作出連自己都失去平衡的大浪，一點用處都沒有。

起跑衝刺成功的摩利，沒有被第四高中選手造成的混亂波及，早早一馬當先。

摩利的踏板在水面滑行。

應該不是以移動魔法駕馭踏板，是將踏板與自己當成單一個體移動，或是同時對兩個目標物——自己身體與踏板使用移動魔法。

無論是哪一種，都必須非常明確定義魔法施展對象才做得到。

踏板緊貼水面，在直角犀利過彎。

穩定得宛如腳底黏著踏板。

「是應用型硬化魔法加移動魔法的多重演算啊。」

達也並不是分析了魔法式，而是從摩利馳騁於水面時，站在踏板上的姿勢與平衡方式，看出了其中的真相。

「硬化魔法？」

雷歐耳尖聽到這句話，並且如此詢問。

這是雷歐擅長的魔法，當然不會漠不關心。

「硬化的對象是什麼？」

「學姊固定自己與踏板的相對位置，避免從踏板摔落。」

雷歐露出「？」的表情，大概是對達也的說法沒有頭緒。

達也當然沒有要求他只靠這段話就理解。

「硬化魔法不是提高物質強度的魔法，是固定物體相對位置的魔法，這你懂吧？」

「當然，因為我有在實際使用。」

「渡邊學姊施展了固定相對位置的魔法，把自己與踏板當成元件組合起來，並且將自己與踏板視為單一『個體』使用移動魔法。而且不是常駐型，硬化魔法與移動魔法都配合賽道的變化設定持續距離，巧妙避免前後施展的魔法重疊。」

由於是自己擅長的魔法，雷歐也明白這是高超的技術。

「哇……」

雷歐率直感嘆。

另一方面……

「不過，這種用法耐人尋味……的確，硬化魔法的施展對象，並不需要侷限在單一構造物的元件。嗯，這麼一來……」

或許是基於天才技師的習性，達也陷入宛如瘋狂科學家的沉思。

「哥哥？」

深雪的聲音令他回過神來。

在達也移開目光的短暫時間，摩利的身影已經進入看臺死角，看不見了。

達也含糊回答「沒事」，將視線移向大型螢幕。

摩利沿著水道上坡逆流而上。

「加速魔法。」

看她的動作，是將外在加速向量反轉的術式。

「而且併用振動魔法，是嗎？」

同時她似乎以魔法製造反相波，降低波阻。

「好厲害，居然隨時以三至四個魔法進行多重演算。」

達也稱讚的話語脫口而出。

每個魔法都沒有很強。

然而組合起來絕妙無比。

相對於真由美以提升至藝術領域的高速高精度魔法震撼觀眾，摩利則是以臨機應變、多采多

姿，宛如七色彩虹般重疊構築的魔法迷倒觀眾。

兩人早已超越高中生等級。

摩利達到坡道頂點後，躍下瀑布。

水面在摩利降落的同時激起明顯的波濤。

摩利以魔法產生的大浪，不只是推進她的踏板，也使得第二名降落的選手差點滅頂。

「真是策士……」

「只是個性很差罷了。」

艾莉卡以這句咒罵回應達也的細語。達也有一半也是這種想法，所以沒有特別反駁。「個性很差」這句評語，只有在戰術層面是一種稱讚。

第一圈還沒跑半圈，摩利就勝券在握。

◇　◇　◇

今天的衝浪競速只有預賽，再來只有午餐之後的第四至第六場預賽賽程。決定下午欣賞精速射擊的準決賽與決賽之後，達也暫時和眾人道別。

他回到旅館，前往高級軍官專用客房。這是為了履行昨晚和風間的約定。

風間的階級是少校，不過他的資歷與旗下部隊的特殊性，使得他在軍中受到了階級以上的待遇。在這間原本是上校階級才能使用的寬敞客房，風間以客房服務點了茶與茶點，正與大隊幹部小憩片刻。

「來了嗎，總之坐吧。」

達也由警備士兵（不是這座基地的士兵，是風間的部下）帶領入內，風間以不拘小節的語氣邀他入座，但他看到在場幹部之後有所猶豫。

達也的「特尉」階級並非「準軍官」，而是「依照國際法規擁有軍人資格的非正規軍官」的意思（如今這個國家的軍隊，已經沒有「準軍官」這種特務軍官的制度）。不會受到軍方階級倫理的全面束縛，以參戰者身分受到保護，只有在獨立魔裝大隊進行作戰行動時納入命令系統管理。然而，即使沒有制度上的規範，眼前眾人依然是長官，更重要的在於他們是長輩，即使受邀入座也不能毫不客氣就座。

「達也，我們今天不是把你當成『戰略級魔法師大黑龍也特尉』，而是當成我們的好友『司波達也』邀請，太客氣會造成我們的困擾。」

「何況你一直站著也不方便講話，可以請你坐下嗎？」

此時，同桌的兩名軍官進一步催促達也入座。

「真田上尉、柳上尉……明白了，恕在下打擾。」

超越年齡的友誼，使得達也不再犯險地過度客氣，避免有失禮節。行禮致意之後，他便坐在風間正對面。

這張桌子是圓形。

獨立魔裝大隊的午茶時間遵循圓桌精神。

這張桌子不是客房附設，是風間特地命人搬來的。

即使達也的座位最靠近入口，這群成年人依然將他視為同輩好友迎接。

「首先應該說聲好久不見。雖然用茶杯不太像樣，但我們乾杯吧。」

「藤林少尉，謝謝您。」

擔任風間的副官——應該說是祕書——的女軍官遞出茶杯，達也以眼神致意之後，連同茶盤接了過來。

她今天不是穿軍服而是女用套裝，更加洋溢著「大企業年輕女祕書」的氣息。

不只是她，所有人都是穿全套西裝，或是只穿襯衫不含外套的民間服飾。

「其實我們前陣子剛見過，但這時候還是給藤林一個面子吧。」

「山中醫生，您不需要勉強自己。」

「不，我自認沒有那麼不知趣，在舉杯慶祝重逢的時候打岔。」

「……醫生只是想找藉口在杯裡倒入白蘭地吧？」

「慶祝場合當然要有酒精作伴。」
「真是的……我覺得『醫生不養生』這句話應該用在別的意義……」
悠然高聲回應柳上尉這番疑惑的人，是醫生暨一級治癒魔法師——山中軍醫少校。
包含風間在內對這番話搖頭嘆息的五人，就是場中迎接達也的獨立大隊魔裝幹部群。
「柳上尉、藤林少尉，好久不見。真田上尉，前陣子感謝您的照顧。」
達也首先問候久違重逢的兩人，接著向上個月在基地共事的真田上尉行禮致意。
「不，我才要感謝你的幫忙。『第三隻眼』的長程微細精密瞄準系統，必須是你，才有辦法應付得來。」
「因為那個CAD原本是在下自用的……話說回來了，山中醫生，在下還沒拿到上次的檢查結果呢。」
「……達也，好像只有我受到差別待遇？」
「醫生……對於一位當面要求進行人體實驗的醫生，我覺得不會有人抱持善意。」
藤林小姐對山中這番抗議吐槽。
山中一副刻意的樣子，撇過頭去。
笑聲籠罩著圓桌。

雖說久違，卻也不是好幾年不見。

最久沒見到的柳大約半年不見，真田與山中則是距離上次共事不到一個月。

話題自然演變成現狀報告，轉而聊起九校戰與犯罪組織在大會裡的蠢動。

正如之前電話中所提到的，昨晚歹徒的真實身分是「無頭龍」。不過至今的偵訊尚未問出他們的行事目的。其實動用這裡的五人（尤其是山中）應該就能輕易逼供，但他們現階段似乎還不想積極涉入。

「不過你昨天真是大顯身手，難道說早有提防？」

「少尉太看得起在下了，在下只是散步時湊巧察覺到氣息。」

「散步到那麼晚？」

「因為在調整競賽用ＣＡＤ。」

由於年齡相近，達也在這群人裡最常交談的對象自然而然是藤林少尉。受到軍務鍛鍊的她擁有令人不敢正視的姣好身材，但她的服裝與打扮不會過於花俏，個性也很隨和，所以達也還是能放鬆心情和她交談。

「你果然是以技術團隊的身分參賽啊。隊友知道『西爾弗』的事情嗎？」

「不，這姑且是祕密。」

達也搖頭回答山中的詢問。

「總覺得你擔任高中生大賽的CAD工程師近乎作弊，級數差太多了吧？」

「真田上尉，達也是貨真價實的高中生啊。」

真田笑著，提出就某種意義而言相當中肯的質疑。藤林同樣笑著規勸真田，並且將視線移回達也身上。

「沒有以選手身分出場？我覺得使用閃憶演算的技術應該很有勝算。而且有必要的時候，暫且不提『質量爆散』，至少還有『雲消霧散』可以用。」

「不，『雲消霧散』與『質量爆散』不只是指定機密項目，殺傷力更是違反比賽規則。更何況，『質量爆散』要有『第三隻眼』才能使用。」

「但你有把『三尖戟』帶來吧？」

「那超過規格，違反比賽的CAD規定。而且閃憶演算姑且是四葉家的祕密技術。」

達也苦笑否定藤林的說法。

緊接著，柳以無奈的聲音繼續說：

「藤林……妳居然想把戰略級魔法暨究極『分解』魔法——『質量爆散』用在高中生競賽，我認為這種想法太偏差了。」

「我也不認為九校戰有機會用到『質量爆散』。不過在去年大會，十文字家的少爺用過『連壁方陣』，七草家的千金用過『魔彈射手』，所以我覺得就算動用『雲消霧散』也不奇怪。」

「藤林，十文字家的『連壁方陣』歸類為防禦魔法，不屬於殺傷性魔法的判定對象。七草家的『魔彈射手』最大亮點在於彈性極高的威力設定，殺傷等級必須事後判定。另一方面，將物質分解為分子階級的『雲消霧散』殺傷性等同於A級，不能相提並論。」

「哎呀，真田上尉，您不知道嗎？九校戰的殺傷力管制只限於可能影響選手的競賽，精速射擊與冰柱攻防不在管制範圍。不過介紹手冊強調安全性，所以沒有提到這一點。」

九校戰在十年前定案為以現在的形態與規則舉辦。場中成員實際參加過九校戰的人，只有當時第二高中奪下冠軍的隊員藤林。

彼此開始以擅長領域的知識進行唇槍舌戰時，風間出聲制止。

「無論如何，都不能在眾目睽睽的競賽使用軍事機密魔法，爭論這種事也沒用吧？」

風間以一副傷腦筋的語氣介入部下的論戰。

接著瞬間轉為面無表情，以冷若鋼鐵的聲音向達也說：

「話說達也，如果你因故必須以選手身分上場……」

「少校，在下明白。要是陷入了非得使用『雲消霧散』不可的狀況，那麼在下會甘願放棄，成為敗家犬。」

即使收入劍鞘，達也依然能夠分辨真劍與竹劍。至少不會誤解風間的真正意思，看得到風間沉著的舉止後方隱藏的無情之刃。

風間與達也是同門師兄弟，兩人之間確實存在著友誼。然而，同門交情與友誼都不是風間必須放在最優先順位的東西。若有必要，風間應該會毫不猶豫捨棄達也，而達也亦是如此。

「……不過，在下很難想像在下必須以選手身分參賽的狀況。」

「這是心態問題，你明白就好。」

在他人近似失笑的笑容之中，風間與達也以炯炯有神的目光相交，結束話題。

俗話說「世事難預料」，不過即使如此，達也的指摘從合理角度來看是正確的。他們兩人都明白這一點。

然而不只是風間，達也心底也沒能對自己的推測抱持充足的自信。

◇◇◇

「達也同學，這裡這裡！」

這裡是精速射擊女子組決賽會場。達也和風間他們結束午茶聚會返回時，觀眾席已經座無虛席。他在場中尋找預先會合的成員，先發現他的艾莉卡主動出聲叫他。

「八強戰就這麼受歡迎了。」

達也宛如撥開人群前進，坐在艾莉卡旁邊。

「因為會長要上場，其他比賽沒有這麼多觀眾。」

達也這番話只是近乎自言自語的無心感想，不過穩坐達也另一邊的深雪規矩回應。

這次的座位分配是這樣的：深雪的對面坐著雷歐，艾莉卡後面是美月，達也後面是穗香，深雪後面是雫。

「穗香，會擋到妳嗎？」

達也的身高從入學就順利長高，如今接近一八〇公分（正確數字是一七八公分），即使有階梯落差，當然還是會擔心她是否不方便觀戰。

然而穗香笑著搖頭回應轉身詢問的達也。

「這樣啊……話說幹比古怎麼了？」

「他說身體不舒服，要在房間休息。」

艾莉卡回覆達也的詢問之後，以表情追加「真不中用」的感想。

「似乎是受到熱絡氣氛的影響，我要是沒戴眼鏡或許也會昏倒。」

美月為幹比古說情。

達也心想原來如此，知覺過於敏銳也可能發生這種事。

他對兩人的心理狀態很感興趣，但決定暫時不去想。

真由美出現在射擊場的瞬間，宛如暴風的歡呼聲震撼看臺。

設置在看臺各處的螢幕同時顯示「請保持肅靜」的字幕，使得歡呼聲宛如退潮消失。

聲音消失了，相對的，熱氣似乎增強。

達也有點同情對戰選手。

不分競賽項目，和明星選手交戰時，總是得承受附帶的壓力。

或許是關心承受壓力的對手吧。

真由美宛如沒聽到觀眾的聲援，解除步槍型CAD的安全裝置，做好準備等候開賽。

競賽以燈光作為起始訊號。

八強戰之後是對戰型式。紅白兩色各一百個標靶接連射向空中，必須挑出自己所屬顏色的標靶破壞，以擊落靶數一分勝負。

實際上，只要發射機沒有射出標靶，這場比賽就不算開始。

即使如此，對於精速射擊的選手來說，縱向排列的五個燈號依然是宣告開賽的號角。

第一個燈號亮起。

光源一個個逐漸增加，在光點達到頂端的瞬間，沒上釉的素瓷盤在天空交錯飛翔。

白色圓盤在天空狂舞。

真由美要擊落的標靶是紅色。

塗成紅色的標靶，幾乎在飛進射擊範圍的瞬間就被擊碎。

「好厲害……」

達也在心中贊同後方傳來的感嘆聲。

確實很厲害。

從戰術層面來看，不算是太聰明的戰法。

先打下自己的標靶，對方就不用擔心送分。對戰選手將可以看到標靶就射擊。

然而真由美技壓對手，足以粉碎這種小聰明的道理。

「咦？」

穗香不由得發出這聲驚嘆。

雫沒有發出聲音，不過從氣息就知道她同樣驚訝。

「『魔彈射手』……比去年更快了。」

達也目不轉睛看著空中飛舞的標靶，只有點頭回應深雪這番話。

在空中被白色標靶擋住的紅色標靶，乾冰子彈是由「下方」射穿。

不是追蹤彈，沒人愛作怪到使用這種沒效率的魔法。

這種遠距魔法是在不被白色標靶擋住的位置，製造乾冰子彈狙擊紅色標靶。

不是製作魔彈，而是製作槍座——也就是射手，因此魔法名為「魔彈射手」。

對遠距離物體產生作用的魔法極為普遍。

在精速射擊這項競賽，真由美製作子彈狙擊的這種戰法反而是例外。主流戰法是直接對標靶施加振動魔法震碎，或是施加移動魔法撞擊其他標靶破壞。魔法不會受到物理障礙物影響，所以像是剛才那種位於盲點的標靶，原本不需要使用特殊技術破壞。

那麼，名為「魔彈射手」這種遠距離製造並且發射子彈的魔法，為何會用在這種場合？又有什麼優勢？

答案就是，該魔法能在對手使用魔法的領域之外，找到死角攻擊。

比方說，在精速射擊雙方選手都使用振動魔法打靶的狀況。

接收魔法的紅白標靶接近時，魔法可能會相互干涉，產生無法預期的現象——例如魔法不會發動，或是釋放超音波的衝擊波。

在和其他魔法師競技的環境使用魔法操作遠方物體，必須嚴密計算座標，全神貫注發揮更強的干涉力。

對戰型的精速射擊，原本是要求魔法發動速度與專注魔法力的競賽，但真由美是從對手的魔法施展領域外部狙擊，創造出等同於獨自施展魔法的狀況。

對方選手當然也是如此。

這麼一來，戰鬥純粹以速度與瞄準的精確度分勝負。

而且在速度與（瞄準的）精確度上，真由美的魔法力放眼世界也處於卓越水準。

高中生的級數根本無從抗衡。

◇　◇　◇

第一天的競賽項目「精速射擊」正如大多數人的預料，女子組是真由美壓倒性勝利，男子組也是第一高中奪冠。

「恭喜會長！」

真由美微笑點頭回應梓的祝福。

「謝謝，摩利也順利打進準決賽了。」

她就這麼將目光移向旁邊。

「戰績暫時正如預定。」

視線前方的摩利點頭回應。

夜深了，在用餐並且入浴完畢，只需要以睡眠養精蓄銳的時間，學生會的女性成員（加上風紀委員長）聚集在真由美的房間。

第一天賽程剛結束，真由美明天還有參賽項目，必須得到總冠軍之後再正式慶祝，所以現在只有用果汁簡單舉杯祝賀。

之所以會限定女性參加，是考量到時間問題。不過她們並不是要舉行睡衣派對，其實有男生也無關緊要。

既然這樣，場中只有女性的原因是——

「雖然緊張了一下，但服部還是勉強過關了。」

正如摩利這聲無奈細語，男子組的戰績沒有想像中亮眼。「精速射擊」正如場外預測拿下冠軍，但「衝浪競速」預賽出乎意料陷入苦戰。

「似乎是ＣＡＤ的調校不適合他的樣子。比賽結束之後，我一直和木下學長一起重新調整，不過……」

「看來還沒完成。」

聽到梓這番話，鈴音以終端裝置檢視各組員的作業報告。

「木下的技術絕對不差……」

「不過很遺憾，也稱不上高明。」

姑且為木下辯護的真由美，聽到摩利以直言不諱的評價反駁，不由得露出苦笑。但是梓似乎覺得這番評論過於辛辣。

「那個……我認為不能只怪木下學長。我總覺得，自從服部同學抵達這裡之後，情緒莫名地不穩定。」

「我這麼說有點嚴厲，不過工程師的實力也包括選手情緒的調整。」

然而連這樣的辯護都被摩利斷然否決。

「話是這麼說……可是……」

摩利說得對，這確實是工程師的職責，不過選手應該也有責任管理自己的身心狀況。

梓如此心想，卻沒有說出口。

「好了啦，摩利。不要欺負小梓。」

摩利基於選手的邏輯，梓基於工程師的邏輯，不提立場強弱，雙方的心態是平行線。這時候就需要領導者出面。

「幸好範藏學弟明天沒有賽程，只能讓當事人努力到滿意為止了……不過這麼一來，問題在於木下同學明天負責的選手該怎麼辦。」

「木下同學是女子組『群球搶分』的副工程師。既然是輔助，我覺得就算是少了他，也不會造成問題。」

「也對……既然有泉兒在，我想應該沒問題……」

「交給和泉一個人負責也有風險吧？群球搶分的球場有六座，第一輪就有兩人同時上場，要是三人都打贏第一輪，第二輪就是三人同時上場。就算真由美可以自行調校，依然有可能需要同時調校另外兩人的CAD。即使各場比賽之間的空檔時間比較長，依照推測，時間也很有可能不夠。副工程師就是用來預防這種狀況吧？」

鈴音支持真由美的判斷，摩利卻面有難色，而且這是理解到調校重要性而提出的異議，並不是為了反對而反對，或是為了議論而議論。調度有限的人手就是此等難題。

「要不要讓男子組的副工程師石田兼任女子組副工程師？」

女子組的比賽在上午，男子組的比賽在下午，鈴音的提議以賽程表來說可行，但真由美做出否定的反應。

「要是上下午都要調校，這樣對石田同學的負擔太重了。『群球搶分』是當天比賽場次最多的項目。」

「那麼，找明後兩天都沒有選手參賽的司波學弟如何？」

真由美稍做思索之後，點頭同意鈴音的替代方案。

「……或許這是最好的做法。那麼深雪學妹，方便代為轉告達也學弟嗎？」

「好的。」

深雪面帶笑容，點頭答應真由美的委託。

對深雪來說，哥哥活躍的機會增加是值得歡迎的事情。

◇　◇　◇

「……難怪妳這麼晚還過來。」

即使是兄妹，現在也不是年輕女生造訪異性房間的時間。

達也以手勢示意深雪坐到床上，並且無奈低語。

「……造成哥哥的困擾了嗎？」

深雪搖曳著不安的目光詢問。

「不，感謝妳通知我，不過……」

至今只要深雪露出這樣的眼神，達也都不會擺出強硬的態度。

「即使在飯店，現在也不是女生單獨離房的時間吧？而且最近發生一些動靜，或許可疑人物已經入侵走廊。」

這裡姑且是軍事設施，戒備比民間一流飯店還要森嚴。

深雪覺得這再怎麼說也想太多了，但她很高興達也如此關心。

「是，哥哥，對不起。」

「妳滿臉笑容道歉也不太對吧……」

如此抱怨的達也同樣露出笑容。剛才那番話別說斥責，連牢騷都稱不上。何況達也太疼愛深雪，不可能嚴斥妹妹。

「總之，謝謝妳幫忙轉告，我送妳回房。」

達也從椅子起身，深雪也連忙起身，慌張搖動雙手。

「不，我可以自己回去沒問題。哥哥現在還在忙吧？都已經打擾到您了，我不能再浪費您的時間……」

「雖說在忙，不過這算是做來玩的東西，不用在意。」

達也蓋上筆記型終端裝置，像是避免妹妹看見。

「可是，剛才那個是CAD程式吧？」

深雪不太擅長硬體，不過在達也的影響之下，擁有某種程度的軟體技能。

她沒辦法只看一眼就理解內容，但是可以從開啟的編輯器種類與程式碼語法，認出那是啟動式的程式。

「這東西和這次競賽無關，所以稍微中斷也無妨。而且程式本身就像是玩具用的。」

「玩具……嗎？」

「我想到一個近戰武器的新點子，不過幾乎沒有實用價值，應該只有嚇嚇對方的效果。就算完成也沒辦法製作上市。」

「即使如此，還是有身為新魔法的意義吧？我認為哥哥發明的東西不可能無意義。」

「大概有當成餘興工具的價值吧……總之就是這種東西，並沒有急著要完成。當前是以妳為『優先』。」

（唔？）

「天啊……哥哥真是的，居然說我比較『重要』……」

看到妹妹雙手按住臉頰低下頭，達也明顯感到異樣。

自己剛才那番話，似乎被竄改為奇妙的走向了。

（意思沒錯，不過語感似乎有著致命的差異……）

這份困惑無法在瞬間平息，但達也還是比深雪先回歸現實。

「……走吧。」

「是，哥哥。那個……深雪也和哥哥一樣。」

「意思是……？」

「深雪也把哥哥視為最重要的人。」

「…………」

看來妹妹還沒有回歸現實——但願如此。

此時的達也抱持這種想法。

[6]

九校戰第二天。

達也穿著技術團隊的外套，位於競賽區域設置的第一高中帳幕。

這是他繼授旗典禮之後，第二次穿這件外套（開幕儀式只有選手參加）。

包括交誼餐會的西裝式制服以及這件外套，他總是無法拂去抗拒感。

然而達也明白，既然是指定的隊服，他唯有習慣一途。

「怎麼了？心情不好？」

「不，沒有。會長為什麼這樣問？」

達也以沉穩的聲音回應真由美的詢問，但內心不免動搖。

達也自認維持著撲克臉，難道這麼容易就看得出來？

「唔～不知為何就想問？」

「慢著，您用這種含糊的問句也不太對……」

達也感到無力，不過是精神層面。

看來並不是心情寫在臉上，或是氣息咄咄逼人之類的理由。

不過，真由美毫無徵兆就說中達也的內心反而比較恐怖，應該說是一種威脅。

「不提這個，請問會長有什麼事？」

達也將這件在意也沒用的事情放在一旁——何況就算在意也無計可施——詢問真由美在比賽之前過來找他的理由。

「只是來看看狀況……資料都記住了？」

昨晚臨時決定由達也擔任女子組「群球搶分」副工程師，而且必須實際調校選手的CAD，因此他緊急將各選手的想子特性資料記入腦中。

「嗯，是的。」

「所有人？」

「嗯，是的。」

達也重複兩次完全相同的簡短回答，使得真由美睜大眼睛驚訝凝視他。

「雖然這麼說像是後知後覺……不過達也學弟真的好厲害，這該不會是瞬間記憶或完全記憶之類的能力吧？」

「比起這種能力，我個人更想要普通的魔法力。」

「站在考生的立場，這是無法容許的奢求喔。」

真由美明明不用考試也能保送入學，卻說出這種話。

——而且還附帶雙手扠腰鼓起臉頰的動作。

「…………」

「嗯？怎麼了？」

達也開始以單手拇指與食指按摩兩側太陽穴，真由美則是微微歪過腦袋。

「會長，難道……沒事。」

「？」

達也原本想說「這該不會是本性，而不是裝出來的？」這句話，卻硬生生吞了回去——可說是明智之舉。

「……比賽差不多要開始了吧？」

「也對，那我們走吧。」

「啊？」

「我說，我們走吧？」

「……嗯，說得也是。」

比賽時禁止調校，但有可能需要在回合結束時立刻重新調校。

所以理所當然不能只待在看臺，必須陪同前往球場旁邊——即使如此，也沒必要一起進入球場，但達也並排在轉身的真由美身旁。
「深雪學妹在看臺？」
這是她並排前進時的第一句話。
「她去看『冰柱攻防』了。」
真由美的詢問，並不是讓達也覺得「為什麼問這種問題」，而是「又問這種問題」。
「這樣啊……你們真的會各自行動耶。」
達也注意別讓不高興的情緒顯露在臉上如此回答，行走的真由美頗為感慨點了點頭。
達也感覺有些難堪。
「……在您眼中，我們像是隨時形影不離？」
大概是展露的表情相當難堪吧。
真由美連忙搖動雙手否定。
「啊，沒有啦，我知道其實不是這樣喔。我知道你們在學生會工作時總是分開，教室與實習課也沒有一起上，就是，該怎麼說……想像啦，想像！」
「會長……對於魔法師來說，想像就是現實。」
增加溼度與重量的眼神，使得真由美不得不流出滿滿的無形汗水。

沉重的氣氛維持到兩人抵達球場。

達也認為身處競賽場地，維持這種影響士氣的態度不太妙，因此鞭策自己繃緊表情。

然而，在真由美脫下及膝涼感外套（利用熱電轉換系統，附有冷卻功能的防熱運動外套）的瞬間，達也差點維持不住表情。

「……難道您要穿這樣上場？」

「是啊。」

真由美理所當然點頭，令達也感到頭痛。

「您真的要穿這套球裝比賽？」

「咦，很奇怪嗎？……不適合？」

「…………非常適合您。」

「是嗎……？嘻嘻，謝謝稱讚。」

真由美開心做起伸展操，達也基於確認的意圖再度審視一遍。

無論怎麼看，都不是他看錯。

POLO衫加上短裙的打扮，只能以網球裝形容，而且比起競賽方便性更重視時尚設計。

稍微傾身就會令裙襬飄揚，露出底下的襯裙。

「群球搶分」是運動量很大的競賽。

發射器會以壓縮空氣射出直徑六公分的低彈性球，選手在限制時間之內，使用球拍或魔法將球打到對方球場，以進球次數分勝負。每回合的比賽時間為三分鐘，在透明箱型覆蓋的球場裡，每隔二十秒會增加一顆球，最後會有九顆球，使得選手毫無喘息的餘地。

選手通常都是穿短袖上衣加短褲，也有選手戴上護肘護膝方便撲倒救球。

只以魔法戰鬥就不用到處跑，也不需要佩戴護具防止撲倒受傷，但是沒使用球拍的選手，反而會穿不會被球打傷的衣服上場。

這種競賽，絕對不應該以這種手腳裸露在外的清涼裝扮上場。

（不過既然是她，字典裡就沒有「不可能」這種字眼。）

達也看久了就有這種感覺，接受這樣的現實。

「達也學弟……你正在想失禮的事情？」

「不敢。您不使用球拍？」

對於這番頗為犀利的指責，達也假正經隨口帶過，以公式化的語氣轉移話題。

「嗯，我總是這種風格。」

達也一瞬間差點誤以為她總是「網球裝」這種風格，但真由美的意思當然是「只使用魔法」的競賽風格。

「ＣＡＤ用哪一種？」

「這個。」

真由美說完，從小包包取出手槍造型的特化型ＣＡＤ。

對應實彈手槍槍身的部分比較短，是俗稱「短型」，少數人稱為「民間型」的款式（達也的ＣＡＤ是「長型」，少數人稱為「騎兵型」的長槍身款式）。

手槍與步槍型ＣＡＤ，槍身部分安裝了瞄準輔助系統。「槍身」實際上是計算魔法座標（施法對象的個別情報體在情報體次元的相對座標）的動態雷達。

ＣＡＤ槍身越長，代表越重視瞄準輔助功能。

反過來說，只要求特化型的啟動速度，不需要瞄準輔助的魔法師，適合使用輕巧易於攜帶使用的短型款式。

「記得會長都使用泛用型吧？」

「平常是，反正這次只用一種。」

真由美的講法很省略，但達也正確理解到她的意思是「反正比賽時只使用一種魔法，所以選用特化型」。

「移動魔法？還是逆向加速魔法？」

「說對了，是『倍速反彈』。」

繼續仔細進行伸展操的真由美，沒有特別賣關子就回答達也的詢問。

「達也學弟，可以幫我一下嗎？」

「沒問題。」

真由美張開雙腿貼坐在地面，達也輕輕斜推她的背。

幾乎沒有阻力，她的胸口就貼在腳上。

「動能向量的倍速反轉……不過只用這種魔法沒風險嗎？低彈性球要是在牆壁或地板失去動能，有可能打不回對方場地。」

達也以手掌感受著略低的體溫，從後方低語提醒。

「唔～唔唔唔……呼，我姑且有放其他的加速系魔法備用，不過去年也沒用到。」

她說得若無其事，不過這種事必須實力差距夠大才做得到。

達也重新體認到真由美的實力等級多麼超乎常人。

「可以了。」

真由美在左右各拉筋四次時，以這句話讓達也鬆手。

達也挺直身體稍微退後，真由美併攏雙腳之後抬頭看他，並且伸出手。

達也沒有立刻明白真由美想做什麼，不過看到她凝視自己動也不動，露出有些不滿的表情，才總算理解她的意思。

達也繞到正前方，握住她伸出的手。

嬌小柔嫩的手。

他輕輕一拉，真由美就這樣併膝靈巧起身。

「謝謝。」

「不會，不用客氣。」

達也自認這個回應不夠親切，但真由美不知為何很開心。

「嗯～感覺好新奇。」

「啊？」

這句話終究沒有脈絡可循。

達也反射性出聲詢問，真由美回以笑咪咪的表情。

「我有哥哥與妹妹，卻沒有弟弟。」

「嗯……」

達也知道這件事。

七草家和祕密主義的四葉不同，是社交型家系。

每年孩子們的生日宴會，都會邀請許多賓客盛大慶祝。

稍微調查就查得到七草家的家系成員，並非難事。

記得除了兩位哥哥，她還有一對就讀國三的雙胞胎妹妹。

「達也學弟沒有對我採取特別待遇，對吧？」

「我自認沒有那麼和會長裝熟……」

達也警戒著陷阱如此回答，隨即真由美輕聲一笑。

「我不是那個意思。你不會在我面前莫名提防、不知所措或是心神不寧吧？」

第一項暫且不提，不過後兩項是真由美刻意設局才會有的狀況吧？達也如此心想，但當然不會說出口。

「你姑且對我使用敬語，但實際上毫不客氣，以為你個性冷漠，卻會像這樣聽從我任性的要求，我覺得弟弟就是這種感覺。」

達也不由得睜大眼睛看向真由美。

確實，真由美除了身高，個性算是挺能幹的，而且意外擁有女人味，雖然有點難以察覺卻有貼心的一面，即使自稱「姊姊」也沒有突兀感。

不過老實說，要是有這樣的姊姊，精神大概沒有放鬆的一天。

「……天曉得，畢竟我也只有一個妹妹。」

「說得也是。」

真由美笑咪咪凝視達也，這張笑容甚至令人以為她忘記即將上場比賽。

開始覺得不自在的達也試圖逃走。

「不好意思，我想去看看其他選手的狀況。」

「沒那個必要。」

然而因為第三者的介入，他的逃亡計畫不得已以失敗收場。

「哎呀，泉兒。」

「七草……妳還是老樣子用這種稱呼。」

擺出一副忍受著頭痛模樣的人，是和達也穿著相同外套的女學生。她是技術團隊三年級的學生——和泉理佳。

「叫佳兒比較好？」

「妳故意的吧！唉，算了，讓妳叫泉兒吧。」

「所以和泉學姊，您說沒必要的意思是？」

達也已經學到教訓，和真由美玩文字遊戲會沒完沒了。

他完全無視於真由美與和泉的互動，詢問第一句話的意思。

「嗯？噢……司波學弟，你負責七草的比賽吧，那邊由我來。」

名為和泉的這個女學生，對於達也加入技術團隊，並沒有表現善意的態度。

與其說是菁英意識，不如說她相當自負。

大概是覺得自己不用依賴達也的協助也能包辦。

「這樣啊，明白了。」

其實達也很想逃走，不過既然確定如此分工也無從抗拒。

達也沒有多說就點頭允諾。

「那就交給你了。」

和泉像是補充般扔下這句話就快步離去。

「她並不是壞人……」

真由美散發出無可奈何的氣息目送和泉的背影，不過刻意說給達也聽的這句細語，對達也來說如同耳邊風。

無論和泉採取什麼態度或是真由美如何辯護，都和達也無關。

「群球搶分」是類似網球或短柄牆球（Racquetball）的球賽，不過沒有發球制度。

每回合三分鐘，中間休息三分鐘，每場比賽共三回合（男子組則是五回合）。

隨著比賽開始的信號，以壓縮空氣射出的球，每二十秒會增加一個，直到宣布回合結束的哨聲響起，球群總是眼花撩亂交相飛翔。

——一般來說是如此。

然而在達也面前進行的比賽有些不同。

對手和真由美同樣只使用魔法。

不愧是參加這項競賽的選手，看來擅長移動系統魔法。

對方似乎會以身體動作補足想像，雙手握住的短型手槍ＣＡＤ忙碌地指向各顆球。

以移動魔法捕捉到的球，在掉到己方場地之前就會在空中更改運動方向，描繪不自然的弧度飛向真由美的場地——在越過球網的瞬間，增加為兩倍的速度反彈。

所有的球毫無例外。

真由美站在球場中央，以雙手在胸前架起ＣＡＤ。

宛如繪畫模特兒，就只是站著不動。

透明板壁覆蓋的球場裡，沒有風吹拂她的秀髮與短裙。

微微向下看的雙眼蘊含神祕的光芒，捧握ＣＡＤ的動作宛如祈禱。

光是這樣，就不容許對方得分。

目測大約是十公分。

這是允許對方擊球入侵的界線。

真由美的魔法，沒有對球施加細部操縱。

而且也沒有瞄準對方死角，單純只是將球打回去，對方選手更動飛行軌道，以各種角度擊球的魔法，看起來難度比較高。

然而實際上，不斷得分的是真由美。

戰績一面倒，毫無失分。

第一回合結束的哨聲響起的瞬間，對方選手無力地跪坐在球場。

宛如崩潰的這個動作，反映出對方選手的絕望。

真由美看起來沉穩專注，以王者之姿操作魔法，但她的內心並非如此平靜。

聽到回合結束的鈴聲，甚至不由得嘆出長長的一口氣。

關於比賽本身，她不覺得陷入苦戰。

不是自滿，而是從客觀角度認知到，自己的魔法力遠勝對方選手。只要維持現狀，肯定能在下回合分勝負。

問題在於球場旁邊凝視她的那雙視線。

真由美習慣他人的目光。

她自從懂事以來，一直受到眾人的注目至今。

不管是蘊含著純粹讚賞的視線，或是隱藏著陰險、嫉妒這種赤裸負面情緒的視線，她都當成空氣般習以為常。

然而這三分鐘感受到的視線，是她首度體驗的東西。

宛如自己全身上下，完全被看在眼裡的錯覺。

不只是被看見裸體這種等級（不過那也是大問題）。

悄悄投向短裙（或襯裙）裙襬及開敞胸口的視線，她反而能以平常心面對。

真由美從他——從達也那裡感受到的視線，不是這種普遍的視線。

不只是肌膚，包含底下——血肉骨骼這些構成她的物質成分，以及她的意識、情緒、價值觀、脾氣、習慣、嗜好、影響她現今言行舉止的往事、扶持她的天分與努力，構成「七草真由美」這個人的所有要素，宛如被完全解讀並且攤在陽光下，這雙視線令她感受到陌生的不安。

達也第一次近距離觀看真由美的比賽。

然而他應該曾在這種距離，好幾次看過他所負責的一年級選手的練習賽，被他觀察的一年級選手未曾控訴這份不安。

真由美認為，比她年少的少女們不可能承受得了這種感覺。

這麼一來，這種感覺或許真的是自己的錯覺，或者是——她才感受得到的感覺。

現在是三分鐘休息時間，一般來說會在這時候擦汗或補給水分。

然而放毛巾與飲料的包包在達也那裡。

走出球場就等於得主動前往達也等待——布陣以待的地方。

真由美有點害怕走出球場。

雖說如此，一直待在球場也不自然。即使剛才完全沒有移動，但現在肯定還是坐著休息比較好。而且也應該補給水分，此外還得換場。

只是招致營運委員詫異就算了，以她的立場，實在不應該讓前來加油的學生們擔心。

真由美做個深呼吸，將不安的感覺隨著吐氣趕到體外。

（不管了，女人要有膽量！）

真由美命令自己的雙腳前進。

「辛苦了。」

面對遞出毛巾的學弟，真由美嘗到掃興的感覺，那股莫名的窒息感宛如夢幻般消失。

一如往常，正經表情底下肯定隱藏著某些思緒，卻連她也看不出內心的撲克臉。這名年少男生，會給她一種無從捉摸想法的不安感，以及絕對不會背叛的奇妙安心感。

剛才「好像弟弟」的那段話並不是臨場想到，也不是故意捉弄達也。雖然確實是玩笑話，某些層面也是真由美的真心話。

真由美總覺得害怕他是一種愚笨的行徑，擺出不必要的倔強態度。

「居然說辛苦了，比賽還沒結束喔，不可以鬆懈。」

達也是代表隊成員，但不是選手。

他只有比賽開始前與結束後有工作要做，比賽時只是旁觀者，所以對他說「不可以鬆懈」也很奇怪，但察覺這一點的達也沒有刻意指摘。

「不，已經結束了。」

他指摘的是另一件更實際的事。

「啊？」

「對方選手沒有餘力繼續上場，即使就這樣進入第二回合，也很明顯會在中途精疲力盡。對方後勤人員也明白這一點，這場比賽會以對方棄權作結。」

真由美轉身朝球場看去，對方的作戰團隊果然在和評審團討論事情。

選手則是癱坐在長椅，全身安裝醫療檢測器。

「因為連續發動魔法，而造成想子枯竭。大概是分配失誤。她的實力要成為會長的比賽對手略顯不足。」

「……光是用看的，就能看出這種程度？」

「只要『看清楚』就會知道。」

評審團不可能聽得到達也說話，但在他說出這句話後，評審團就宣告對方選手棄權。

真由美神情恍惚地佇立在原地，這樣的她難得一見，而且令人會心一笑。但達也沒有露出笑容，而是催促真由美移動。

「回帳幕吧。最好檢查一下CAD，為下一場比賽做準備。」

「嗯，也對，麻煩你了。」

現在的情勢完全由達也掌握主導權，但真由美沒有做出無意義的反抗，跟在拿起她包包離開的達也身後。

達也開啟調校機之後，真由美將CAD交給他，並且坐在他身旁。

不是坐在對面。

真由美沒有穿上能包住膝蓋的涼感外套，依然是比賽時「網球裝」的穿著，但是這並非來自她的惡作劇心態，而是達也已不再令她身體不自然地變冷。

兩人以近到肩膀相觸的距離坐在椅子上，不過達也照例看都不看她裸露的大腿一眼。

真由美也沒有對此心生不滿。

她的注意力集中在調校機，以及裝在機械上的自用CAD。

「不用測量我的狀況？」

「時間只有短短十到十五分鐘，就算能夠改寫程式，也沒時間測試，刻意用機械測量並沒有什麼意義。」

和他交談經常會這樣，但真由美下意識歪過腦袋。

剛才的說法，聽起來像是他完全不用機械也能測量個大概……

「……光看就知道？」

「是的，會長也知道吧？」

「那個……」

「只要是魔法師，不必使用測量機就知道魔法是否正常發動，或是ＣＡＤ是否正常運作，會長當然也知道吧？」

「這我知道。」

「我只是在某種程度上，知道得比較詳細而已。」

達也一直注視著螢幕上捲動的字串。

真由美非常在意「某種程度」究竟是指何種程度，但她終究不敢基於單純的好奇心，就打擾工程師作業。

達也從調校機取下ＣＡＤ關閉電源，檢查扳機與啟動式切換按鈕的觸感正常之後，親手將ＣＡＤ還給真由美。

正如他自己宣稱，裡面的程式沒有動過。

真由美對此暗自鬆了口氣（她自認沒被發現，但達也完全看在眼裡），不知道基於什麼心態，接過ＣＡＤ之後就握住槍把，以手指勾著扳機放在大腿上。

「會長……這樣會不太舒服，可以別把槍口對著我嗎？」

正確來說，ＣＡＤ沒有「槍口」。

步槍造型的大型ＣＡＤ，有些會在前端安裝影像感測器，看起來挺像光學兵器的「槍口」，但是手槍造型的ＣＡＤ無論是長型或短型，「槍身」前端都是金屬平面。

然而，它的整體造型依然酷似真槍，所以熟知槍械多麼恐怖的人，看到「槍口」對著自己會相當不安。

「啊，對不起。」

達也不知道真由美對這種事理解多少，但她率直地道歉並旋轉ＣＡＤ，改為拿著槍身將槍口對著自己。

「我才要抱歉自己計較這種小事。」

「別在意，這是基本禮貌。所以怎麼樣？」

真由美這句詢問省略過度，但達也正確解讀她想問的問題。

「我覺得調校得很高明。不逞強，沒有特立獨行，忠實依照基本原則確保穩定性。雖然過於重視穩定性，使得啟動式有些冗長的部分，但考量到會長的魔法力，堪稱滿分。」

總之現在不是打馬虎眼、奉承或挑剔的時候，所以達也直接說出感想。

達也看著調校機顯示的啟動式如此回答，再將視線移回真由美——發現她有點害羞。
「是嗎……？嘻嘻嘻，總覺得好開心。」
她眼角抹上紅暈，微微移開視線露出害羞的笑容。
比起明顯臉紅，這個反應反而令人難為情。
「……是嗎？」
如此詢問的原因，一部分在於達也不曉得如何接話，但也是他打從心底的疑問，真由美平常應該早就聽膩這種稱讚才對。
「是的，能得到平常不說客套話的人如此稱讚，這不是值得高興的事嗎？」
達也並不認為自己是懂得分寸的大人。
站在客觀的立場，他認為自己依然是不成熟的孩子。
即使如此，真由美這番評語，就像是把達也當成了說不出客套話的社會邊緣人一樣，這令他頗有微辭。
「……我也和正常人一樣會講客套話。」
然而達也這句制式反駁，真由美露出像是看透的甜美笑容回擊。
「所以剛才是客套話？」
「……不，並不是。」

真由美洋洋得意的笑容令達也不太甘心，但是繼續掙扎肯定會陷入無底沼澤。

何況從一開始就不是需要反駁的狀況。

達也灑脫接受真由美的笑容。

在九校戰之中，「群球搶分」是當日比賽次數最多的競賽項目。

如果只論比賽次數，「祕碑解碼」是六個項目裡次數最多的一項，「群球搶分」和「冰柱攻防」同樣是五場比賽，不過「祕碑解碼」與「冰柱攻防」的賽程分散為兩天舉行，相較之下「群球搶分」得在半天打完五場比賽。

即使比賽時間很短，但依照競賽性質，必須在為時三分鐘的回合，以近乎無法喘息的頻率連續使用魔法，每場比賽的負擔絕對不算小。

因此要在這個項目奪冠，如何控制魔法力的消耗，公認是重要因素。

目標當然是以直落二取勝。

比賽時也並非不管三七二十一將所有的球打回去，必須將某種程度的失分納入戰術考量，在不勉強的範圍之內分配體力。

真由美這種從頭到尾都以相同步調持續使用魔法的選手，可說是超常到犯規。

雖說如此，真由美也不是放空心思只憑實力應戰。

她姑且也有擬定戰法。

直落二是必備條件——禁止以「慢著，這樣只是靠蠻力取勝吧？」這種話吐槽。

只選擇這種不太適合這項競賽，單純將球反彈回去的魔法戰鬥，也是為了避免分別使用複數魔法而過度消耗——「這樣並沒有真的減少魔法力的消耗吧？」這種吐槽也不准使用。

總之基於這些原因，她的原則是比賽一開始就毫不猶豫全力應戰。

然而第二場比賽開始時，真由美難得有所疑惑。

狀況不差。

和剛才一樣，第一回合已經在對方無法得分的狀況之下，經過一半的時間。

她的疑惑來自相反的原因。

（為什麼……？）

確實，由於第一場比賽的對手棄權，她的休息時間比原本來得長。

然而到頭來，這是半天就要打完五場比賽的緊湊賽程。

身心狀況只可能會因為疲勞打折扣，正常來說，不可能改善到連自己也感覺得出來。

所以，無疑是基於某種不平凡的原因。

真由美只想得到一種可能性。

隨著回合結束的哨聲響起——

真由美決定逼問那個說謊的學弟。

「達也學弟，你不是說沒有動過程式嗎？」

和第一場比賽完全相反。

裁判示意本回合結束之後，真由美立刻衝到達也所在的球場外圍。

真由美咄咄逼人的樣子令達也掩不住驚訝，但他依然維持沉穩的語氣回應。

「我沒有動過程式，應該沒有運作上的問題，您注意到什麼不對勁的地方嗎？」

「騙人！」

真由美直指達也的鼻尖，氣勢強得像是真的聽得見「啪咻！」這種擬聲詞。

「構築術式的效率明顯提升，既然沒時間改造硬體，唯一的可能就是你動過軟體！」

「……效率不是降低，而是提升吧？」

達也頗為困惑地如此詢問，使得真由美的氣勢逐漸減弱。

「是沒錯啦……不過……」

如果是效率降低就算了，但現在卻是因為效率提升而前來抱怨，真由美終於察覺自己的態度不太講理。

「總之，您先坐吧。」

達也維持困惑表情遞出毛巾，真由美有點難為情，稍微露出彆扭的表情坐在長椅上。

「效率會提升，應該是因為垃圾清掉了。」

達也間隔半個身體的距離坐在真由美身旁，刻意不看著她，以安撫的語氣如此說著。

「不准唬我。我剛才就在旁邊看著，你沒有拆解清理，也沒有使用清潔劑吧？」

真由美頗為賭氣地回嘴，達也則是耐心回答。

「不，我不是清理硬體，是清理軟體的垃圾。」

CAD性能也受到使用者精神狀態的影響。

使用者不信任工程師，會明顯降低CAD性能。

由於是先斬後奏，所以正確來說沒有進行知情同意（informed consent）的程序，不過達也認為必須在這時候詳細說明。

「會長CAD的作業系統領域，散落著升級之前的系統檔案殘骸，所以我清理乾淨了。CAD的作業系統不太容易殘留這種垃圾，但也不是完全不會殘留。刪除這些不必要的檔案多少可以提升CAD的效率。不過，一般來說感受不到明顯的改善，所以我剛才沒有說明。這就代表會長的知覺如此敏銳，這是我過於冒失。」

「啊，那個……既然是這樣就沒關係。」

達也誇張低頭道歉，使得真由美有些狼狽地搖動雙手。

「既然這樣，就代表達也學弟確實完成應盡的職責，剛才懷疑你的我才應該道歉。」

達也抬頭一看，真由美在他面前低頭道歉。

達也不禁覺得她心態切換得好快。

「那麼，這個話題就到此為止。」

而且也覺得她是個能夠率直認錯的人。

「也對。」

或許是年長者的從容吧。

「那個，達也學弟……」

雖說如此，卻也不是高姿態的從容。

「什麼事？」

「那種維修方法……叫作清垃圾嗎？晚點能不能教我？」

毫無惡意。

「沒問題，不過現在請您先專心比賽。」

「那當然，交給姊姊我吧！」

事到如今才裝出大姊姊的態度，反而令人會心一笑。

真由美就這麼完全不讓對方選手越雷池一步，以所有比賽零失分、直落二的成績，拿下女子組「群球搶分」的冠軍。

◇　◇　◇

簡稱為「敲柱」的「冰柱攻防」，在長十二公尺、寬二十四公尺的戶外場地進行。場地分成兩半，各自設置十二根長寬一公尺、高兩公尺的冰柱，先推倒對方陣地所有冰柱者勝利。

基於這個性質，「冰柱攻防」需要極大規模的布景設備。

必須在這種盛夏準備幾百根巨大冰柱，所以即使有得到軍方全面協助，也沒辦法準備太多座競賽場地。

九校戰主要受到製冰能力的限制，頂多只能準備男女各兩座共計四座競賽場地。每兩座場地進行第一輪十二場與第二輪六場共計十八場比賽，這是一天賽程表的極限。

「不過，這是極度消耗魔法力的競賽。要是一天之內結束所有共五輪賽事，會輪到選手撐不住。第二天的單循環決賽，每場比賽之間的間隔時間很短。『冰柱攻防到最後是以毅力分勝負』的說法，點明了某種程度的真相。」

達也以授課風格進行說明，聽課的人是專注點頭的雫。

深雪也在場，但如果只有妹妹，達也就不需要在這種時候說明。

三人所在的地點不是觀眾席，是工作人員區。

他們的用意是近距離觀看即將由花音上場的比賽，體驗實際比賽的感覺。

花音正在和五十里進行最後的討論，實在不方便前去搭話。

其他人去看男子組「群球搶分」的比賽。

紗耶香前來為桐原加油，艾莉卡和她作伴，並且拉美月一起去，然後美月邀幹比古同行，幹比古又找了雷歐，這就是來龍去脈。

達也聽了深雪敘述，抱持「真不坦率」的感想。至於不坦率的是誰，還是不說為妙。

花音終於走上舞臺。

賽場兩端設置高四公尺的平臺。

選手必須在這裡只以魔法保護己方陣地的冰柱，推倒敵方陣地的冰柱。

進入賽場就會解除魔法的安全管制，被認為是魔法競賽之中最激烈的項目。

「司波學弟。」

送花音走上舞臺的五十里向達也招手。

「我們也上去吧。」

五十里如此邀約深雪與雫帶來的達也。

選手所站的高臺後方，有工作人員專用的觀戰室。

這裡設置著能夠檢測選手身體狀況的機器，以及直接眺望賽場的大窗戶。

「千代田學姊的狀況如何？」

達也覺得不發一語有失禮節，提出這個無關痛癢的話題。

「很有幹勁，甚至令我擔心她過度投入，影響明天的比賽。」

五十里面帶笑容，回答達也這句慣例的詢問。

看不到任何不安的影子。

「聽說學姊第一輪以最短時間分出了勝負。」

「畢竟花音是那種個性……真希望她稍微慎重行事，旁觀的人可以比較放心。」

達也對於五十里露出苦笑的回應感興趣。

達也上午一直陪在真由美身旁，所以當然沒有看上午的第一輪比賽。

只知道花音在第一輪以最短時間獲勝。

這麼說來，當時比賽時間雖短，但己方陣地的冰柱也倒了不少——

「要開始了。」

雫的細語使得達也將視線移向賽場。

隨著比賽開始的哨聲響起，產生了地鳴。

「地雷源。」

不是地雷原，是地雷源。

眼前的光景，讓達也反射性說出這個別名。

多樣性和速度同為現代魔法的亮點。不過，既然魔法師也是人，當然有自己所擅長或是不擅長的領域。

既然魔法天分是來自遺傳，那麼血緣相同的家族，也可說是理所當然地，大多擁有共通的擅長或不擅長領域。

四葉這種同族各人特性完全不同的家系是例外。

實力強大的家系，除了各人擁有自己的別名，家系本身也會依照共通特性獲頒別名——應該說被擅自命名。

比較有名的，例如十文字家的「鐵壁」。

一条家的「爆裂」。

七草家沒有不擅長的系統，有人以此反稱為「萬能」。

千葉家是「劍之魔法師」，這個別名與其說是依照特性，應該是依照技能命名，不過同樣用

來形容整個家系。

千代田家則是「地雷源」。

千代田家的魔法師精通振動系統的遠距固體振動魔法，尤其擅長振動地面的魔法。

土、岩、砂、水泥等，不拘任何材質。

總之只要該固體足以認定為「地面」，就能施以強力的振動，這就是千代田家擅長的魔法「地雷原」，「地雷創造者」＝「地雷源」成為千代田家系的別名。

對方陣地受到類似垂直地震的直線爆發型振動，一次就有兩根冰柱發出轟聲倒塌。

對手使用移動系統魔法「強制靜止」將物體移動速度設為零試圖防禦，然而「地雷原」接連改變目標轟炸，切換防禦對象的速度趕不上。在十二根柱子有五根接連倒塌時，對手也從防禦優先的戰法改為攻擊優先。

「哎呀？」

「什麼？」

「？」

達也他們三人以不同方式表達意外感，旁邊的五十里露出苦笑。

他看著己方陣地輕易倒下的冰柱，一副無可奈何的樣子搖了搖頭。

「該說花音敢放手一搏還是粗魯豪邁……她的做法就是被打倒之前先打倒對方。」

「不，那個……我覺得這不是錯誤的戰法。」

對方轉守為攻，防禦力也降低了。

在己方陣地剩下六根冰柱時，花音就震倒敵方陣地所有冰柱。

「勝利！」

走下高臺的花音，展露得意洋洋的笑容擺出勝利手勢。

她投以笑容的對象當然是五十里。

五十里露出「真拿妳沒辦法」的表情，不過同樣是笑容。

「該怎麼形容呢……」

「登對？」

深雪難以啟齒而支吾其詞，雫直截了當地代為形容。

「兩位，應該說他們非常理解彼此。」

達也聽到同行兩人的話語，基於另一種意義不得不露出苦笑。

不過達也同樣認為他們很「登對」。

這兩人真的相當契合。

選手與後勤，即使沒有共同走上舞臺，兩人依然同心協力奮戰。

不過——達也心想。

他們是這麼有默契的搭檔，那麼五十里和其他選手組隊時，是否能盡到後勤的職責？

選手四十名，工程師八名。

單純平均計算，每名工程師都得負責五名選手。

達也只負責一年級女子組，但也得負責六人，加上上午的臨時支援就有七人。

和其中一名選手締結強烈的感情羈絆之後，是否也能對其他選手同樣全力以赴？

這也是達也要面對的問題。

他對雫或是穗香，真的也能像是對深雪一樣全力以赴？

「……司波學弟，怎麼了？」

「不，沒事。」

總不可能當面詢問五十里「您對其他選手也能這麼用心？」這種問題。

達也以毫無意義與效果的平凡制式回應，含糊帶過五十里的詢問。

◇◇◇

確定打進第三輪賽程，花音等人——包含同行的達也、深雪與雫等三人——意氣風發地返回帳幕，沉重的氣氛卻令他們不禁蹙眉。

「……發生什麼事？」

五十里詢問鈴音，她比較維持一如往常給人的感覺。

鈴音轉過頭來，看起來比平常沒有表情。

「男子組『群球搶分』的成績不理想，我們正在重新估算積分。」

九校戰的排名，以各項競賽的得分加總決定。

第一名得五十分、第二名得三十分、第三名得二十分。

「精速射擊」、「衝浪競速」、「幻境摘星」的第四名得十分，「群球搶分」、「冰柱攻防」只排名前三名，因此在第三輪淘汰的三隊各得五分。

「祕碑解碼」的第一名會得一百分、第二名得六十分、第三名則會得四十分，是計分比重最大的競賽項目。

新人賽的分數會折半加入總分計算。

這就是九校戰的積分系統。

沒有打進前四或前六名就完全無法得分，即使沒能奪冠，只要拿下第二至第四名依然能得分爭取總冠軍。依照這種計分方式，儘可能在最多競賽項目打進決賽的單循環或淘汰賽，是勝利的第一條件。

「不理想的意思是指……」

「選手各自在第一輪、第二輪、第三輪遭到淘汰。」

五十里戰戰兢兢詢問，回應他的聲音聽起來很冷淡。

「雖然保住明年的參賽名額，不過這樣的戰績出乎預料。」

聽起來冷淡，或許是因為接受詢問的人受到打擊。

和其他競賽項目相比，男子組「群球搶分」的布陣確實有戰力不足的感覺。

但也只是不像女子組的「精速射擊」與「群球搶分」，以及接下來將要進行的男子組「冰柱攻防」與女子組「衝浪競速」那樣，擁有足以號稱「穩操勝算」的強力選手，實力等級應該相當有機會奪冠。

「新人賽的得分很難預測，不過以目前領先的幅度考量，只要女子組『衝浪競速』、男子組『冰柱攻防』，加上『幻境摘星』與『祕碑解碼』都奪冠，就能處於安全範圍。」

作戰小組的二年級學生回報試算結果。

旁聽的達也覺得這種算法門檻有點高。

包含男女賽程，要在剩下的正式戰六項競賽裡拿下四項冠軍。

克人與摩利上場的項目或許可以預設奪冠，不過這種估算方式，會在萬一發生意外的時候，有導致心理層面垮台的危險。

然而——這不是達也需要在意的事情。
他擔心這種事應該是踰越分際。
比起算分，達也個人更在意另一件事。
男子組「群球搶分」，是桐原參加的競賽項目。
桐原個性有魯莽的一面，但擁有強烈的責任感。
該不會受到打擊而心情低落吧……？

◇　◇　◇

當天競賽結束即將日落的時分，達也在飯店休息區見到桐原。
乍看和平常沒什麼兩樣。
紗耶香坐在桐原身旁。
桐原努力裝出開朗的模樣，但達也光看就知道他是勉強露出笑容。
「桐原學長，辛苦了。」
「噢，原來是司波。」
達也當然可以選擇不發一語經過休息區，但他沒有這麼做。

「我早在第二輪就輸了，算是慘敗。」

他肯定是強顏歡笑，不過比想像中振作得快。

或許是運動選手反覆經歷各種勝負，所以心理彈性以及承受敗北的耐性都比較高。

達也和師父過招學武時總是敗北，卻沒什麼「比賽」的經驗，所以只能以理論解釋。

達也無法判斷這時候安慰是否合適，決定只說事實。

「學長的籤運不好，第二輪就對上可望奪冠的第三高中王牌，以五回合中二勝三負、總分只差八分的戰績飲恨。這位熱門奪冠人選和學長交戰疲累過度，第三輪以直落三敗北，實際上是兩敗俱傷。」

「……你這傢伙講得真直接。」

達也未將敗戰事實包裹甜蜜的糖衣，說出實在不像安慰的冷靜分析，但桐原沒生氣。

「你沒想過我在沮喪？」

桐原的語氣與表情反而像在調侃。

「想過，但我不知道安慰的方法。」

場中沉默數秒。

桐原忽然笑了出來。

而且是在沙發上大笑到彎腰。

笑到旁邊的紗耶香不知所措。

達也面無表情俯視他。

「司波……你果然有趣。一般來說，這種時候都是露出超尷～尬的表情，當作沒看到我直接經過，不可能刻意過來找我說話。」

這種做法——視而不見的做法——也是選項之一，但達也認為不發一語直接經過似乎不夠親切。只不過這次看來是達也「多管閒事」。

達也不禁認為，自己不應該思考親不親切的問題，這樣不符合他的個性，但……

「不過啊，託你的福，我舒坦多了。既然你說『兩敗俱傷』，實際上就是這麼回事吧。這就代表我將來還是大有可為。」

……看來出乎意料並非如此。

桐原是否真心這麼認為，暫且不提。

是否演變成達也想要的結果，也暫且不提。

◇　◇　◇

即使陷入意想不到的苦戰，基層人員該做的事情依然沒變。

如果是打雜人員或許不一定，但達也姑且是技術人員，第一高中的幹部們沒人笨到把雜事扔給他做，影響到原本的職責造成風險。

為後天的新人賽做準備，檢查自己負責選手的身心狀況，確認ＣＡＤ是否有不適合的設定，今天的工作就結束了。

達也在飯店櫃台領取某人寄來的細長包裹，回到自己分配到的房間。

還沒進入晚餐時間。

今天時間相當寬裕，所以達也決定測試包裹裡的東西。

他看向時鐘，確認餐廳的用餐時間。

距離深雪前來迎接還有一些空檔。

達也解開包裹確認內容物。

這是他今早，應該說凌晨託ＦＬＴ（Four Leaves Technology）開發第三課試做的東西。

組成元件都是普及品，形狀也很單純，完成度已高到只要讓自動加工機讀取設計圖即可。即使如此，短短半天就成形組裝並且寄達，工作效率令人佩服。

（牛山先生該不會在勉強吧……）

該說是勉強自己，還是勉強部下呢。

達也在委託郵件裡明明再三叮嚀過，這東西「有一半出自玩心」。

總之，達也沒辦法「真的」令時光回溯，事到如今在意這種事也沒用。

打開以回收使用為前提的郵寄包裹一看，裡面是號碼鎖形式，細長扁平的硬盒。這是一般用來運送霰彈槍尺寸CAD使用的箱子。

達也以一如往常的密碼開鎖。

盒子裡是一把「劍」。

達也取出來的物體，外型是一把加裝護掌構造的中型劍。

全長七十公分，寬五十公分左右的單手劍——只有形狀是如此。

沒有劍刃。

不是沒開鋒的意思，這個道具從一開始就不是打造成「劍」。

直接看字面上的意思會覺得定義很矛盾，形容為「打造成中型劍外型的金屬木刀」或許最接近實際的樣子。

或者是「加裝劍柄的扁平棍棒」。

這東西當然不是普通的棍棒。

扭動柄底的旋鈕稍微輸入想子，熟悉的觸感就傳入達也手中。

這個物品和艾莉卡的警棍一樣，是內藏CAD的武器。

用途比起一般的特化型CAD更加受限，只提供一種啟動式。艾莉卡的CAD是一般的特化型，依然維持程式切換的功能，相較之下，這是完全單一功能的特化型ＣＡＤ，稱為「武裝一體型ＣＡＤ」的試作機。

達也目測牆壁距離正想測試時，傳來了敲門聲。宛如算好時機響起的聲音令達也露出苦笑，將試作機放在桌上。

距離約定的時間有點早，不過從門外毫無隱瞞的氣息，就知道朋友們一起登門造訪。

達也看了一眼試作機，心想應該要收起來，但覺得沒必要保密而打消念頭。

何況這個試作機很適合那位朋友。

比起自己測試，交給那個傢伙測試似乎比較有趣——達也如此心想並且開門。

「哥哥，方便打擾嗎？」

帶頭並且率先開口的人，是他的妹妹。

達也推開門，邀請大家進來。跟在深雪身後的艾莉卡，以近到無謂、幾乎就要相觸的距離經過他面前。

接著是穗香、雫、美月，雷歐與幹比古殿後。

與其說女性優先，應該只是單純的地位順序。

不過，即使是以確保機材空間為名義的雙人房，一次湧入這麼多人還是很擠。

光是椅子與床還不夠，甚至有人坐在桌子上——看起來不但沒有邋遢反而帥氣，所以達也對此沒什麼意見。

坐在桌上的人艾莉卡，理所當然察覺到放在桌上的「劍」，理所當然對其感興趣。

「達也同學，這是……模造刀？不過應該是劍才對。」

「不是。」

「那麼是鐵鞭？」

「也不是……我覺得這個國家不會有武士愛用鐵鞭這種武器。」

「這個時代還用武士這種字眼……不然這是什麼？……啊，難道是法機？」

艾莉卡拿在手中翻來覆去端詳，察覺到握柄上方的扳機如此說著。

「說對了。講得更正確一點，是武裝一體型ＣＡＤ，也有人稱為武裝演算裝置。將完全特化為單一魔法專用的ＣＡＤ，組裝在利用該魔法的近戰武器，合而為一。」

「哇……」

艾莉卡發出這個聲音，並不是因為武裝一體型ＣＡＤ很稀奇，而是第一次看到這種「劍」的造型。不只是拿在手上仔細觀察的艾莉卡，穗香與雫也投以深感興趣的視線。

深雪露出「啊，原來是那個」的表情，應該是回想起昨晚的對話。

美月與幹比古似乎沒什麼興趣，他們可能比起新奇的東西更喜歡熟悉的東西。

達也看向另外一人的側臉，露出壞心眼的笑容，從艾莉卡手中拿走試作機。

「雷歐。」

並且扔向撇頭看旁邊的雷歐。

「唔喔！達也，這樣很危險吧？」

雷歐其實躍躍欲試非常想碰，卻對天敵（？）艾莉卡燃起莫名的對抗心態而裝作不感興趣，這樣的他表面上故作慌張，卻像是等待已久般抓起劍柄。

達也完全無視於他表面上的抗議，投以挑釁的笑容。

「想不想試試看？」

「咦，我來試？」

雷歐瞬間咧嘴一笑。

旁邊的艾莉卡露出一副「這傢伙真好懂……」的表情，達也只以餘光看她一眼，就將視線移回雷歐身上。

「這把武裝演算裝置，是以渡邊學姊在『衝浪競速』使用的硬化魔法應用而成的打擊武器，劍身重新打造之後也能成為斬擊武器，我覺得很適合你。」

「這是達也做的？」

「對。」

「等一下。」

幹比古介入雷歐與達也的對話。

他最初擺出不感興趣的表情，不過確實有把對話聽進去。

「渡邊學姊是昨天比賽，一天就做出這個東西？這看起來不像是現成的產品。」

「元件本身是現成的啊。外殼也是常見的合金，沒使用特別的材料。」

「但也不可能是手工打造吧？你應該不可能有這種閒工夫……」

「那當然，我只有畫設計圖，再請認識的工廠用自動加工機幫我做。」

知道內情的深雪，聽到「認識的工廠」這句話差點笑出聲音，但多虧她隨時備妥好幾張假面具，不致於招來哥哥疑惑的視線而出糗。

「那麼雷歐……不想試試看嗎？」

達也的語氣，聽起來宛如魔鬼梅菲斯特的細語。

明知其中明顯另有玄機，卻有著無法抵抗的魅力。

「……好吧，我就當你的白老鼠吧。」

「淪陷了。」

雫輕聲說出的這句話，簡潔代替朋友們說出內心的感想。

達也接著取出的東西，是附帶揚聲裝置的反光鏡片造型ＨＭＤ（頭戴式顯像裝置）。

「這是說明書。」

看著ＨＭＤ遞到面前的雷歐，似乎聽不懂達也這番話的意思，頭頂出現問號。

「裡頭記載這把武裝演算裝置的使用說明，看一下吧。」

「啊？喔……」

看來這東西儲存著影像與聲音，是達也交給他（正確來說是扔給他）這把武裝一體型ＣＡＤ的使用說明資料。雷歐露出「總算懂了」的表情，從達也手中接過ＨＭＤ。

「那個東西算是一種虛擬型終端裝置吧？」

有這種感想的人，不只是實際詢問的穗香。

虛擬型情報終端裝置，會危害到尚未成熟的魔法師。

第一高中依照這個常識，禁止學生使用虛擬型終端裝置。

達也自己也堅持使用實體型終端裝置，卻要求朋友使用虛擬型終端裝置。即使該裝置只限定視覺與聽覺，依然令眾人抱持疑問。

「這不是那麼誇張的東西，不過確實類似。」

「……可以嗎？」

「咦？噢……是指虛擬型終端裝置的害處？」

「嗯……嗯。」

「這一點不用擔心。虛擬型終端裝置的害處，在於誤植成功體驗的風險。如果只用來體驗實際做得到的事情，反而是一種有益的工具。」

「我無法理解這番話的意思……」

穗香對達也的語氣從一開始就很有禮貌，不過聽起來像是被深雪的語氣傳染。

「魔法是以虛構想像短暫改寫現實的技術。而虛擬型體感機器，則是將虛構想像使人誤認為現實的科技。」

達也的說明總是仔細又詳盡，或許是基於某種條件反射。

「兩者的相同之處，在於同樣將非現實事象認知為現實事象。另一方面，以虛擬型體感機器體驗情境，不需付出改寫現實的勞力，也不會改寫失敗。這就是虛擬型終端裝置的風險。」

達也說到這裡暫時停頓。

因為他自己也覺得像是長篇大論。

不過並排在面前的朋友們，聽懂與聽不懂的表情各半，令他覺得講解得似乎不夠詳細，決定繼續說明。

「虛擬型體感機器會讓魔法師產生錯覺，認為不費吹灰之力就能改寫現實事象。不會使用魔法的人打從一開始就不會有這種錯覺。熟練的魔法師可以清楚分辨自己做得到的事情，然而不成熟的魔法師，有可能會將虛擬型體感機器裡的虛構經歷，和魔法改變事象的現實經歷混淆，錯估自己的實力。

不成熟的魔法師，一旦習慣了無須努力或失敗就能改變事象的虛構情境，就會無法檢討自己為何沒有成功施展魔法改變事象，失去思考的能力與意願。所以一般才會認為，還在學習魔法的不成熟學生，使用虛擬型終端裝置會造成負面影響。」

達也再度停頓，觀察朋友們的臉色。

看來不需要進一步說明了，但還是做個結論以防萬一。

「換句話說，問題在於是否會誤以為自己做得到原本做不到的事情。只以虛擬方式事先體驗做得到的事情並不成問題。這種虛擬體驗，反而對於構築魔法式必經的想像步驟有所助益。不過實際上，很難只挑出這種有益的內容，所以我覺得全面禁止虛擬型終端裝置頗合理。」

「這樣啊……這番話真是令我受益良多。」

達也感覺穗香點頭的方式過於熱衷，認為自己稍微講解過度。

即使她過度依賴，自己也沒辦法回應……

這是達也的真心話。

◇　◇　◇

試作演算裝置的測試，是在晚餐後，借用九校戰會場外部的戶外格鬥戰訓練場進行。

不是達也的安排，是艾莉卡動用門路。

艾莉卡來到這裡之後，像是自暴自棄般盡情利用家裡的影響力。

是發生某些事件，迫使她的心境產生變化？

這麼說來，達也記得在交誼餐會聽過類似的事情。

不過達也再怎麼擔心也無能為力。

何況達也明白自己並不是打從心底擔心。

自己的情感終究只是表面上的東西。

不如看開這一點，以技師的好奇心為優先，這種做法誠實許多。

達也如此說服自己，告誡著原本想多管閒事的自己。

「雷歐，理解用法了嗎？」

接下來要將意識集中在這場測試。

即使是閒暇之餘做出來的東西，即使只是現有魔法的單純應用，依然是新魔法與新演算裝置的測試程序。

這次要是鬆懈造成意外，出事的不是達也，而是雷歐。

「嗯，算是吧……不過，真的做得到那種事？」

他所說的「那種事」，應該是指他以ＨＭＤ看見的試作機預定動作。

其實不是應該，而是只有這個可能。

「進行測試就是為了確認。」

「也對。」

這座訓練場距離飯店徒步三十分鐘的路程。

白天就算了，但現在是晚上。

在市區就算了，但這裡是山上的軍事演習場。

深雪與艾莉卡頑強不肯聽話，不過還是好不容易說服她們留在飯店。

即使如此，達也依然有所不安，所以拜託穗香監視深雪，美月監視艾莉卡。

現在這裡只有達也與雷歐兩人。

「那就開始吧。」

「收到。」

剛開始不使用試砍（這次是試打）的假人。

以什麼都不做的狀態，確認武裝一體型ＣＡＤ武裝部分的動作。

「開始了。」

雷歐扭動柄底的旋鈕。

隨著「喀嘰」一聲傳來輕盈的手感。

將食指插入握柄上方的扳機，輸入想子。

不同於雷歐外表給人的印象，他提供想子時沒有爆發力，卻擁有源源不絕的耐久力。不對，或許這樣才符合他強健充滿活力的一面。

ＣＡＤ如果沒有調校為個人專用，輔助構築術式的功能幾乎不會運作，將啟動式編譯為魔法式的程序需要不少時間。

約為零點六秒。

即使如此，還是比實習成績快很多。

可能因為這是他擅長的魔法，或是ＣＡＤ與啟動式的性能較好。

無論是哪一種或者兩種皆是，這種事如今完全不重要。因為現在位於這裡測試，並不是為了測量時間，而是為了觀測發動的魔法。

「喔？」

雷歐發出這個聲音，與其說是因為魔法發動，更像是手上傳來的慣性作用超乎預料。

「哈哈，真的浮起來了，真有趣～」

雷歐露出宛如孩童的笑容，揮動長度剩下不到一半的「劍」。

浮在空中的另一段劍身，配合他的動作描繪弧線飛翔。

「三、二、一……」
「唔喔……」
雷歐聽到達也的倒數就停手。
「零。」
隨著倒數結束，空中的劍身迅速回到手邊，和剩下握把的劍身「斷面」拼合，恢復為一把完整的「劍」。
「達也，非常成功。」
雷歐露出快樂得無以復加的表情豎起大拇指，達也回以相同的動作。
「不過，真佩服你想得到這種東西。分離的劍身與手上的劍柄，以硬化魔法固定相對位置，再把劍身『射出去』，我自己做過都不敢相信。原來硬化魔法在物體分開時也能運作。」
「因為硬化魔法的定義是固定相對位置，只要去除刻板印象來做，物體就不需要接觸。此外這個演算裝置的運作形態，比起『發射』更像是『伸長』。」
劍身只會在延長的直線移動，中段是空的。」
「這樣比較不用多想，就當成揮動一把很~長的劍就好。」
正如雷歐所說，這把武裝演算裝置，不像其他遠距操作系統的武器必須耗損精神加以控制，單純是配合手部動作維持相同距離飛翔，直到術式失效為止。

「話說回來，剛才是怎麼接回來的？我沒讓術式運作啊。」

「噢，這很簡單。那是電流反應型形狀記憶合金，只在分離瞬間通電解除結合力。」

雷歐點頭表示理解之意，這是現代頗為普遍的卡榫設計。

「所以要是在解除魔法的狀態受到強大外力衝擊，很可能輕易折斷報廢。」

「這不成問題，沒使用的時候收進劍鞘就行吧？」

「也對，那麼接下來要實際打假人？還是測試分離時間的變動？」

「達也，這東西可以在射出去的狀態變更間距嗎？」

「並不是不可能，但是很難喔。現在是以柄底旋鈕調整啟動式關於間距的常數，間距當然可以改成變數。但要是在射出去的時候變更延伸距離，就得覆寫發動中的魔法。」

「這樣啊，反正只要減短縮回的時間，就不用在中途變更間距。畢竟真劍也沒辦法在砍到一半的時候改變間距。」

「不過艾莉卡似乎有可能做到這種事。所以你想怎麼做？」

「這個嘛……麻煩用假人測試吧。」

「收到。」

達也操作一個筆記本大的遙控器，隨即地面冒出三具等身大的稻草人。

「……好復古。」

「……這是誰的嗜好？」

即使現代以能夠再生的生化素材為主流，意外的過時設計依然使兩人無力轉頭相視。

「總之……以功能來說，確實足以當成試砍對象。」

「稻草人哪有什麼『功能』……不過也確實無從挑剔。」

雷歐以空著的左手拍臉頰打起精神，朝稻草人擺出架式。

按下開關。

劍身飛到空中。

雷歐使勁揮動手臂。

右手前方，配合運動半徑取得合理速度的劍刃，飛向稻草人目標予以摧毀。

「手臂挺吃力的。」

雷歐沒有展露出手麻的模樣，但他輕輕揮動恢復為原本中型劍（仿造品）外型的武裝演算裝置，述說這樣的感想。

「這是由於飛翔部分的質量較小，即使速度能稍微彌補威力，但是慣性很小，所以才會需要臂力輔助。」

「原來如此。如果要用在實戰，稍微增加重量會比較好。」

雷歐露出認同的表情點頭回應達也的說明，並且瞄準下一個目標。

達也看著再度擺出架式的雷歐，心想：

（確實，即使之後會加上劍刃，稍微增加重量也比較符合實戰要求。不過用在競賽場合，這種程度的威力或許恰到好處。）

浮現在達也腦海的，是「祕碑解碼」禁止直接打擊的規定。這種武裝演算裝置的劍身會飛，所以不構成犯規條件。

（……不過和這次無關。）

嘴裡說是玩具，卻忍不住思考適合的用途，這樣的自己令達也暗自苦笑。

[7]

九校戰第三天。

男女「冰柱攻防」與「衝浪競速」都在本日進行決賽，可說是九校戰前半最大關卡。

第一高中打進今天賽程的人員，男子組「冰柱攻防」與男女「衝浪競速」各有兩人，女子組「冰柱攻防」一人。

沒能符合預定計畫，不過在作戰上還是處於誤差範圍。

「服部學長是男子組第一場，渡邊學姊是女子組第二場，千代田學姊是女子組第一場，十文字總長則是第三場啊……」

審視賽程表的達也頗為煩惱。

即使競賽的開始時間與比賽時間都略有不同，服部與花音的比賽卻只能擇一觀看。

（服部學長應該不希望我去看比賽……）

雖說如此，深雪和服部同為學生會幹部，要是不重視服部的比賽也有問題。

「啊，找到了，達也學弟！」

不過，達也並不需要為此一直煩惱，應該說沒必要煩惱了。

「會長，有什麼事嗎？」

「希望你幫個忙。」

達也被真由美拉回工程車。

◇◇◇

「哥哥，快開始了！」

後來，達也直到摩利比賽即將開始才解脫。

摩利在達也工作時特地前來叮嚀：「會來看我的比賽吧？」要是這樣還不去捧場，即使只是錯過剛開始的部分過程，也不曉得後來會被說些什麼。

達也向幫忙保留座位的妹妹與朋友們道謝，接著看向起跑線。

看來真的是在緊要關頭趕上。

摩利綁著頭帶的直短髮隨風搖曳，做出預備起跑的姿勢。

準決賽每場有三名選手，總共舉辦兩場。

兩場的勝利者將會進行一對一進行決賽。

另外兩人緊張得繃緊表情，只有摩利以無懼一切的表情等待起始訊號。

意味著「預備」的第一個訊號聲響起。

觀眾席鴉雀無聲。

間隔片刻，響起第二個訊號聲。

比賽宣告開始。

一馬當先的是摩利。

然而和預賽不同，第二名緊跟在後。

第三名也只有些許落後。

「果然棘手……！」

「不愧是『海之七高』。」

「記得這是去年的決賽組合。」

掀起波瀾的水面，證明兩人的魔法相互干擾。

一般來說，領先的摩利會因為拉出波浪影響後方選手，產生一加一大於二的效果占據優勢，但第七高中的選手巧妙駕馭踏板，彌補魔法的不利之處。

三名選手穿越看臺前方的蛇行水道，以幾乎不分軒輊的狀況抵達急轉彎處。

穿過這裡之後，看臺就看不見接下來的賽道，必須透過螢幕觀戰。

達也瞥向大型螢幕所播放的急轉彎出口的影像。

「唔？」

在影像裡發現的細微異狀，吸引他的注意力。

「啊！」

所以達也不小心看漏這一瞬間。

觀眾席響起驚呼聲。

達也連忙移回視線。

第七高中的選手大幅失去平衡。

「超速？」

某人如此大喊。

看起來確實如此。

選手的踏板沒有緊貼水面。

宛如飛翔般在水面滑行的第七高中選手，只能就這樣撞上圍欄。

——前提是前方沒人。

結束減速正準備加速的摩利，就位於對方衝過來的軌道上。

摩利面對圍欄。

即使如此，她依然轉頭看向後方，大概是察覺到身後進逼而來的氣息。

她接下來的反應，只能以高超來形容。

摩利取消向前加速，切換為水平方向的旋轉加速，利用水道側壁反射回來的波浪，以魔法搭配自己的身手讓踏板轉半圈。

接著以多重演算的技術使用兩個新魔法，準備接住失控衝來的第七高中選手。

分別是彈飛對方直擊而來的踏板的移動魔法，以及接住對方之後避免自己撞上護欄的加重系慣性中和魔法。

原本應該可以就這樣避免意外發生。

只要水面沒有忽然下沉。

這是細微的變化。

然而摩利剛使出一百八十度迴轉的高級技術。

摩利並不是衝浪高手，只是以其優異的魔法與體術強行變換姿勢。浮力忽然消失，令她大幅失去平衡。

魔法的發動因而產生誤差。

她成功將刮向雙腳的對方踏板彈到側邊。

然而慣性中和魔法還沒發動，失去踏腳處的第七高中選手就撞上摩利。
兩人就這樣撞在一起飛向圍欄。
周圍響起好幾聲響亮的尖叫。
場中揚起比賽中斷的旗幟。
達也不由得站了起來。
摩利夾在第七高中選手與圍欄之間遭受撞擊。
看起來不像是有成功採取防護動作。
「哥哥！」
深雪臉色蒼白仰望他。
「我去看看，你們留在這裡。」
達也從小就被當成隨扈或士兵接受訓練，能力足以進行簡單的外科手術。
「明白了。」
達也沉穩的聲音，使得深雪理解到他們過去只會造成混亂加劇，因此以手勢示意起身的朋友們坐好，朝達也點頭示意。
達也以近乎變魔術的身手，鑽過觀眾密集的看臺往下衝。

◇ ◇ ◇

清醒的速度不算快。

意識宛如蒙上一層霧，無法順利掌握現狀。

自己在這裡做什麼……？

這個疑問是摩利醒來之後首先浮現的思緒。

「摩利，醒了嗎？知道我是誰嗎？」

損友——即使在這個時候，而且只是內心話，摩利依然沒使用「朋友」這兩個字——從她的臉部上方窺視。

摩利知道這個問題的意思，卻無法理解她為什麼問這個問題，因此疑惑地回問——

「真由美，妳在說什麼？這種事哪需要問……」

——說到一半，她就回想起真由美詢問的原因，以及自己的現狀。

「這裡是醫院啊……」

「對，裾野基地的醫院。太好了……看來意識沒有異常。」

「我昏迷了多久？」

後腦杓傳來的陣陣痛楚，令摩利明白自己不是睡著，是沒能採取防護動作而撞昏。

「現在過中午了。啊，還不可以起來。」

摩利想在床上起身，真由美迅速搶先將她按回床上。

力道沒有很強，但摩利的身體活動能力減半。

「妳肋骨斷了，現在已經以魔法接合，但是還沒穩定。我想妳當然明白，魔法治療終究只是急救處置。」

「在穩定前只是看起來治好，絕非瞬間恢復健康——放心，我至少明白這件事。」

摩利把真由美想說的話語搶過來，像是自言自語般地說，然後放鬆力氣躺在床上。

「所以要多久才能穩定？」

「完全康復要一星期，休養一天就不會影響到日常生活。但是為了以防萬一，十天內禁止進行激烈運動。」

「喂，那不就……！」

「『幻境摘星』也要棄權，這也沒辦法。」

「這樣啊……」

摩利嘆氣閉上眼睛。

隔了一段時間才再度睜開。

「……比賽結果怎麼樣？」

「肇事的七高受到除名處分，決賽由三高與九高爭冠，我們與二高爭奪季軍。小早川同學很有幹勁，我想應該能拿下季軍。」

「小早川只要精神狀況沒問題，實力相當充足。」

「是的，另外七高選手傷勢不重，妳的保護沒有白費。」

「……自己受重傷就不算幫助了。」

摩利板著臉如此抱怨，這種「假裝」扮黑臉的態度，令真由美忍不住輕聲一笑。

摩利撇頭裝作沒看見。

「男子組部分，範藏學弟打進決賽，村上學弟很可惜只差一點。十文字打進男子組『冰柱攻防』的單循環決賽，花音學妹也打進女子組『冰柱攻防』的單循環決賽。」

「只有我沒能按照計畫啊……」

「這也沒辦法。摩利，妳的判斷沒錯。要是妳當時沒有停止加速，應該可以千鈞一髮避開衝撞，也可以打進決賽，可是……七高的選手將會受重傷，應該會從此斷絕魔法師的生命，她衝撞的狀況就是如此危險。達也學弟也抱持相同意見。」

「……喂，為什麼這時候會提到那傢伙的名字？」

「因為送妳來到這裡還陪同治療的就是他。」

「什麼？」

「不過當然不是只交給達也學弟一個人……嚇到了？」

真由美咧嘴一笑，摩利露出有苦難言的表情撇過頭去。

正因自覺到內心鬆了口氣，所以真由美的笑容引她反感。

「女生換衣服的時候，男生當然不能在場，所以他在治療的時候有乖乖在走廊等。但妳晚點向他道謝比較好。他幾乎和救護班同一時間趕到，幫忙把妳抬上岸。而且一眼就看出骨折，下達急救指示。」

「……那個傢伙是何方神聖？」

摩利瞪大眼睛愣住，真由美也大幅點頭。

「該怎麼說，他似乎很習慣處理意外狀況與傷患……話說回來，妳狀況怎麼樣？」

「怎麼忽然問這個……頭有點痛，不過應該是外傷，意識很清楚。」

「看來腦部沒有受創……這樣啊，那我趁現在問吧。」

「？」

真由美以正經目光注視納悶的摩利。

「怎麼了，一下子變得這麼正經？」

「摩利……當時妳是否受到第三者的魔法妨礙？」

「……什麼意思？」

「摩利即將接住七高選手之前失去平衡，是因為第三者惡意使用魔法干擾水面嗎？這就是我想表達的意思。」

摩利理解真由美這番話的意義之後，眼中發出犀利的光芒。

「……踏板下沉之前，我確實感受到腳邊出現異常晃動，但我不知道是否是魔法造成的，更不知道是否是惡意干擾……妳為什麼這樣想？」

「當時妳失足的水面動作很不自然，有著魔法改變事象時特有的不規則性。不過，當時七高與九高的選手都沒有使用這種魔法，剩下的可能性就是有第三者施展魔法。達也學弟對此也抱持相同意見。聽說他會向大會委員會調閱影帶，試著分析水面的波動。這樣至少能確定原因是否在於非自然現象的外力。」

「我很想先質疑高一學生是否做得到這種分析，不過這件事先放到一旁……既然我和其他選手都有使用魔法，用不著調查是否有非自然現象的外力吧？我覺得這麼做沒有意義……」

「達也學弟說，要把選手使用魔法的影響也列入計算，檢視是否有外力介入。五十里學弟也說今天比賽結束會去幫他，我想應該查得出有意義的結果。摩利想到任何線索也要告訴我喔。這不只是關於我們——第一高中排名的問題，或許是整個九校戰及全體魔法科高中的問題。」

「……………」

摩利躺在床上沉默不語，真由美說聲「我該回去了」就離開病房。

獨處的摩利，依然以嚴肅的眼神凝視天花板。

◇ ◇ ◇

聽到敲門聲的深雪前去開門，來訪的是一對二年級的男女。

「請進……哥哥，五十里學長與千代田學姊來訪。」

深雪這番話，使得達也停止敲打鍵盤起身。

「抱歉請您專程過來。」

「沒關係，不用在意。畢竟是我主動想幫忙，又不能把正在運作的終端裝置拿來。」

達也微微低頭致意，五十里隨意揮了揮手。

達也再度致謝之後看向花音。

「千代田學姊，恭喜您得到冠軍。」

「謝謝。畢竟摩利學姊受到那種事件波及，我們得連同她的份一起努力！」

握拳的花音很適合以熱血來形容，令達也覺得她頗為耀眼。

「所以，找出什麼端倪了嗎？」

「我已經將過程檢視了一次，果然應該認定有第三者介入沒錯。五十里學長，方便請您確認一次嗎？」

「收到……不愧是司波學弟，速度真快。」

五十里受邀坐下，配上手勢表達自己的佩服之意。

桌上型的小型螢幕（以傳統單位形容相當於二十吋）分割成兩個畫面，各自顯示錄影影像以及只有線框的模擬影像。

五十里拿起附帶腦波輔助功能的單邊眼鏡型視線指向器，熟練地撐開細長的C型金屬套環戴在頭上，將單邊眼鏡對準右眼，把拇指放在鍵盤中央下方的點選鈕。

腦波輔助功能與視線指向器，原本都是讓使用者雙手不用離開鍵盤的輸入輔助裝置，如今已成為無須鍵盤就能輸入指令的道具。

不過五十里似乎是使用原本的功能，也就是當成鍵盤輸入的輔助工具。

實體影像與模擬影像，隨著五十里的操作同時動了起來。

將指標移動到即將發生意外的時間點，進行慢速播放。

模擬畫面上方，以數字顯示出影響水面變化的各種要素。

在問題場面，也就是水面凹陷的瞬間，出現一個unknown的項目，顯示水中出現一股無法以誤差來解釋的「力量」。

五十里暫停畫面轉身。

「……這比預料的還要難處理。」

「啟，怎麼回事？」

「花音也知道，九校戰為了防止外部違規使用魔法干擾競賽，聘請擅長對抗魔法的魔法師擔任大會委員派駐各競賽場地，而且裝設大量監視裝置。既然監視網捕捉不到，我推測對方是在超越監視裝置掃描範圍的高空製作局部下爆流，將高壓氣塊打在水面造成凹陷。不過這麼一來，渡邊學姊不可能沒有察覺，我自己也明白這是很牽強的假設。

但是依照司波學弟的分析，造成水面凹陷的力量來自水中。若是從外部對水道投射魔法式，監視裝置肯定會逮到，會從水裡讓水面凹陷的自然現象只可能是底部漏水，所以這也不考慮。剩下的可能性就是有人躲在水裡作怪……不過這才是最荒唐的狀況……」

「司波學弟會不會分析錯誤？」

花音毫不客氣的指摘使得深雪臉色一變。

「不會。」

然而深雪還沒開口，五十里就否定花音的質疑。

「司波學弟的分析非常完美，至少以我的能耐做不到，也找不到他的錯誤。」

五十里與花音一同沉思。

沉默持續到秒針走兩圈時，再度響起敲門聲。

深雪以視線詢問哥哥，確認哥哥點頭回應之後前去應門。

她很快就回來了。

身後跟著兩名同班同學。

「美月說，是哥哥找他們過來……」

「抱歉，請你們兩位專程過來。」

達也間接肯定妹妹的詢問，重新轉身面向兩名學長姊。

「我來介紹，他們是我的同班同學吉田與柴田。我想你們應該知道，這兩位是二年級的五十里學長與千代田學姊。」

幹比古與美月有些緊張，五十里與花音簡單自我介紹之後，達也以簡潔的答案回應五人投過來的詢問視線。

「我請他們兩人前來查明誰在水中搞鬼。」

光是這句話，當然沒有任何人聽得懂。

達也一開始就明白，所以毫不中斷繼續說明。

「我們現在要檢驗渡邊學姊遭受第三者惡意魔法妨礙的可能性。」

這是對幹比古與美月的說明。

幹比古蹙眉，美月面露驚訝神色。

「渡邊學姊即將失去平衡之前，水面出現不自然的凹陷，渡邊學姊的慣性中和魔法因而沒抓準時機，導致她重重撞向圍欄。水面凹陷的現象，幾乎可以確定來自水裡的魔法干擾。」

美月還沒脫離驚訝的情緒。

然而幹比古聽到達也這番話之後，眼中蘊含強烈的光芒。

「不可能在不被人發現的情況下，從賽場外部朝水道施展魔法。延遲發動魔法的可能性也很低。真是如此的話，第一場比賽的小早川學姊應該就會發現。」

現代魔法也有延遲發動的技術，不過必須將魔法式「記錄」在目標物。延遲發動魔法一旦施展，目標物就會受到魔法改寫，讓下一個魔法延遲發動。

「既然是這樣的話，就應該推測是躲在水裡的某種東西使用了魔法——這是我與五十里學長的意見。」

達也投以確認的視線，幹比古與美月點頭表示理解。

「不過，活生生的魔法師躲在水道裡的想法過於荒唐無稽。就目前所知，現代魔法與古式魔法，都做不到如此完美的隱身。」

達也這次的話語令五十里與花音點頭。

「既然這樣，比較合理的推測應該是『人類以外的某種物體』躲在水道使用魔法。」

五十里與花音轉頭相視，表情透露出困惑的神色。

隔了好一段時間才開口詢問。

「……司波學弟認為可能是精靈魔法？」

達也點頭回應五十里這句話。

使用現代魔法的魔法師，通常是以想子波動認知魔法。

但ＳＢ——Spiritual Being（心靈存在）的主體以靈子組成，同一時間偵測到的想子，是定義「行動模式」的外部附加物——例如使喚精靈的指令——這是現階段最有力的假說。

魔法師並不是無法認知靈子。

然而以一般的狀況，無法和想子一樣進行辨識。

若要舉例來說，即使感官能夠隱約認知紅外線是一種「溫暖」的東西，也無法像是可視光線一樣，以色彩分辨紅外線波長的差異。

魔法師能以感官認知活性化的靈子。

但是很難感知活性較低的靈子。

換句話說，使用現代魔法的魔法師，很難發現潛伏狀態的ＳＢ。

如果使用的是心靈存在使喚魔法——精靈魔法裡的延遲發動型術式，確實很有可能避開大會委員的監視。

「吉田是擅長精靈魔法的魔法師，柴田對靈子光的感應力特別敏銳。」

「所以你才會找他們兩人過來。」

達也再度向五十里點頭，接著轉身面對幹比古。

「幹比古，我想徵詢你這個專家的意見。精靈魔法是否有辦法以數小時為單位設置延遲發動魔法，依照特定條件讓水面凹陷？」

「做得到。」

幹比古立刻回答。

「依照剛才的要求，只要以第二場賽事的開始時間作為第一發動條件，以水面有人接近作為第二發動條件，命令水之精靈捲起波浪或漩渦就辦得到。即使不是精靈，使用式神也行。」

「你也做得到？」

「依照準備時間而定。我不可能現在立刻做得到，不過只要給我半個月的準備時間，反覆進入會場暗中安排，應該做得到。」

「是否需要在前一天潛入會場？」

「不需要。只要熟悉地脈與地形的話，就能夠透過地脈派遣精靈，這也是事前調查的目的。

不過……」

「？」

「以這種方式施展魔法，威力幾乎沒有意義啊。精靈依照術士的意念強度提供助力，如果是在好幾個小時之前設置，我覺得頂多只是能夠嚇唬入侵者的小兒科程度。」

「也就是說？」

「即使能夠激盪水面，也不可能只用這種方式就創造足以讓渡邊學姊失去平衡的大浪。要是沒有同時發生七高選手撞過來的意外，應該只會成為小朋友的惡作劇。」

不知為何，達也大幅點頭回應幹比古這番話。

「前提在於那只是一場意外……」

「啊？」

另有玄機的這番話當然令幹比古感到疑問，但達也沒有立刻回答，將目光轉向美月。

「美月，渡邊學姊出事的時候，妳是否看到ＳＢ的活動？」

「……我當時戴著眼鏡……對不起。」

「別這麼說。也對，這是我的疏忽。美月不用道歉。」

達也朝著垂頭喪氣的美月低頭，深雪也前去安慰她。

「關於剛才提到的事情……」

達也目光朝著幹比古。

然而五十里與花音都知道，這番話是對他們兩人說的。

「我覺得七高選手的失控也不是普通的事故，你們看。」

達也帶幹比古到螢幕前面，從頭播放模擬影像。

他注意著一旁探頭觀看的五十里與花音，在衝撞事故發生前停止播放。

「七高的選手原本必須在這時候減速。」

接著改以逐格模式播放。

「不過如各位所見，實際上她這時候繼續加速。」

「……正是如此，確實不自然。」

「沒錯，會犯下這種單純錯誤的魔法師，不可能獲選參加九校戰。」

達也點頭回應五十里與花音的意見，恢復正常播放速度。

「我推測七高選手的ＣＡＤ被動過手腳。」

室內充斥驚愕的氣息。

「整條賽道第一個需要減速的轉角就是這裡。要是減速啟動式被掉包為加速啟動式，肯定會在這轉角出事。而且從去年決賽組的時間紀錄來看，可以輕易預料到渡邊學姊與七高的選手會以些微差距經過這個轉角。若我意圖妨礙，就會把這裡當成同時除掉兩名冠軍候補的機會。」

「確實有道理……不過ＣＡＤ有辦法動手腳嗎？如果有，那到底是什麼時候？」

「難道七高的技術團隊有叛徒混進去？」

達也微微搖頭回應五十里與花音的詢問。

「很遺憾，沒有證據。即使要求七高提供CAD檢查，對方肯定會一口回絕。但我覺得有機會動手腳。」

「果然是他們有叛徒？」

達也再度搖頭回應花音的推理，這次動作比較緩慢。

「雖然無法完全否定這種可能性……但我認為大會委員有臥底的機率比較高。」

對話至此中斷。

五十里、花音與幹比古，這次真的是啞口無言。

一起露出無法置信的表情。

「……可是哥哥，假設大會委員有臥底，那麼會是在何時、用何種方法對CAD動手腳？競賽用的CAD應該都由各校嚴密保管……」

深雪不會選擇懷疑達也的話語，她將哥哥的推測視為確定事實，要求進一步推理。

達也並不是直接回答，而是告知一個眾所皆知的事實。

「CAD肯定會脫離各校保管，交給大會委員一次。」

「啊……！」

沒想到的這個可能性，使得深雪發出聲音。而且只有她發得出聲音，五十里、花音、幹比古與美月只是啞口無言。

「但是無從得知對方的手法，這就是棘手的地方……」

為了以防萬一，警戒絕對不能鬆懈。

即將上場比賽的深雪，以及負責調整ＣＡＤ的達也，將這句話烙印在心底。

◇　◇　◇

第一高中第三天的成績，是男女「冰柱攻防」得到第一名，男子組「衝浪競速」第二名，女子組「衝浪競速」第三名。

第三高中拿下男女「冰柱攻防」第二名，以及男女「衝浪競速」第一名的好成績，所以兩校積分比前一天還要接近。

大會開始前，摩利對達也表示，新人賽的得分應該不會大幅影響總排名。不過，她的預測看來是落空了。

達也仔細地檢查自己所負責的選手的ＣＡＤ，準備迎接明天開始的新人賽。此時真由美以終端裝置找他。

他停止手邊作業，納悶心想「這麼晚了有什麼事？」前往第一高中分配到的會議室，並且在門口巧遇深雪。

「深雪也是被會長找來？」

「是的，哥哥也是？」

達也以為五十里等人找他前來，是要討論可能遭到的妨礙手段與技術上的對策，不過這樣就無法解釋深雪為何也被找來。

「進去吧。」

「好的。」

世上有些事必須思考才知道，有些事即使思考也不知道。如果是思考也不知道的事情，就只能採取行動。古人也說過，無益的思考只是浪費光陰。

「打擾了。」

達也並不是在思考如此繁瑣的事情——應該說沒在思考這種大道理，但他至少沒有進行無謂的煩惱就打開門。

室內有真由美、鈴音、克人——以及應該在病床休養的摩利。

「辛苦了，明天準備好了嗎？」

「不，還要一些時間。」

「這樣啊……對不起，把達也學弟也找來了。」

依照真由美這番愧疚的話語，這次約談的主角似乎是深雪。

「先坐吧。」

兄妹依照吩咐並肩坐下。

「有件小事想找你們商量……不對，不是小事。找你們兩位前來，是要商量一件很重要的事情。」

總覺得很久沒聽到真由美語氣如此正經，令達也感到有些新奇。

「鈴妹，能請妳說明嗎？」

原來語氣正經的時候依然叫「鈴妹」。達也不禁如此心想，並且看向鈴音。

「我想你們也知道今天的戰績。」

這是理所當然的事情，鈴音應該沒有要求回應，但達也與深雪同時點頭。

「雖然發生一些意外，但本校至今的積分，加加減減之後大致符合預期。不過第三高中的積分成長超乎預料，因此差距比當初預估來得小。」

此時兩人再度點頭表達理解之意。

「話雖如此，我們領先的幅度還很足夠。即使沒在新人賽奪冠，只要沒出現太大差距，會在最後的『祕碑解碼』獲勝之後得到總冠軍。但是萬一在新人賽大幅落後第三高中，正規賽的『幻境摘星』成績，可能會成為對方反敗為勝的關鍵。」

鈴音說的都是假設狀況，總歸來講，就是要他們在新人賽好好表現？

如果是這種事，應該不需要特地找他們過來……達也在撲克臉底下感到納悶。

「正規賽的得分是新人賽的兩倍，本校的作戰團隊得出結論，即使某種程度犧牲新人賽，也要把戰力集中在『幻境摘星』的正規賽。」

達也眉毛微顫，從鈴音「犧牲新人賽」這句話導出的結論，令他的撲克臉出現變化。

「對，達也學弟，就是你想的那樣。」

真由美敏銳解讀達也細微的表情變化，搶先詢問。

「深雪學妹，我們要請妳代替摩利參加『幻境摘星』的正規賽。達也學弟則是繼續擔任深雪學妹的工程師，在第九天進入賽場。」

真由美這番話和她自己剛才說的不同，並不是商量。

是告知既定事項。

「可是還有其他學姊只參加一項競賽，為什麼要選我代打，甚至不惜取消新人賽？」

深雪的聲音很沉穩，沒有因為忽然受到提拔而歡天喜地，而是基於常理的關心與冷靜的計算提出詢問。

她的反問使得摩利露出「喔？」的表情，克人則是略顯意外。

「我們估計這麼做比較能夠提高總分。」

鈴音以更加冷靜的聲音回答。

「最大的原因是我們沒有準備『幻境摘星』的候補選手。」

原本的參賽選手摩利加入說服的行列。

「即使是本校的代表隊選手，忽然參加必須在空中飛翔的『幻境摘星』正規賽也很吃力。相較於這種做法，只是一年級卻有事先練習的選手更有勝算。何況——」

摩利說到這裡停頓，應該是刻意造成「空檔」。

她是一名意外裝模作樣的少女。

「達也學弟，妳的妹妹即使參加正式戰也可以奪冠吧？」

而且還針對弱點進攻。

達也覺得這種論點有些刁鑽，但他沒有理由謙虛。

「可以。」

「哥哥……」

達也宛如理所當然，應該說宛如視為既定事項般如此斷言，使得摩利咧嘴一笑、克人點頭示意、真由美瞪大眼睛、鈴音微動眉角、深雪則是羞澀低頭。

「既然各位願意做出此等評價，我也會以工程師身分全力以赴。深雪，妳願意吧？」

「願……願意！」

深雪將原本就美麗的背脊挺得更加筆直，以高八度的聲音回應達也。

這也是她願意代打上陣的回覆。

〈待續〉

後記

首先，容我對拿起本書的您致上深深的感謝。

我們睽違三個月不見了……我想肯定有人是「今天首次見面」，不過這（類似）是慣用句，尚請見諒。

《魔法科高中的劣等生》第三集如今順利上市，以章節來說是第二話〈上〉，抱歉又在這種微妙的地方結束。我姑且是以第四集開頭就由一年級（也就是主角群）正式活躍來分冊。

下一集是第二話〈下〉，不會是第二話〈中〉，請放心……不過相對的，厚度會頗為壯觀。即使電擊文庫再厚的書都能接受，每次都這樣還是不太妙，所以會從下下集開始自重——我無法做出這樣的保證，實在是情何以堪。

如果是最後才看後記的讀者們就知道，本次劇情的主要舞台是高中校際對抗賽。以虛構的魔法競賽分勝負，以魔法技量互別苗頭。

然而，不只是選手的能耐，支援選手的後勤團隊技術力也大幅左右勝負。這部分比起球賽或田徑賽或許更像賽車，可惜沒有世界摩托車錦標賽（MotoGP）或一級方程式賽車（F1）那種華麗的氣氛。

……事到如今才想到或許有點可惜，下次的九校戰加入類似賽車的布景要素吧。例如贊助商精品或是〇〇女郎之類的，這樣編輯大人或許會以取材為名義成立觀摩團（沒這回事）。

玩笑話說到這裡。或許有些讀者已經察覺，本次的劇情構想來自某部世界級熱門作品的第四集。但差別在於那部世界級熱門作品是個人賽，本作品則是團體賽，何況魔法形態完全不同，所以比賽的光景毫無相似之處。

說到相似，我對於「虛構競賽要如何設計」傷透腦筋，就和這部世界級……的第四集，或許應該說整部作品共通的魁〇奇差不多——不對，如今甚至成為現實競賽的魁〇奇，某（以下略）的作者大人設計時或許沒有很頭痛，但我相當頭痛。而設計出來的東西也不搶眼，或許這就是我的極限吧。各項競賽的規則都沒有很難（應該沒有……），請各位以輕鬆的心情「欣賞」魔法科高中生們的活躍。下一集「九校戰篇〈下〉」，主角群將會在魔法競賽大顯身手。而且不只是競技場內，主角也會在場外盡情發揮黑暗英雄的本事。這種「破格角色」的活躍恐怕會招致兩極評價，希望有幸請各位陪同我繼續走下去。

接下來，這次也要向參與本書製作的各位致謝。

M大人，感謝您提供許多精確的建議，尤其是「團體旅行當然要泡溫泉」。如果沒有這項建議，彩頁與內頁插圖就不會出現那幅光景。

石田大人、ストーン大人，抱歉總是提出很多需求。兩位耐心應付我複雜難懂的要求，為本作品繪製美妙的插圖，我簡直不知如何感謝。尤其是女主角的融軟笑容（M大人命名）令我不禁萌上自己創作的角色。

此外，也感謝負責插圖配色的末永大人，以及其他參與人士。本集託各位的福，成為了更加出色的作品。

而且最重要的，我要向拿起本書的各位讀者致上最高的感謝。多虧各位的支持，後續章節應該也能順利問世。

那麼，希望能在接下來的「九校戰篇〈下〉」再度和各位見面。

（佐島 勤）

Kadokawa Light Novels

煉獄姬 1 待續

Kadokawa Fantastic Novels

作者：藤原 祐　插畫：kaya8

受詛咒而被囚禁的公主殿下，
與捲進陰謀中的騎士——

瑩國的第一皇女艾兒蒂米希雅體內連結著煉獄之門，會將靠近身旁的所有人都滅絕，被當作詛咒之子幽禁在城堡的地牢裡。艾兒蒂與騎士弗格接受了來自皇室的密令，在充斥著謀略與毒氣的都市「匍都」中操縱所謂的超常。幽暗系幻想故事在此揭開序幕！

台湾角川

NT$200/HK$55

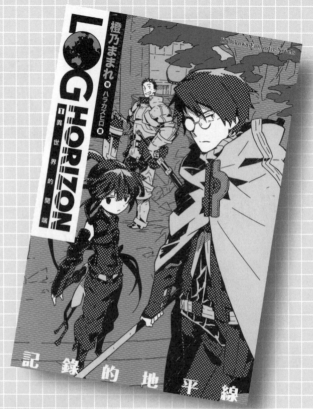

Kadokawa Light Novels

新約 魔法禁書目錄 1~2 待續

Kadokawa Fantastic Novels

作者：鎌池和馬　插畫：はいむらきよたか

全新的黑暗勢力浮上檯面！
它的名字是……？

十一月五日的學園都市。上条當麻、一方通行，以及濱面仕上三人終於會合了。另外，透過蕾薇妮亞．柏德蔚的口中，他們也得知了另一個全新的「黑暗」勢力即將崛起，並且還針對上条當麻而來，上条也得知，這個組織的名稱是——

各 **NT$180~250/HK$50~70**

台湾角川

國家圖書館出版品預行編目資料

魔法科高中的劣等生. 3, 九校戰篇 /
佐島勤作 ; 哈泥蛙譯. —— 初版. —— 臺北市：
臺灣國際角川, 2012.08— 冊； 公分
——(Kadokawa fantastic novels) ——

譯自：魔法科高校の劣等生. 3 ,九校戦編. 上
ISBN 978-986-287-860-6(上冊：平裝)

861.57 101013293

Kadokawa
Fantastic
Novels

魔法科高中的劣等生 3
九校戰篇<上>

（原著名：魔法科高校の劣等生3 九校戦編<上>）

2012年8月17日 初版第1刷發行
2021年1月11日 初版第7刷發行

作　者：佐島 勤
插　畫：石田可奈
日版設計：BEE-PEE
譯　者：哈泥蛙

發行人：岩崎剛人
總編輯：蔡佩芬
編　輯：黎夢萍
美術設計：黃永漢
印　務：李明修（主任）、張加恩（主任）、張凱棋

發行所：台灣角川股份有限公司
地　址：105台北市光復北路11巷44號5樓
電　話：（02）2747-2433
傳　真：（02）2747-2558
網　址：http://www.kadokawa.com.tw
劃撥帳戶：台灣角川股份有限公司
劃撥帳號：19487412
法律顧問：有澤法律事務所
製　版：巨茂科技印刷有限公司
ISBN：978-986-287-860-6